Nicky Than

Rosen vom Kasamanya

Roman

Bibliografische Information der Deutschen Bibliothek:
Die Deutsche Bibliothek verzeichnet diese Publikation in der Deutschen Nationalbibliografie; detaillierte bibliografische Daten sind im Internet unter *http://dnb.ddb.de* abrufbar.

Impressum

Satz, Layout und Umschlaggestaltung:
Keysselitz Deutschland GmbH, München
Herstellung und Verlag:
Books on Demand GmbH, Norderstedt
Umschlagfoto:
copyright by heinz linhART
ISBN: 978-3-8391-9494-2

Nicky Than

Rosen vom Kasamanya

Roman

1. Kapitel

Als er erwachte, war es fast dunkel im Zimmer. Draußen, vor dem Fenster, hing eine graue Dämmerung vom Himmel herab. Im ersten Moment wusste er nicht, ob Morgen war oder Abend. Ein Blick auf die Leuchtziffern des Weckers verriet ihm, dass die Nacht eben den Tag abzulösen begann. Der Kalender daneben zeigte den 14. Oktober 1975 an.

Er knipste die Bettlampe an. Das Buch war ihm aus der Hand geglitten und lag aufgeschlagen am Bettrand. Er legte das Lesezeichen ein und klappte den Einband zu. Er musste wohl sehr müde gewesen sein. Es geschah selten, dass er während des Lesens einschlief. Und Graham Greene's ›The Power and the Glory‹ war nicht eben eine Lektüre um einzuschlafen.

Als er das Buch auf den Nachttisch legte, fiel sein Blick auf die Bibel, die er am Vorabend, zusammen mit einem dünnen grünen Bändchen, ins unterste Fach des Nachttisches verbannt hatte. Das grüne Büchlein enthielt ein Manifest des Staatspräsidenten anlässlich seiner Wiederwahl. Es war eine Mischung von Schmähschrift gegen die Kolonialherren von gestern und flammendem Bekenntnis zur noch jungen Identität des Landes. Vermutlich hatte das Hotelpersonal den Auftrag, die Aufmerksamkeit der Gäste darauf zu lenken, dass das grüne Büchlein, seiner Bedeutung entsprechend, gleich hinter der Bibel einzuordnen war.

Im Liegen zündete er sich eine Zigarette an und blickte dem aufsteigenden Rauch nach. Seine Stimmung strebte nicht eben einem Hoch entgegen. Der Spatenstich zum Baubeginn an der ersten der drei geplanten Straßenbrücken über den Kasamanya hätte am folgenden Tag stattfinden sollen. Er hatte gehofft, nach dem obligaten Galabüfett die Nachtmaschine nach Europa nehmen und das Wochenende mit Tanja verbringen zu können. Als er von der Verschiebung des angesetzten Termins erfuhr, war er weniger überrascht als ergrimmt. Er wurde nicht zum ersten Mal mit der Tatsache konfrontiert, dass auf diesem Kontinent die Uhren anders gingen als in Europa. Man konnte sich den Teufel auf irgendetwas verlassen, außer darauf, dass man sich auf nichts verlassen konnte.

Manchmal fragte er sich, wie lange noch er bereit sein würde, an dieser Art von Leben festzuhalten. Die Tage, da ihm die Jagd um den Globus Auftrag und Befriedigung in gleichem Maß bedeuteten, lagen hinter ihm. Dazu kamen die äußeren Umstände. Das Flugzeug als Verkehrsmittel war nach den jüngsten Terrorakten gegen Jets und Flughäfen nicht einladender geworden.

Was ihn noch immer lockte, war der Umgang mit der Fremde. Der anfängliche Reiz, als Vertreter eines internationalen Baukonzerns mit Ministern zu verhandeln und bei öffentlichen Auftritten in vorderster Reihe zu stehen, verblasste jedoch zusehends. Seine Sprachenkenntnisse und Erfahrungen im Umgang mit Menschen aus anderen Kulturkreisen hatten ihm eine Sonderstellung im mittleren Management des Unternehmens eingetragen. Er verstand es, auf die Mentalität der lokalen Verhandlungspartner einzugehen. So hatte es etwa großer Geduld und Überredungskunst bedurft, um dem hiesigen Handelsministerium die Bewilligung für den ohnedies begrenzten Einsatz von schwerem Baugerät aus dem verfemten Südafrika abzuringen. An sich gab es keinen Grund zu Unzufriedenheit. An sich bestand in seinem Alter keine Notwendigkeit, an Veränderungen zu denken. Es war bloß so, dass man mit der Zeit manches aus einem anderen Blickwinkel zu betrachten begann. Nach und nach schleift fließendes Wasser jeden Stein ab. Nach und nach nähert man sich – fast unmerklich – wieder dem Ausgangspunkt an.

Er stand auf und streckte sich. Das war gewiss nicht sein bester Tag. Er kam sich irgendwie verloren vor, verloren in Raum und Zeit. Als hätte man ihn im Nirgendwo ausgesetzt und vergessen. Wenn man den Gläubigen Gehör schenken wollte, wurde das Rad des Schicksals allein von Gott gedreht – oder von Allah – je nachdem, welcher Religion man anhing. Wer in die Speichen des Rades griff, legte sich mit der Allmacht des Großen Unbekannten an. Was geschah, wenn man dem Schicksal seinen Lauf ließ, stand weder in der Bibel noch im Koran.

Er ging ins Badezimmer und betätigte beide Lichtschalter zugleich. Die Deckenbeleuchtung funktionierte noch immer nicht, nur die Leuchtröhre über dem Waschtisch flammte auf. Sie verlieh seinem Spiegelbild einen grünlichen Farbton, als litte er unter Seekrankheit. Er strich sich mit dem Handrücken über das Kinn und stellte einmal mehr fest, dass sein Bart seit dem Morgen unverhältnismäßig gewachsen war. Wenn er den Abend in Damengesellschaft zu verbringen gedacht hätte, wäre eine Rasur angezeigt gewesen. Aber es gab absolut nichts, was auf einen erfreulichen Ausklang eines Tages hinwies, der schon verdrießlich begonnen hatte.

Er trat zum dritten Mal seit dem Morgen unter die Dusche und ließ das Wasser, das nie richtig kalt wurde, über Kopf und Körper fließen, ohne von der süßlich riechenden Lotion im Seifenspender Gebrauch zu machen. Was ihm bevorstand, war ein langer Abend am Ende eines langen Tages. Das ›Independence-Hotel‹ lag außerhalb der Hauptstadt in einem Gartenviertel, das in der Vergangenheit gewiss bessere Zeiten erlebt hatte. Die einst von Beamten der Kolonialmacht bewohnten Villen wirkten vernachlässigt, viele sogar baufällig. Vorhanglose Fensterhöhlen gaben nachts das Leben der Hausbewohner der Neugier der Nachbarn preis und erweckten bei Tag den Eindruck einsturzgefährdeter Bauruinen. Die verwilderten Gärten boten ein Bild ungezügelt wuchernden Tropenwachstums. Üppiges Grün, buntes Blühen, so weit der Blick reichte. Nur die Fächerpalmen, die in der Straßenmitte aus verbrannten Grasinseln ragten, ließen ihre graugrünen Wedel schicksalsergeben dem Verdorren entgegenhängen.

Es würde also wieder einmal ein langer Abend im Hotel werden, wie schon mancher während früherer Aufenthalte. Das war an sich nicht weiter tragisch, aber ebenso wenig ein Tagesabschluss nach Wunsch. Eher passendes Ende eines verlorenen Tages. Manche Hotelgäste lösten ihre Probleme an der Bar, was meist damit endete, dass sie gegen Mitternacht als schweißtriefende Alkoholleichen zum Lift torkelten. Tatsächlich gab es außer dem Restaurant und der Abendbar kein Refugium für einsame Seelen. Aus Gründen, die zu erforschen ihm versagt blieb, durfte selbst der Swimmingpool nach sieben Uhr abends nicht mehr benützt werden.

Da das Hotel am Stadtrand lag, war man, wohin immer man wollte, auf eines der klapperigen Taxis angewiesen, die Tag und Nacht unter den blühenden Jacarandabäumen auf Kundschaft warteten. Sie wurden vorwiegend für Transporte zum Airport oder für Fahrten zu irgendwelchen Amtsstellen im Regierungsviertel beansprucht. In der Hauptstadt selbst gab es keine Sehenswürdigkeiten, die einen Besuch lohnten. Ganz abgesehen von den Sicherheitsverhältnissen, die einen Stadtbesuch nach Einbruch der Dunkelheit zu einem riskanten Unternehmen machten.

Die Sicherheitsverhältnisse in der Hauptstadt hatten sich in den vergangenen zwei Jahren drastisch verschlechtert. Er erinnerte sich an eine Geschichte, die während seines letzten Aufenthaltes, unter den Hotelgästen die Runde machte. Damals war der neu ernannte Botschafter eines osteuropäischen Landes eben in der Residenz eingetroffen. Die Villa lag in dem als relativ sicher geltenden Diplomatenviertel in einer ordentlich gepflegten Grüngegend. Der Botschafter wollte nach der langen Anreise frische Luft schnappen und sich ein wenig die Beine vertreten. Es war heller Nachmittag, als er die Residenz verließ. Nach kaum hundert Metern, fand er sich plötzlich von einer Schar fröhlicher Jugendlicher umringt, von denen ihm einer ein Messer gegen die Rippen drückte. Nachdem sich der Botschafter ohne ernsthaften Widerstand von seiner goldenen Armbanduhr getrennt hatte, verschwanden die vergnügten Burschen eben so schnell, wie sie aufgetaucht waren.

Er trocknete sich nach dem Duschen nur oberflächlich ab. Mehr war nicht nötig. Während er seine Kleidung aus dem Schrank zusammensuchte, würde die Restfeuchtigkeit ohnedies von selbst verdunsten. Es war stets zu warm im Zimmer. Zwar gab es eine Klimaanlage, aber die ließ sich nur ein- oder abschalten, nicht dosieren. Die Kälte, die sie ausspie, machte ihren Betrieb während des Aufenthaltes im Zimmer unmöglich.

Er schlüpfte in weiße Jeans, zog ein dunkelblaues T-Shirt über und verließ das Zimmer. Da er im zweiten Stock wohnte, verzichtete er auf den Lift und benützte die Treppe. Die Lobby war um diese Stunde ziemlich verlassen. Die beiden Fernschreiber in einer toten Ecke des Raumes spuckten klappernd endlose Papierstreifen mit den neuesten Weltnachrichten aus.

Er nickte dem goldbetressten Portier zu und trat vor das Portal. Inzwischen war es dunkel geworden. Die Farbenpracht der üppig blühenden Jacarandas zu beiden Seiten der Hotelzufahrt hielt selbst dem kalten Neonlicht stand. Aus den Baumkronen schwebten Blütenblätter zu Boden wie violetter Schnee. Die laue Abendluft war erfüllt vom betäubenden Duft der mannshohen Frangipanisträucher. Die zarten weißen Blüten dieses tropischen Jasmins steckten in Vasen auf jedem Tisch im Hotel, ob Zimmer, Frühstücksraum oder Restaurant. Wenn ein junges Mädchen sein Haar mit Frangipaniblüten schmückte, wusste man, dass es noch unverheiratet war.

Er schlenderte an den Taxis vorbei, die unter den Jacarandas auf Kundschaft warteten. Die Fahrer standen schwätzend und Zigaretten rauchend neben den Fahrzeugen. Ihre geradezu unerschöpfliche Geduld stand ihnen in das dunkle Gesicht geschrieben. Er schlenderte an ihnen vorbei auf das offenstehende Tor zu. Grelles Flutlicht ließ die Schatten der beiden Sicherheitsposten an der Einfahrt ins Riesenhafte wachsen. Um die Scheinwerfer schwirrten Wolken von Nachtinsekten.

»Sir?«, sprach ihn einer der Posten unsicher an. Er war ein kleiner, nicht mehr ganz junger Mann mit ernsthaften Gesichtszügen. Der schwere Magnumrevolver hing ihm vom Hüftgurt fast bis zum Knie herab.

»Keine Angst, ich gehe nicht weit«, sagte Lukas. Manchmal schien ihm die Sorge der Einheimischen um die Sicherheit der Fremden reichlich übertrieben. Er trat ein paar Schritte vor, bis er die Straße nach beiden Seiten überblicken konnte. Abgesehen von einer Schar lärmender Kinder, die auf der Fahrbahn zwischen den Schlaglöchern Fußball spielten, war kein Mensch zu sehen. Das matte Licht der Spinnenleuchten breitete einen Mantel gnädigen Erbarmens über die Trostlosigkeit des Bildes. Teile der Straßenbeleuchtung waren ausgefallen. Eine defekte Leuchtröhre gab rhythmische Morsezeichen ab, die an das SOS in Seenot geratener Schiffe erinnerten.

Er schaute auf die erhellten Mauerhöhlen auf der anderen Straßenseite. Die meisten Fenster standen offen. Manchmal huschten Schatten vorbei. In einem der hellen Vierecke zeichnete sich eine breite Gestalt gegen die weiße Decke ab wie ein Scherenschnitt. Er hätte nicht sagen können, ob es sich um einen Mann handelte oder um eine Frau. Er fragte sich, was in den Menschen vorging, die dort drüben lebten. Liebten sie das Leben? Hatten sie Hoffnungen? Hatten sie Träume? In welchen Farben träumten sie?

Als er sich umwandte, erregte ein Geräusch in unmittelbarer Nähe seine Aufmerksamkeit. Seine Augen hatten sich inzwischen so weit an die Dunkelheit gewöhnt, dass er zwei Männer erkennen konnte, die sich unweit der Hotelzufahrt in den Schatten der Hecke drückten. Vielleicht war die Vorsicht des Wachpersonals doch nicht ganz ungerechtfertigt.

An der Rezeption versah der junge Mann Dienst, bei dem er am Vortag eingecheckte hatte. Unter seiner hohen Stirn, die von einem Stammeszeichen in Form einer rautenähnlichen Narbe entstellt wurde, schob sich eine gerade Nase von aristokratischem Zuschnitt zwischen die dunklen, intelligent blickenden Augen.

Lukas mahnte erneut die Instandsetzung der defekten Badezimmerbeleuchtung ein und verließ, das unermüdliche Klappern der Fernschreiber im Ohr, die Lobby in Richtung Innenhof. Das L-förmige Hauptgebäude, das in sechs Stockwerken Zimmer und Suiten beherbergte, formte mit den gegenüberliegenden zweistöckigen Flachbauten ein viereckiges Forum von beachtlichen Ausmaßen. In der Mitte leuchtete zwischen Fächerpalmen und blühenden Sträuchern das magische Blau eines von Unterwasserlampen beleuchteten Swimmingpools. An den Einstiegen brachte ein dünnbeiniger schwarzer Jüngling eben Tafeln der mit der Aufschrift ›Benützung verboten!‹ an.

Vor der Poolbar hatte sich eine bunte Schar von Gästen zur Happy Hour versammelt. Frauen und Männer aller Hautschattierungen saßen zu zweit oder in kleinen Gruppen um die runden Teakholztische. Gesprächsfetzen und Gelächter vermischte sich mit der gedämpften Musik aus zwei säulenförmigen Tonboxen. Das Podium, auf dem am Abend eine Vier-Mann-Gruppe musizierte, stand leer. Gekippte Notenständer und Instrumentenkästen riefen den Eindruck hervor, das Podest wäre fluchtartig verlassen worden.

Ohne sich umzusehen, ging er zwischen den Tischen zur Bar und schwang sich auf einen der gepolsterten Hocker. Außer ihm saß nur etwa ein halbes Dutzend durcheinanderredender einheimischer Männer in dunklen Anzügen und weißen Hemden am entfernteren Ende der Theke. Er bestellte Gin-Tonic und wartete, bis der Barkeeper das Getränk vor ihn hinstellte. Erst dann nahm er eine Zigarette aus dem goldenen Päckchen Benson & Hedges und zündete sie an.

Unvermittelt erinnerte er sich an ein Erlebnis während eines länger zurück liegenden Aufenthaltes in Malawi. Anlässlich der Besichtigung einer Tabakplantage hatte ihm deren einheimischer Eigner seine Söhne vorgestellt. Es waren zwei schlaksige, hoch aufgeschossene Burschen. Der Dreizehnjährige hieß Benson, der Elfjährige Hedges. Er hatte noch heute Mühe, das Lachen zu unterdrücken, wenn er an die beiden dachte.

Im Panoramaspiegel über den Flaschenregalen konnte er die Tische im Freien überblicken. Er glaubte ein bekanntes Gesicht zu entdecken und drehte sich, das beschlagene Glas in der Hand, um. Es war tatsächlich Klaus, der da mit einem Paar in mittlerem Alter an einem Tischchen etwas abseits unter Palmen saß. Als österreichischer Handelsattaché war Dr. Klaus Tromberg erster Ansprechpartner für Landsleute, die Wirtschaftsinteressen in das Land führten. Sie kannten einander seit mehreren Jahren. Zuerst waren sie einander im Iran über den Weg gelaufen, später immer wieder einmal da und dort in der weiten Welt. Von der ersten Begegnung an hatte sich zwischen ihnen ein Klima freundschaftlicher Verständigung ergeben. Wie alle Male zuvor hatte er sich auch diesmal gleich nach dem Einchecken im Hotel mit Klaus getroffen, um auf alte und neue Zeiten anzustoßen.

Klaus hob eine Hand und winkte ihm zu. Nach einigen Worten mit seinen Tischgefährten stand er auf und kam zur Bar.

»Lukas, altes Haus! Da kannst du wieder sehen, wie es um meinen Zeitplan bestellt ist. Der Herr Staatssekretär ruft aus Wien an und ersucht mich höflich, mich doch ein wenig um ein Ehepaar zu kümmern, das ihm sehr am Herzen liegt. Ich bin so etwas wie ein Lost-and-Found-Schalter für zweibeinige Koffer.« Er verzog den Mund zu einem freudlosen Grinsen.

»Und – wie geht's dir?«

Lukas zuckte mit den Schultern. »Wie geht es einem in der Warteschleife?«

»Darf ich?« Klaus griff nach dem Zigarettenpäckchen auf der Theke, ohne eine Zustimmung abzuwarten. »Das mit dem Spatenstich ist eine verzwickte Geschichte«, sagte er, während er die Zigarette anzündete. »Ich fürchte, wir werden uns noch ein Weilchen gedulden müssen. Da liegt etwas in der Luft.«

»Könntest du dich klarer ausdrücken?«

Klaus beugte sich näher. »Es gibt allerhand Gerüchte«, sagte er mit gesenkter Stimme. »Angeblich ist der Handelsminister bei Präsident Matemba in Ungnade gefallen. Man munkelt, dass er von der Konferenz in Kairo nicht zurückzukehren wird.«

»Und was ist da Wahres dran?«

»Schwer zu sagen. Fest steht, dass seine Frau mit den beiden Töchtern verschwunden ist. Angeblich sind sie zu einem Familienbesuch nach Daressalam geflogen. Dass sie aus Tansania stammt, stimmt jedenfalls.«

»Großartig! Was wird aus dem Spatenstich?«

Klaus betrachtete einen Aschekrümel, der von seiner Zigarette auf den Tresen gefallen war.

»Wenn meine Informationen stimmen, können wir nicht vor kommendem Mittwoch mit einem neuen Termin rechnen. Vorausgesetzt, es gibt bis dahin einen zuständigen Verantwortlichen.«

Lukas nahm einen Schluck aus seinem Glas. Für den Baubeginn war die Verzögerung ohne Belang. Da die Große Regenzeit nahte, standen zunächst ohnedies Vorarbeiten an. Wohnbaracken für Arbeiter und Bauleitung mussten errichtet, gedeckte Lagerflächen für Gerät und Material angelegt werden. Aber das ging ihn nichts an.

»Vorausgesetzt, vielleicht, möglicherweise… In diesem verdammten Land weiß offenbar keiner, wo hinten und vorn ist. Was mache ich inzwischen? Soll ich fünf Tage lang unter Palmen am Swimmingpool hocken?«

Klaus grinste. »Dafür zahlen manche einen Haufen Geld.«

Lukas signalisierte dem Barkeeper und bestellte einen Sherry. »Für dich auch etwas?«

Klaus winkte ab. »Ich muss diese beiden Langweiler dort drüben noch zu einem Empfang begleiten. Wieso komme immer ich dran, verdammt noch mal!«

Eine junge, nussbraune Kellnerin ging vorbei. Sie trug ein blaues Minikleid, Einheitsdress des weiblichen Hotelpersonals.

Klaus' Blicke folgten angelegentlich den wohlgeformten Beinen des Mädchens.

»Du kannst es nicht lassen, wie?«, lachte Lukas.

Klaus knetete mit einem Anflug von Verlegenheit seine Nase. Er sah stets wie ein großer Junge aus, der eben etwas angestellt hatte. Die Damen schienen das zu mögen. Lukas musste an einen geselligen Abend in kleinem Kreis denken, da der Hausherr unter dem Gelächter der Anwesenden zu Klaus gewandt bemerkte: »Ich würde dir mein Auto anvertrauen, mein Haus, meine Brieftasche – aber eine Frau nicht für fünf Minuten.«

»Kennst du das Kasamanya-Reservat eigentlich schon?«

Lukas schüttelte den Kopf. »Nicht wirklich, nur von einer kleinen Runde im Land Rover.«

»Na, das wäre doch etwas. Auf einer Safari kannst du dort in drei, vier Tagen allerhand erleben.«

Eine Safari im Kasamanya-Valley, diese Vorstellung hatte zweifellos einen gewissen Reiz. Bisher war seine Zeit für Unternehmen solcher Art immer zu kurz bemessen gewesen. »Lässt sich denn so etwas von heute auf morgen organisieren?«

»Normaler Weise nicht. Aber mit ein wenig Glück kann ich das für dich arrangieren. Ich habe für Geschäftsleute aus Graz eine viertägige Walking-Safari im Kasamanya-Reservat gebucht. Heute kam eine Absage, weil einer der beiden erkrankt ist. Wenn mein Freund Peter Sloop noch nicht anderweitig vergeben ist, könntest du morgen mit der Nachmittagsmaschine nach Lotenga fliegen. Aber ich will dir nichts einreden…«

»Nein, ist schon okay. Hast du Sloop gesagt? Der hat uns seinerzeit bei den ersten Vermessungsarbeiten begleitet.«

»Desto besser. Ich würde selber mitkommen, wenn ich nicht eben jetzt so viel am Halse hätte.« Er warf einen Blick auf seine Armbanduhr. »Sloop kann ich erst wieder morgen früh per Funk im Basislager erreichen. Bis dahin musst du dich gedulden. Sobald ich etwas weiß, rufe ich dich an.« Er stand auf. »Ich muss mich um meine Schützlinge kümmern. Langsam komme ich mir vor wie ein Kindermädchen. Da tauchen Leute auf, die verwechseln die Einheimischen mit einem Folklorestadel und die Wildreservate mit einem Zoo.«

Lukas sah ihm nach, wie er an seinen Tisch zurückkehrte. Das Paar blickte ihm so gespannt entgegen, als erwartete es, weltbewegende Neuigkeiten zu hören. Lukas unterschrieb die Rechnung und verließ die Bar durch den Seitenausgang. Eine sanfte Brise hatte die brütende Tageshitze verweht. Sie raschelte leise in den Palmen und vermengte die Düfte blühender Sträucher mit exotischen Gerüchen aus der Küche zu einem olfaktorischen Wechselbad.

Obwohl er seit dem Frühstück, außer einem Schinkentoast, nichts gegessen hatte, verspürte er kaum Hunger. Er musste an seine Großmutter denken. ‚Ein leerer Sack steht nicht,' pflegte sie zu sagen, wenn sie eine ihrer üppigen Mahlzeiten für die Familie auftrug. Großvater steuerte das Seine zur Tischphilosophie bei, indem er mit einem beziehungsvollen Seitenblick bemerkte, dass ein Mensch der langsam isst, auch langsam arbeitet. Mit Tanja hätten seine Großeltern ihre Freude gehabt. Sie konnte, wenn sich die Gelegenheit bot, jederzeit herzhaft zugreifen. Das hatte er bereits bei ihrem ersten gemeinsamen Frühstück mit amüsiertem Erstaunen festgestellt. Wie sie es dennoch schaffte, ihre fast knabenhaft schlanke Linie zu bewahren, gab vor allem ihrem weiblichen Bekanntenkreis Anlass zu neidvollen Kommentaren.

Wenn er an sie dachte, sah er zuerst ihre Augen vor sich, diese hellen, leuchtenden Augen von unbestimmbaren Blau- und Grautönen, in denen er noch immer versinken konnte, wie bei ihrer ersten Begegnung. Manche Männer blickten bei Mädchen zunächst auf die Beine oder auf den Ausschnitt. Er suchte immer zuerst die Augen. Lippen können lügen, Augen sprechen die Wahrheit. Zu dieser Überzeugung war er im Lauf der Jahre gelangt.

Zwischen dem Dunkel der Sträucher funkelte der Swimmingpool wie ein riesenhafter leuchtender Saphir. Lichttrunkene Insekten malten auf die spiegelnde Oberfläche glitzernde Kringel. Er blieb stehen und schaute auf das schimmernde Viereck. Was Tanja jetzt wohl machte? In letzter Zeit dachte er immer häufiger an sie. Als ob sie einander eben erst begegnet wären. In Wirklichkeit war es bald sieben Jahren her. Wenn die Statistiken stimmten, ging innerhalb von sieben Jahren fast jede dritte Ehe zu Bruch. Vielleicht war das Bewusstsein des Zusammengehörens aus freien Stücken stärker als das Band der Ehe.

Begegnet waren sie einander auf einer Silvesterparty im Haus eines Architekten, mit dem er gelegentlich geschäftlich zu tun hatte. Sie war ihm bald aufgefallen, eine schlanke, mittelgroße Person mit langem schwarzem Haar, die sich allein und ziellos zwischen den Gruppen plaudernder Gäste bewegte. Sie gerieten ins Gespräch, als er ihr Feuer für ihre Zigarette gab. Sie hatte einen vollen Mund und sanft geschwungene Backenknochen. Schmale, gerade Augenbrauen unter einer hohen Stirn verliehen ihren anziehenden Gesichtszügen einen Hauch von kühler Herbheit.

Über die Flamme seines Feuerzeugs hinweg hatten ihre Blicke sich erstmals getroffen. Ihre Augen hatten die Farbe eines klaren Gewässers, in dem sich ein strahlend blauer Himmel spiegelt. Für einen Sekundenbruchteil weiteten sich ihre Pupillen fast bis an den Rand der Iris. Dann senkte sie den Blick rasch auf die Feuerzeugflamme.

Er hatte längst festgestellt, dass sie, gleich ihm, ohne Begleitung gekommen war. Sie schlenderten an lärmenden Gruppen vorbei zu einem kleinen Salon und nahmen auf einer alt-ehrwürdigen Chaiselonge Platz. Er versuchte ein unverbindliches Geplauder in Gang zu halten, wie es der Zufallsbegegnung auf einer Party entsprach. Aber es wollte ihm nicht recht gelingen. Alles, was er sagte, klang ihm falsch in den Ohren. Von Anbeginn hatte sich ein Schleier von Befangenheit über ihr Gespräch gelegt. Als gälte es, ein Thema zu meiden, das unweigerlich zu schwerwiegenden Konsequenzen führen musste.

Es dauerte einige Zeit, ehe er etwas über sie erfuhr. Sie war Ärztin und hatte den Hausherrn kürzlich im Spital betreut. Als sich herausstellte, dass sie eine Vielzahl von Interessen teilten, taute sie allmählich auf. Sie redeten über Bücher und Musik und fanden eine überraschende Übereinstimmung ihrer Vorlieben.

Später, während sie miteinander tanzten, trafen sich ihre Blicke neuerlich. Diesmal gab es keine rettende Feuerzeugflamme. Ihre Blicke hielten einander für beunruhigende Sekunden fest. Eine Weile vor Mitternacht standen sie schweigend an einem der hohen Fenster des Salons und sahen in die Nacht hinaus. Das Haus lag in einer ruhigen Gegend am Rande des Wienerwaldes. Draußen hatte es wieder zu schneien begonnen. Der Lärm im Haus schien vor der Stille der herabschwebenden Schneeflocken in weite Ferne zu rücken. Es war Tanja gewesen, die aussprach, was er dachte. Wie schön es wäre, den Jahreswechsel draußen in der Ruhe des verschneiten Waldes zu begehen.

Es gelang ihnen, sich unbemerkt davonzustehlen. Er hatte im Vorbeigehen eine herrenlose Flasche Champagner aus einem Sektkübel genommen und Tanja bedeutet, zwei Sektflöten mitzunehmen. Sie waren in die Winternacht gezogen, Hand in Hand, wie ausgelassene Kinder durch den frisch gefallenen Schnee stapfend, wobei Tanja lachend bemüht war, nicht bei jedem Schritt über das hochgeraffte lange Kleid zu stolpern. Beim letzten Glockenschlag des Mitternachtsläutens vom nahen Kirchturm hatten sie einander zum ersten Mal geküsst.

Er löste sich vom Anblick des Swimmingpools und schlug den Weg zum Abendrestaurant ein. Als er das letzte Mal mit Tanja gesprochen hatte, klang ihre Stimme am Telefon müde und abgespannt. Sie belebte sich erst, als er seine Rückkehr für das Wochenende in Aussicht stellte. Sie würde enttäuscht sein, wenn er absagte. Enttäuscht und verärgert. Die Unsicherheit seiner Termine bildete eines der wenigen ständigen Reizthemen zwischen ihnen. Ob Tanja fühlte, dass sie ihm immer mehr fehlte, wenn er unterwegs war? Vor ein paar Jahren noch war das anders gewesen. Da hätte ihn das Empfinden drohender Abhängigkeit geängstigt. Heute scheute er sich nicht mehr einzugestehen, dass er ihre Nähe, ihre Wärme, ihre stets ein wenig zögernden Zärtlichkeiten in zunehmendem Maße vermisste.

Im Restaurantgarten standen genügend freie Tische zur Verfügung. Er entschied sich für den Nächstgelegenen, der einen Blick auf den Sternenhimmel gestattete, und bestellte bei einem herbeigeeilten Kellner Nilbarsch vom Grill. Er war entschlossen, das Beste aus dem verlorenen Abend zu machen. Was in diesem Fall bedeutete, nach dem Abendessen bei einer halben Flasche Rotwein für eine Weile die laue Luft der Tropennacht zu genießen und den Klängen der Combo zu lauschen, die sich eben auf dem Podium bereit machte.

2. Kapitel

Das Phänomen war ihr nicht neu. Sie kannte es seit ihren ersten Nachdiensten. Bei Tageslicht präsentierte sich der lange weiße Gang mit der Türflucht zu den Krankenzimmern auf der linken und den hohen Fenstern zum Park auf der rechten Seite als das, was er war – der nüchterne Korridor einer Spitalsabteilung. Nachts, im fahlen Schein der Deckenleuchten, schienen seine Konturen zu einem konischen Schacht zu verschmelzen, dessen Ende sich im Nichts verlor. Vermutlich handelte es sich dabei um einen sehr individuellen Eindruck. Aber schließlich lief alles, was man an einem langen Tag so aufnahm, durch einen ganz persönlichen Wahrnehmungsfilter.

Sie hatte fast jenen Punkt erreicht, an dem der Korridor zum Aufzug abbog, als sie eine gedämpfte Stimme hinter sich vernahm.

»Frau Oberarzt! Könnten sie noch auf 3C kommen? Frau Kremer hat nach Ihnen gefragt.«

Sie wandte sich um. Schwester Roswina stand in der Mitte des Ganges. Sie war klein und rundlich. Das Rot ihrer Apfelbäckchen leuchtete selbst bei gedämpftem Licht unter der weißen Flügelhaube hervor. Es gehörte untrennbar zu ihrer Erscheinung wie die lebhaften braunen Äuglein und das freundliche Lächeln, das ihr die Zuneigung der Patienten eintrug.

Tanja warf einen Blick auf die neue Uhr, die wie ein schimmernder Vollmond genau über Schwester Roswinas Flügelhaube von der Decke hing. Ein dünner Zeiger zerhackte die Stunden in Sekunden. Lisbeth Kremer! Die hatte sie total vergessen.

Schwester Roswina wartete, bis sie herangekommen war.

»Wir haben frischen Kaffee«, sagte sie. »Wollen Sie eine Tasse, Frau Oberarzt?«

Tanja schüttelte den Kopf. »Danke. Vielleicht komme ich später auf ihr Angebot zurück.«

Aus der stets offenen Tür zur Teeküche stieg ihr, trotz des als Blickschutz vorgezogenen weißen Vorhanges, intensiver Kaffeeduft in die Nase. An sich hätte sie gegen einen Schluck Kaffee nichts einzuwenden gehabt. Außer, dass sie danach nicht einschlafen konnte. Falls ihr die Gelegenheit zu schlafen überhaupt geboten wurde. Die letzten Nachtdienste mit unerfahrenen Turnusärzten waren eher unruhig gewesen.

»Wenn Sie mich nicht brauchen, vergönne ich mir jetzt eine Tasse«, sagte die Schwester.

Tanja nickte. Sie sah der kleinen rundlichen Gestalt nach, die mit wieselflinker Behändigkeit hinter dem weißen Vorhang verschwand. Ehrenmundis, Roswinas leibliche Schwester, versah im unteren Stockwerk Dienst. Einen größeren Gegensatz zwischen Geschwistern konnte man sich kaum denken. Groß und hager, mit mürrisch herabhängenden Mundwinkeln in einem knochigen Gesicht, erweckte sie den Eindruck beständiger Übellaunigkeit. Obwohl sie sich nach Kräften um die Patienten bemühte, flogen ihr deren Herzen nicht eben zu.

Es hatte fast zwei Jahre gedauert, ehe Tanja erfasste, was sich hinter der herben Fassade verbarg. Sie war nach Mitternacht auf die Station gerufen worden, um den Tod einer Zweiundzwanzigjährigen zu bestätigen, die, zu spät eingeliefert, allen verzweifelten Bemühungen zum Trotz, nach einer unbehandelten Pneumonie an Herz- und Kreislaufversagen gestorben war. Während sie selbst noch erschüttert am Bett der Toten stand, hörte sie ein ungewöhnliches Geräusch hinter sich. Sie blickte über die Schulter zurück und sah Schwester Ehrenmundis, die von trockenem Schluchzen geschüttelt wurde, als stünde sie auf einem Rüttelbrett. Als sie sich ertappt fühlte, drehte sie sich um und lief aus dem Zimmer.

C3 gehörte mit vier Betten zu den kleineren Einheiten. Die Kollegen nannten das Zimmer beziehungsvoll ›Ziegenstall‹, weil dort vorwiegend jüngere Patientinnen untergebracht wurden, denen nichts Ernsthaftes fehlte. Außer der Fähigkeit, mit Ehe- und Familienproblemen fertig zu werden. An sich handelte es sich oft um hartnäckige Fälle nervöser Zerrüttung, denen nicht leicht beizukommen war, weil keine Krankheit schwerer zu heilen ist, als eine eingebildete.

Bei Lisbeth lag der Fall anders. Ihr Hausarzt hatte sie wegen Verdachts auf Herzmuskelentzündung im Rahmen eines hochfieberhaften Infekts eingewiesen. Erfreulicherweise bestätigte sich der Verdacht nicht. Wie bei solchen Fällen üblich, hatte sie fast zwei Wochen bis zur Normalisierung der einschlägigen Befunde abgelegen und stand nun kurz vor der Entlassung.

Tanja hatte mit Lisbeth acht Jahre lang im Gymnasium die Schulbank gedrückt. Wenn sie einander auch nicht gerade nahegestanden waren, so verband sie doch eine Art gegenseitiger Achtung, eine unter jungen Leuten nicht eben häufige Form persönlicher Beziehungen. Sie hatten sich nie ganz aus den Augen verloren, trafen aber nur selten zusammen. Zuletzt waren sie einander anlässlich eines Maturatreffens begegnet.

In C3 standen vorübergehend nur zwei Betten. Die beiden anderen waren hinausgerollt worden, weil sie auf anderen Stationen benötigt wurden. Im ersten Bett, in Türnähe, lag eine junge Frau, die vor laufendem Fernseher eingeschlafen war. Lisbeth saß mit einem Buch in der Hand auf der Bettkante. Sie klappte das Buch zu und stand auf. Sie hatte einen einfachen hellblauen Morgenmantel an, ein Kleidungsstück von jener Sorte, der man auf den ersten Blick ansieht, dass Schlichtheit ihren Preis hat.

»Dachte schon, du hättest mich vergessen«, sagte sie. »Gehen wir in den Rauchsalon?« Sie nahm Zigaretten und Feuerzeug aus dem Spind neben dem Bett.

»Rauchsalon ist gut!«, lachte Tanja. Das Raucherzimme lag im Quertrakt, ein großer, weiß getünchter Raum mit runden

Tischen und einfachen Schalensesseln. Die Aschenbecher waren offenbar kürzlich geleert worden. Auf dem Fenstersims hatte jemand ein paar Illustrierte deponiert. Außer einem Patienten in mittlerem Alter, der in einer Ecke saß und Zeitung las, war der Raum leer. Als sie eintraten, erhob sich der Mann halb und grüßte mit einer kleinen Verbeugung.

»Guten Abend, Doktor Mattas«, sagte Tanja.

Eine Tür zu einem schmalen Balkon stand halb offen. Es war ein milder Herbsttag gewesen, der einen Duft von Blättern und Baumrinde hinterlassen hatte. Sie wählten einen Ecktisch gegenüber der Balkontür, weit genug von dem Zeitung lesenden Patienten entfernt, um ungehört plaudern zu können. Lisbeth hielt Tanja die Zigaretten hin und schob sich selbst eine zwischen die Lippen. »Du bist hier wohl ziemlich angehängt, wie?«, stellte sie fest. »Wohnst du im Krankenhaus?«

»Nein, ich habe ein Zimmer im Wohntrakt, das ich während der Nachtdienste benütze. Wenn es sehr spät wird, bleibe ich manchmal auch da, wenn ich dienstfrei bin. Dann kann ich am Morgen länger schlafen, was auch sein Gutes hat.«

»Ach – ich dachte, ihr seid im Nachtdienst auf der Station festgenagelt. An der Geburtenabteilung, wo ich mit meinen Entbindungen gelegen bin, war das jedenfalls so.«

»Das ist von Abteilung zu Abteilung verschieden. Beides hat Vor- und Nachteile. Schläfst du außerhalb, musst du nachts bei Regen und Schnee hinaus. Schläfst du an der Abteilung, holen sie dich wegen jeder Kleinigkeit, die ebenso gut der diensthabende Turnusarzt erledigen könnte.«

Lisbeth nahm einen tiefen Zug von der Zigarette. »Das wäre nichts für mich. Mir haben schon die Nächte gereicht, als die Kinder noch klein waren. Die Vorstellung eines Lebens ohne ungestörte Nachtruhe – schauerlich!«

Tanja schnippte die Asche von ihrer Zigarette. »Das gehört zum Job. Damit rechnet man, wenn man sich auf diesen Beruf einlässt.«

Lisbeth sah sie an. »Ich hab' dich immer schon bewundert, weil du eine der wenigen warst, die wusste, welchen Weg sie gehen will.«

»Du hast mich bewundert? Ich war immer von deiner Selbstsicherheit beeindruckt. Irgendwie habe ich dich stets darum beneidet, wie locker du Probleme wegstecken kannst.«

»Kann ich das?«, fragte Lisbeth, den Blick auf die Glut ihrer ausgedrückten Zigarette geheftet.

»Bist du zufrieden?«

»Zufrieden – womit?«

»Mit deiner Berufswahl, mit deinem Leben.«

Tanja drückte umständlich ihre Zigarette aus. Die Wendung des Gespräches behagte ihr nicht. »Auf die Gefahr hin, dass du mich für eine dumpfe Gurke hältst – darüber denke ich nicht nach. Ich könnte mich jetzt ausreden und behaupten, dazu fehlt mir die Zeit. Aber das wäre gelogen. Ich tue einfach, was getan werden muss. Das ist manchmal erfreulich, manchmal unerfreulich. Aber so geht es doch uns allen – oder?«

»Na ja – wenn ich sehe, womit du zu Rande kommen musst! Ich bezweifle, dass ich das könnte.«

Tanja warf einen Blick nach der Balkontür, wo der Wind in dürren Blättern raschelte.

»Nicht jeder muss alles können. Du betreust eine Familie mit zwei Kindern. Ich weiß nicht, ob ich dazu so ohne weiteres imstande wäre.«

»Das würde deinen Ehrgeiz nicht befriedigen. Ich hatte schon im Gymnasium den Eindruck, du verlangst mehr von dir, als die anderen von dir erwarten.«

»Das hat nichts mit Ehrgeiz zu tun. Wenn du nicht viel von dir verlangst, verlangen die anderen zu viel von dir.«

Lisbeth nickte. »Eine hübsche Theorie! Von mir verlangen die anderen immer zu viel. Vor allem zu viel vom selben. Da fragst du dich manchmal – geht das immer so weiter? War's das schon? Ist das wirklich alles?«

»Damit bist du nicht allein. Letztlich läuft jeder seinen Slalom zwischen dem Erstrebenswerten und dem Möglichen. Was willst du? Soll die Spur von deinen Erdentagen nicht in Äonen untergehen?«

Lisbeth wölbte die Augenbrauen. »Wir kennen unseren Faust, nichtwahr? Ich frage mich, ob ihn meine Kinder auch noch lernen werden. Wie es aussieht, werden die nur Comic-Sprechblasen zitieren. Wenn ich mich in meinem Bekanntenkreis so umsehe – da wächst eine Generation heran, die glaubt, dass Gott am sechsten Tag das Fernsehen schuf.«

Tanja musste lachen, »Wie alt sind deine beiden?«

»Markus ist elf, Maria zwölf.« Sie machte eine Pause. »Gibt es den feschen Mann vom Stephansplatz noch?«

Tanja blickte erstaunt auf. Dann fiel ihr ein, dass sie Lisbeth vor Monaten bei einem Stadtbummel mit Lukas begegnet war. »Lukas? Den gibt's noch. Derzeit in Afrika.«

»Hat er vor dir Ausreiß genommen?«

Tanja lachte. »Seine Firma baut Brücken über einen Fluss namens Kasamanya. Frage mich nicht, wo das ist.«

»Werdet ihr heiraten?« Sie hielt sich die Hand vor den Mund. »Oh, entschuldige! Du weißt ja, ich war immer schon zu neugierig.«

»Macht nichts. Aber ich weiß es nicht. Früher hatte ich andere Prioritäten. Jetzt, da ich beruflich abgesichert bin, sieht die Sache anders aus. Wenn er mich fragt, sage ich vermutlich ja.«

Tanja griff nach einer neuen Zigarette und schob sie verärgert in die Packung zurück. Weshalb konnte sie den Mund nicht halten! Was ging es Lisbeth an, wie es zwischen ihr und Lukas stand?

»Bist du noch in Kontakt mit der alten Gilde?«, fragte sie, um das Thema zu wechseln.

»Kaum. Rose begegne ich gelegentlich. Sie wohnt nur ein paar Häuser von uns entfernt.«

»Und?«

»Sie ist noch so schön wie mit sechzehn. Klüger ist sie nicht geworden. Sie weiß noch immer nicht, dass alles, was von einer Rose bleibt, wenn sie verblüht, die Dornen sind.« Sie beugte sich näher und fragte vertraulich: »Hast du viele Verehrer unter deinen Patienten?«

Tanja schüttelte den Kopf. »Ideen hast du!«

»Der Herr da drüben schaut dich jedenfalls über den Zeitungsrand hinweg unentwegt an«, flüsterte Lisbeth verschwörerisch »Wenn du mir nicht glaubst, dann frag ihn, was in der Zeitung steht. Der hat sicher keine Ahnung.«

Dr. Manuel Mattas war mit einer Lebensmittelvergiftung eingeliefert worden, von der er sich überraschend schnell erholte. Er war ein sympathischer, ruhiger Mann mit tadellosen Manieren. Wenn man ihm seine fünfzig Jahre nicht ansah, lag das nicht zuletzt an einer dichten, melierten Mähne, die allen Bändigungsversuchen zu widerstehen schien. Ihr war längst aufgefallen, dass er sie – auf eine sehr zurückhaltende Art – mit Blicken bedachte, die nicht in erster Linie der Ärztin galten. Aber das passierte immer wieder einmal, wenn man ständig im Mittelpunkt des Interesses stand.

»Doktor Mattas wird am Wochenende entlassen, wie du«, sagte sie obenhin.»Wahrscheinlich sehe ich ihn niemals wieder. Zumindest wünsche ich ihm das.«

Sie begleitete Lisbeth zu ihrem Zimmer. In der Tür drehte sich Lisbeth nochmals um und sagte: »Schöne Grüße nach Afrika. Ich täte ihn nehmen, wenn ich du wäre.«

»Du bist wirklich unmöglich«, lachte Tanja.

»Ich weiß«, stimmte Lisbeth zu und schloss die Tür.

Tanja hatte sich einen Kontrollgang durch das Haus zur Angewohnheit gemacht, ehe sie abends die Abteilung verließ. Es passierte oft genug, dass sie, kaum in ihrem Zimmer angelangt, wieder an die Abteilung gerufen wurde. Mit Schwester Roswina als Begleitung begann sie ihren Rundgang im oberen Stockwerk.

Roswina schaltete die Notbeleuchtung ein, die die Gesichter der Patienten in ein gespenstisches blaues Licht tauchte.

Seit sie erstmals an die Abteilung gekommen war, hatte sich viel geändert. Damals gab es noch Säle mit dreißig Betten. Vor ein paar Jahren hatte man den Forderungen nach dem ›Patientenfreundlichen Krankenhaus‹ als ersten Schritt durch die Errichtung von Zwischenwänden Rechnung getragen, welche die großen Säle in jeweils zwei Zwölfbettzimmer unterteilten. Die nächsten umfassenden Baumaßnahmen standen unmittelbar bevor. Die Zimmergröße sollte auf maximal sechs Betten reduziert werden. Eine Entscheidung, die auf den ersten Blick nur Zustimmung finden konnte, jedoch neue Probleme aufwarf, weil kleinere Einheiten mehr Pflegepersonal erforderten, an dem zunehmender Mangel herrschte.

Im unteren Geschoss begegnete Tanja Trimmel, dem diensthabenden Sekundararzt. Er hatte eben einen Rundgang beendet, ohne auf besondere Vorkommnisse gestoßen zu sein, wie er berichtete. Sie verabschiedete sich von ihm und verließ die Abteilung. An sich hätte sie eine eigene Kontrollrunde bevorzugt. Aber sie kannte aus eigener Erfahrung die aufkeimenden Empfindlichkeiten, wenn einem das Gefühl vermittelt wurde, auf Schritt und Tritt überwacht zu werden. Das bestärkte bei manch einem die Neigung, eigenverantwortliche Entscheidungen tunlichst überhaupt zu meiden. Sie hatte seinerzeit als Turnusärztin auf ihre Weise reagiert, indem sie die Oberärzte mitten in der Nacht wegen Problemen auf die Abteilung rief, die sie ohne weiteres selbst hätte bewältigen können. Das trug ihr zunächst keine Freundschaften ein, aber bald den Respekt vor ihrem persönlichen Urteilsvermögen in kritischen Situationen.

Nach einem frühen Herbsteinbruch war eine für Mitte Oktober ungewöhnliche Wärmeperiode angebrochen. Ein lauer Wind raschelte in den Blättern der Buchen und verbreitete eine Stimmung, die eher an Frühling als an Herbst gemahnte. Der weitläufige Park, auf dessen Bänken bei Tag Patienten und Besucher die frische Luft genossen, lag zur Nachtzeit einsam und verlassen da. Auch die Eichhörnchen, die tagsüber ohne Scheu zwischen den Beinen der Menschen dahinjagten, hatten sich in ihre Baumquartiere zurückgezogen.

Tanja setzte sich auf eine Bank, die durch Bäume und Sträucher vom kalten Licht der Neonleuchten abgeschirmt wurde. Der leise Wind spielte mit den Schatten der Sträucher. Bis auf das gelegentliche ferne Rumpeln einer Straßenbahn war es still. Sie zündete eine Zigarette an und inhalierte tief den Rauch. In früheren Jahren hätte sie sich den Luxus einer Ruhepause im Freien nicht gönnen können. Das wurde erst möglich, seit es Pager gab, über die sie jederzeit erreichbar war. Es gab vieles, was in früheren Jahren nicht möglich gewesen wäre. Aber sie lebten in einer Zeit des Aufbruchs. Das Leben veränderte sich in atemberaubendem Tempo. Tabus von gestern wurden zu Regeln von heute. Neue Wege führten überallhin, manche auch dorthin, wohin man gar nicht wollte. Wer stehen blieb, drohte sich in der Einöde des Gestern zu verlaufen. Alles war in Bewegung.

Aus dem Eingang der Gynäkologischen Abteilung traten zwei weiße Gestalten. Sie konnte aus der Entfernung nicht erkennen, wer sie waren. Die beiden wechselten ein paar Worte und gingen in entgegengesetzten Richtungen auseinander. Sie musste an die junge Studentin denken, die vor ein paar Jahren – fast in ihren Armen – im Leberkoma verstorben war. Das war eine von jenen Menschen gewesen, für welche die Zeit des Aufbruchs zu spät kam. Man hatte sie mit Unterleibsblutungen infolge eines – nach damaliger Gesetzeslage verbotenen – Schwangerschaftsabbruchs an der Gynäkologie eingeliefert. Obwohl nach entsprechender Behandlung aus Sicht der Gynäkologen keine Ursache dafür bestand, verschlimmerte sich ihr Zustand während der folgenden Stunden dramatisch. Nach ihrer Verlegung auf die Interne Abteilung ergab sich schnell der Verdacht, dass ihr im Zusammenhang mit dem verbotenen Eingriff Mittel verabreicht wurden, die massive toxische Zellschäden verursachten. Niemand konnte mit Sicherheit sagen, ob man ihr helfen hätte können, wenn man die Art des Zellgiftes gekannt hätte. Aber die Frage stellte sich erst gar nicht. Alle Versuche, das Mädchen zum Reden zu bringen, selbst behutsame Hinweise auf lebensbedrohende Folgen, stießen an einen Wall beharrlichen Schweigens.

Flackerndes Blaulicht an den Mauern der Chirurgie kündigte ein Einsatzfahrzeug an, noch ehe es sichtbar war. Dann bog ein Rettungswagen mit quietschenden Reifen um die Ecke und hielt vor der Ambulanz. Sie beobachtete, wie zwei Sanitäter mit einer Tragbahre hinter der Glastür der Ambulanz verschwanden.

Sie legte den Kopf in den Nacken und blickte zu einem sternenlosen Nachthimmel auf. Das Gespräch mit Lisbeth ging ihr durch den Kopf. Sie war es nicht gewohnt, Vertraulichkeiten auszutauschen. Vielleicht deshalb, weil sie keine Freundinnen hatte. Vielleicht war es auch umgekehrt und sie hatte keine Freundinnen, weil sie jeden Ansatz zu vertraulichen Gesprächen mied. Die Vorstellung, mit anderen Menschen, selbst mit ihren Eltern, über eigene Probleme zu sprechen, hatte ihr schon als Kind widerstrebt. Sie war früh zu der Überzeugung gelangt, dass man mit sich und der Welt allein zurande kommen musste. Daran konnte auch die Tatsache nichts ändern, dass sie mit Lukas dem ersten Menschen begegnete, dem sie sich nahezu ohne Einschränkungen anzuvertrauen vermochte.

Lisbeths neugierige Fragen hatten einen wunden Punkt berührt. Wer sich einmal verbrannt hat, scheut das Feuer ein Leben lang. Man konnte Erfahrungen aus der Vergangenheit verdrängen, aber nicht vergessen. Woher sonst sollte es kommen, dass sie sich nach all den Jahren mit Lukas auch heute noch die Frage stellte, ob er mehr in ihr sah als eine Gefährtin auf Zeit?

Der Ausblick auf das bevorstehende Wochenende mit ihm erfüllte sie mit Vorfreude. Sie hätte einiges dafür gegeben, den

Kopf jetzt an seine Schulter legen zu können. Wenn er bei ihr war, wenn er sie in die Arme schloss, war die Welt in Ordnung. Sie musste an die Silvesterparty in der Architektenvilla denken, bei der sie einander begegnet waren. Sie hatte eben überlegt, ob es das alte Jahr verdiente, auf diese banale Weise zu enden, und wie ein Neues Jahr werden mochte, dass so nichtssagend begann, als er plötzlich vor ihr stand, um ihr Feuer für ihre Zigarette zu reichen. Sie hatte den hochgewachsenen dunkelhaarigen Mann, der wiederholt zu ihr herüber blickte, schon vordem bemerkt. Aus der Nähe betrachtet, verliehen zwei Lachfalten seinen offenen Gesichtszügen einen Ausdruck ungekünstelter Unbekümmertheit, die ihn ein paar Jahre jünger erscheinen ließ, als er vermutlich war.

Sie empfand noch heute die gleiche prickelnde Erregung wie damals, als ihre Blicke einander über der Flamme des Feuerzeugs trafen und für eine lange Sekunde festhielten. Sie schlenderten zu einer stilleren Ecke des Salons und nahmen auf einem alten Polstermöbel Platz. Es war keine leichtflüssige Unterhaltung, die da begann, eher ein vorsichtiges Abtasten. Er redete nicht allzu viel. Sie merkte bald, dass er zu jenen Menschen gehörte, die mehr zu erzählen hätten, als sie zu erzählen bereit sind. So war es eben nun einmal. Am meisten redeten immer jene, die am wenigsten zu sagen hatten. Im Verlauf der Unterhaltung stellte sich allmählich eine gewisse Befangenheit ein. Als scheuten sie sich Themen zu berühren, die auf gefährlichen Boden führen mochten. Spätestens in diesen Minuten begann ein Warnsignal in ihr zu klingeln. Aber da wollte sie die Warnung nicht mehr hören. Da war sie bereits entschlossen, dem Schicksal seinen Lauf zu lassen. Sie wusste bis heute nicht, ob er die Initiative ergriffen hätte, wenn nicht sie den Jahreswechsel zu zweit im verschneiten Wald angeregt hätte.

Von einem fernen Kirchturm erklangen helle Glockenschläge. Sie stand auf und schlug den Weg zum Wohntrakt ein. In ihrem Zimmer wartete ein Stoß von Krankengeschichten auf sie. Sie achtete stets darauf, dass die Patienten bei der Entlassung den Abschlussbericht möglichst umgehend in die Hand bekamen. Um dem Gerangel um das einzige verfügbare Diktiergerät an der Abteilung zu entgehen, hatte sie ein eigenes Diktafon angeschafft.

Noch in der Tür ihres Zimmers stellte sie fest, dass sie hungrig war. Der Verwaltungsdirektor hatte jüngst in einer Anwandlung von Großzügigkeit Kühlschränke für die Ärztezimmer zur Verfügung gestellt. Sie nahm Butter, Wurst und Käse aus dem summenden Gerät, füllte ein Glas mit Milch und tat alles auf ein Tablett. Während sie nach dem Brotkorb griff, begann das Telefon zu läuten. Sie stieß einen Seufzer aus. Es blieb eines der unergründlichen Geheimnisse, weshalb Telefone immer dann zu läuten begannen, wenn man eben im Begriff war, einen Bissen in den Mund zu stecken oder einzuschlafen. Diesmal kam der Anruf nur von einem Kollegen, der sich nach dem Befinden einer Angehörigen erkundigte. Sie gab die gewünschte Auskunft, trug das Tablett zum Tisch und widmete sich entspannt der Zubereitung des Abendbrots.

3. Kapitel

Obwohl Fisch nicht eben zu seinen Lieblingsgerichten zählte, schmeckte ihm das Telapjafilet ausgezeichnet. Nach dem letzten Bissen füllte er sein Glas mit Wein auf und zündete eine Zigarette an. Die Musiker auf dem Podium hatten vor einiger Zeit zu spielen begonnen. Es waren drei Schwarze und ein Weißer, die mit Schlagzeug, Klarinette, Jazzgitarre und Schlagbass eine moderne Tafelmusik für ein Publikum zum Besten gaben, dessen Aufmerksamkeit sich vorwiegend auf das reichhaltige Abendmenü konzentrierte.

Er wusste nicht, ob er sich über die Änderungen in seinen Plänen freuen sollte oder nicht. Einerseits bot die Aussicht auf eine Safari im Kasamanya-Valley einen Reiz besonderer Art, andrerseits hatte er sich innerlich ganz auf das Wochenende mit Tanja eingestellt. Schon die Vorstellung, sie anzurufen, um für das Weekend abzusagen, trug nicht eben dazu bei, seine gedämpfte Stimmung zu heben. Es war nicht schwer zu erraten, wie sie reagieren würde. Hitzige Debatten entsprachen nicht ihrem Stil. Sie würde sich in ihren Schutz-Kokon zurückziehen und das Reden ihm überlassen. Wie jedes Mal in solchen Situationen würde er sich auf eine Weise schuldig fühlen, die nicht unmittelbar dem Anlass entsprach. Das Gefühl, ihr viel zu oft die Zuwendung versagen zu müssen, die sie sosehr benötigte, begleitete ihn während seiner Reisen überall hin. Sie hatte sich nie beklagt. Er hätte sich zur Wehr setzen können, wenn sie es getan hätte. Sich selbst zu beschwichtigen, war um vieles schwerer.

Er leerte sein Glas und stellte verdrossen fest, dass die Flasche leer war. Die Musiker hatten eben einen Blues beendet. Kellner trugen Teller mit Überresten von Krustentieren fort oder wanden sich mit vollen Tabletts zwischen den Tischen durch. Überall wurde geredet und gelacht. Er schien der einzige Mensch weit und breit zu sein, der allein an seinem Tisch hockte und vor sich hin schwieg. Was hielt ihn noch hier? Er konnte ebenso gut auf sein Zimmer gehen und sich vor den Fernseher setzen.

Er stand auf und schob den Stuhl zurück. Als er sich umwandte, stieß er fast gegen eine junge Frau. Er sagte: »Oh, Pardon!«, und fast im gleichen Atemzug: »Hanna? Das gibt es nicht!«

»Es gibt alles, wie du siehst«, sagte die Angeredete. Sie stellte sich auf die Zehenspitzen, um einen hörbaren Kuss auf seine Lippen zu drücken.

Er musterte sie mit unverhohlener Freude. »Hat dir heute schon jemand gesagt, wie hübsch du aussiehst?«

»Du alter Schmeichler«.

»Seit wann bist du hier?«, fragte er.

»Seit gestern. Ich bin für eine erkrankte Kollegin eingesprungen. Morgen Abend geht's zurück nach Genf.« Sie deutete nach einem Tisch am entgegengesetzten Ende des Gartens.

»Dort sitzt der Rest von unserer Crew.«

Er nahm ihren Arm.»Musst du den Abend mit ihnen verbringen?«

Sie schüttelte den Kopf. »Nein, muss ich nicht. Ist das dein Platz?«

Sie setzten sich einander gegenüber an den Tisch, an dem er eben noch missgestimmt allein gesessen war. »Hast du schon zu Abend gegessen?«, erkundigte er sich.

»Danke, gegessen habe ich schon. Aber zu einem Glas Rotwein sage ich nicht nein.«

Er bestellte bei einem vorbeieilenden Kellner eine Flasche französischen Rotwein.

Hanna stand auf. »Ich muss meinen Leuten Bescheid sagen«, erklärte sie.

Er sah ihr nach, während sie sich einen Weg zwischen den voll besetzten Tischen bahnte. Sie trug ein weißes schulterfreies Oberteil und einen kurzen schwarzen Minirock, der ihre langen geraden Beine freigab. Hanna war eine Frau, die Aufmerksamkeit erregte. Männer verrenkten sich die Hälse. Einige Damen steckten die Köpfe zusammen und tuschelten.

Er war ihr auf dem Flug nach Rom begegnet, einem ihrer ersten Einsätze als Flugbegleiterin. Eine Bemerkung über das Bordfrühstück, das sie ihm reichte, brachte sie zum Lachen. Sie hatte kurz geschnittenes blondes Haar und Augen von der Farbe dunklen, durchscheinenden Bernsteins. Als sie lachte, lachten ihre Augen mit. Er mochte es, wenn Augen lachen konnten. Lachende Augen zeugten von Heiterkeit und einem ausgeglichenen Gemüt.

Als sie einander auf seinem Rückflug zwei Tage später wieder begegneten, verabredeten sie sich für den Abend. Es war der Anfang einer Beziehung, die sich nicht unbedingt in die Richtung landläufiger bürgerlicher Vorstellungen entwickelte. Sie hatten gemeinsam jede Menge Spaß. Sie gingen Segeln und Skilaufen, spielten Tennis und besuchten Popkonzerte. Sie unternahmen Bergtouren und verbrachten ein paar Kurzurlaube miteinander. Keiner von ihnen hatte einen triftigen Grund, sich der körperlichen Anziehung, die sie füreinander empfanden, zu entziehen. Es ergab sich gewisser Maßen von selbst, dass der erste gemeinsam verbrachte Abend Höhepunkt und Ausklang in seinem Bett fand.

Eine kraushaarige Kellnerin brachte den Wein und zwei Gläser. Sie entkorkte umständlich die Flasche und goss einen Schluck in sein Glas. Er kostete den Wein und nickte. Wenn ihn jemand gefragt hätte, was ihn mit Hanna verband, hätte er sich mit der Antwort nicht leicht getan. Von Liebe konnte nicht die Rede sein. Das lag auf einer anderen Ebene. Dazu fehlte die Tiefe, die Unverzichtbarkeit. Mehr als ein zeitweiliger Anflug von Verliebtheit stellte sich weder bei ihr noch bei ihm ein.

Keine Versprechungen, keine Verpflichtungen, keine Probleme, das waren – unausgesprochen – die Spielregeln ihrer Beziehung. »Nichts Ernstes eben«, hätte seine Mutter gesagt, wenn sie von Hanna gewusst hätte.

Als Tanja in sein Leben trat, änderte sich sein Verhältnis zu Hanna schlagartig. Von einem Tag auf den anderen verschoben sich die Bilder. Er verheimlichte Hanna nichts, das wäre ihm unfair erschienen. Er brach auch die Verbindung zu ihr nicht gänzlich ab. Es fehlte ihm einfach an der Zeit – und irgendwie auch an der Motivation. Hanna bedrängte ihn nicht. Wenn sie einander begegneten, war sie umgänglich und heiter wie zuvor. Erst als ein paar Monate später nach einer zufälligen Begegnung der Abend in ihrem Bett endete, dämmerte ihm, nicht ohne Betroffenheit, welche Rolle er in ihrem Leben spielte. Am Anfang ihrer Beziehung hatte er den vagen Eindruck gewonnen, sie zu Höhen der Leidenschaft zu geleiten, die ihr vordem verschlossen geblieben waren. Jedenfalls war sie so tief in diese Augenblicke versunken, wie kaum eine vor ihr. Ihre burschikose Art, mit ihm umzugehen, täuschte ihn über die Wahrheit hinweg. Erst das Wiederaufleben ihres Verhältnisses bestärkte seinen Verdacht, dass ihm jener Platz beschieden war, den im Leben einer Frau nur ein einziger Mann einnehmen kann. Es fiel ihm nicht schwer sich einzugestehen, dass ihm Schlimmeres hätte zustoßen können. Weit Schlimmeres, wenn man es unvoreingenommen betrachtete.

»Erledigt«, sagte Hanna, während sie sich niederließ und nach dem Weinglas griff.

»Auf ein überraschendes Wiedersehen!« Sie stießen über dem Tisch an.

»Dabei dachte ich schon, du wärest böse auf mich«, sagte er.

»Ich, böse auf dich – warum?«

»Keine Ahnung. Bei unserer letzten Begegnung warst du sehr kurz angebunden. Auf dem Abendflug Frankfurt Wien – erinnerst du dich nicht?«

Sie legte die Stirn in Falten. »Doch – ich weiß schon. Wir hatten am Morgen Papa ins Krankenhaus gebracht. Da war mir nicht nach Fröhlichkeit zumute.«

»Die alte Geschichte?«

Sie nickte. »Ich bin froh, dass Mama das nicht mehr erleben musste. Er kann nicht mehr selbstständig essen, so sehr zittern seine Hände. Wir hätten ihn in ein Heim geben müssen, wenn mein Bruder nicht wieder in sein altes Zimmer eingezogen wäre. Ich kann mich ja nur fallweise um ihn kümmern.« Sie strich sich über die Stirn, als wollte sie die trüben Gedanken fortschieben. »Lass uns von anderem reden. Was machst du hier?«

Er erzählte von dem verschobenen Termin, ohne Tanja und das verlorene Wochenende zu erwähnen. Es betraf sie nicht. Es betraf nur Tanja und ihn. Selbst Tanjas Namen in Hannas Gegenwart zu nennen, widerstrebte ihm. Es kam ihm vor, als würde er andernfalls die beiden Frauen, die einander nicht einmal kannten, im Geiste einer Konfrontation aussetzen. Wobei die Ausgangslagen sehr unterschiedlich wären. Hanna wusste von Tanja, aber Tanja wusste nichts von Hannas Existenz. Keine glückliche Konstellation für eine faire Auseinandersetzung, so es eine solche gegeben hätte.

Wie sich herausstellte, wusste Hanna über das Kasamanya-Valley Bescheid. Sie hatte vor ein paar Monaten zusammen mit der übrigen Crew die Wartezeit vor dem nächsten Einsatz für eine zweitägige Safari im Flussgebiet genützt. Sie erzählte voll Begeisterung von der abenteuerlichen Fahrt im offenen Land Rover durch den südlichen Teil des Reservats, das in seiner Gesamtheit größer war als Luxemburg.

»Zu Fuß muss das eine tolle Sache sein«, sagte sie. »Mich frisst der Neid. Wenn ich Zeit hätte, würde ich sofort mitmachen.«

Die Musik hatte nach einer kurzen Pause wieder eingesetzt. Nach den ruhigeren Klängen stand der zweite, rhythmische Teil auf dem Programm. »Rock around the clock«, dröhnte aus den Boxen durch die Nacht.

»Wann haben wir zuletzt mitsammen getanzt?«, fragte Hanna. »Das muss Jahre her sein.«

Es war tatsächlich Jahre her. Wenn er mit Hanna in einem Espresso gesehen wurde und Tanja davon erfuhr, konnte er sich auf eine zufällige Begegnung mit einer alten Bekannten ausreden. Auf dem Tanzparkett begegnete man sich nicht zufällig.

Die Tanzfläche war noch ziemlich verlassen. Die Mehrzahl der Gäste zog es vor, sich andächtig der dem reichhaltigen Abendmenü folgenden Trägheit zu ergeben. Er zog Hanna an den Händen hoch und führte sie zum Parkett, einem großen, kreisrunden Mosaik mit der naiven Darstellung tanzender Einheimischer im Lendenschurz.

Sie hatten jede Menge Platz für ihren Tanz. Nach einem weiteren Rock-and-Roll bemächtigte sich eine Sängerin, die sich ›Princess of Saba‹ nannte, des Mikrofons. Sie war eine hochgewachsene schwarze Schönheit, die mit rauchiger Stimme ›I don't want to sleep alone‹ sang.

Obwohl Hanna nicht viel kleiner war als er, lag sie schwerelos und leicht in seinen Armen, wie ein zartes, kleines Mädchen. Er legte die Hand auf ihren Rücken und zog sie behutsam näher an sich. Sie leistete keinen Widerstand. Wie in den alten Zeiten, dachte er beschwingt. Er beugte sich vor und küsste sie auf die Schulter.

Sie legte den Kopf zurück und sah ihn unter schmalen Lidern an. »Du treibst ein gefährliches Spiel«, sagt sie leise.

Er küsste sie auf den Halsansatz und presste sie an sich. »Du bist die einzige Gefahr, der ich gern ins Auge sehe«, sagte er.

Sie schmiegte sich an ihn. »Das glaube ich dir sogar«, flüsterte sie.

Als die Musiker eine Pause einlegten, kehrten sie an ihren Tisch zurück. Sie setzten sich nicht nieder. Einen Augenblick standen sie wie unschlüssig da, als wüssten sie nicht, was sie als nächstes tun sollten. Er nahm ihre Hand und zog sie mit sich fort. Sie wählten einen Umweg, um nicht an dem Tisch vorbeigehen zu müssen, an dem die Flugzeugbesatzung beisammen saß. Sie nahmen einem fast unbeleuchteten Kiesweg zwischen Nebengebäuden zum Haupteingang. Einmal blieben sie stehen und küssten einander. Im Lift sagte Hanna mit abgewandtem Blick: »Gib mir etwas Zeit. Ich möchte noch unter die Dusche.«

Es traf sich günstig, dass sie in der gleichen Etage wohnten, nur ein paar Türen voneinander entfernt. Im Zimmer fiel ihm der Malariaschutz ein, auf den er am Morgen vergessen hatte. Er drückte eine Tablette, die als Knopf für Goliaths Nachthemd zu groß gewesen wäre, aus der Folie und spülte sie mit Mineralwasser hinunter. Sein Blick fiel auf das Telefon. Er fühlte sich plötzlich elend. Er wusste, dass er Tanja anrufen sollte, die ihn zum Wochenende erwartete. Aber das konnte er nicht. Nicht jetzt. Die bloße Vorstellung, ihre geliebte Stimme zu hören, während er im Begriffe stand, zu einer anderen Frau zu gehen, machte ihn krank. Sein Hang zur Treulosigkeit war eine Sache, Heuchelei eine andere.

Er zündete eine Zigarette an und starrte düster vor sich hin. Tanja war Tausende Kilometer entfernt. Aber Entfernungen spielten keine Rolle. Es wäre in Wien nicht anders gelaufen. Er hätte Hanna ebenso an sich gezogen und geküsst. Irgendein unbändiger Trieb in ihm hatte das Kommando übernommen. Es war, als hätte sich eine Leitung kurzgeschlossen, die keinen anderen Weg offen ließ. Er konnte nicht widerstehen. Er wollte es nicht einmal versuchen.

Er drückte die Zigarette aus und sank in den Lehnstuhl neben dem Telefon. Er musste mehrmals wählen, ehe er ein Signal hörte. Nach dem fünften Läuten wurde abgehoben.

»Hallo, Mutter! Wie geht es dir?«, begann er.

»Danke, dem Hund geht's gut.«

Er lachte unterdrückt. »Ich hab' nicht nach Tessa gefragt, ich hab' gefragt, wie es dir geht.«

»Deshalb rufst du nicht an, wenn du am Wochenende wieder da bist.«

»Woher weißt du, wann ich kommen wollte?«

»Von Tanja. Wir haben gestern telefoniert.«

Seine Mutter hatte ein ziemlich loses Mundwerk. Er hätte gerne gewusst, worüber die beiden sonst noch gesprochen hatten. »Es geht um dieses Wochenende, Mutter. Der Festakt wurde verschoben. Vor Donnerstag, Freitag werde ich es nicht schaffen, heimzukommen.« Er betrachtete voll Abscheu die Tasten des Telefons, als wären sie für das verantwortlich, was er eben tat.

»Bist du noch dran?«, fragte seine Mutter.

»Ja«, sagte er und räusperte sich. »Könntest du Tanja anrufen und ihr sagen, dass es mit dem Wochenende leider nichts wird? Ich konnte sie weder daheim, noch im Spital erreichen.« Er hasste Lügen. Aber er log mit ruhiger Stimme. Er belog Tanja und er belog seine Mutter. Er log so überzeugend, dass er Gefahr lief, seine eigene Lüge zu glauben.

»Gib Ruhe, Tessa!", hörte er seine Mutter poltern. »Da wird sich Tanja aber freuen. Es würde mich nicht wundern, wenn sie sich nach jemandem umschaut, der gelegentlich Zeit für sie hat.«

Er bemühte sich, eine Aufwallung von Ärger zu unterdrücken. »Du weißt sehr gut Mutter, dass ich tue, was ich kann.«

»Hoffentlich weiß das auch Tanja. Aber das ist nicht mein Problem. Ich werde sie anrufen und ihr die freudige Botschaft überbringen.«

Nachdem er den Hörer aufgelegt hatte, blieb er kurz sitzen und starrte grimmig das Telefon an, als erwartete er einen angekündigten Anruf, der nicht eintreffen wollte. Auf dem Korridor begegnete ihm ein uniformierter Page, der ein Tablett mit vollen Cocktailgläsern balancierte. Die Tür zu Hannas Zimmer war nicht verschlossen. Er klopfte an und trat ein. Das Zimmer lag im gedämpften Licht einer Hängeleuchte über der Sitzecke. Hanna hatte das Moskitonetz zurückgeschlagen. Sie lag ausgestreckt auf dem Bett unter einer dünnen, gitterförmig durchbrochenen Decke, die mehr von ihrem Körper verriet, als sie verbarg.

»Wo bleibst du denn so lang?«, sagte sie mit verschleiertem Blick.

Später lagen sie entspannt nebeneinander und rauchten. Trotz des surrenden Deckenventilators schien die warme Luft im Zimmer stillzustehen. Hanna heftete den Blick auf das Moskitonetz, das über ihnen schlaff von der Decke hing wie das nutzlos gewordene Segel eines Boots bei Windstille. »Was würde Tanja sagen?«, fragte sie in einem Tonfall, als führte sie ein Selbstgespräch.

Er schloss für eine Sekunde unwillig die Augen. Das war einer jener Gedanken, die er lieber beiseite schob, ehe sie sich festsetzen konnten. Er wusste nicht, wie Tanja reagieren würde. Er hatte sie noch niemals weinen gesehen. Vielleicht würden sich ihre Augen zornig verdunkeln. Vielleicht würde sie sich einfach umdrehen und ihn stehen lassen. Er wusste es nicht. Er wollte nicht über eine Situation nachdenken, von der er hoffte, dass sie niemals eintreten würde.

»Was würde dein Toni sagen?«, gab er zurück.

Sie schnippte ihre Zigarette über dem Aschenbecher ab, den sie auf ihrem Bauch placiert hatte. »Er wäre todunglücklich. Ich glaube, er liebt mich wirklich.«

»Und wie steht es mit dir?«

Sie wandte ihm den Kopf zu. »Er ist der liebste Mensch, dem ich je begegnet bin. Kein Mann vor ihm hat mich so sanft und geduldig umworben.« Sie bekam glänzende Augen. »Manchmal sagt er Dinge, die noch niemand zu mir gesagt hat. ›Du bist meine Vergangenheit und meine Zukunft, mein Heute und mein Morgen.‹ Er meint das wirklich ernst.«

»Wie romantisch!«

»Mach dich nur lustig! Du bist selber ein Romantiker. Auch wenn du es nicht wahrhaben willst.«

»Tatsächlich?«, fragte er ironisch.

Sie tätschelte seine Hand. »Tatsächlich«, sagte sie. »Wenn es anders wäre, hätte ich mich nie mit dir eingelassen.«

Er, ein Romantiker! Wann war man Romantiker? Wenn man bei einer Frau zuerst auf die Augen und dann auf die Beine sah? Wenn man Disteln den Lilien vorzog? Wenn man Gefühle vor den Verstand setzte?

»Werdet ihr heiraten?«, versuchte er abzulenken.

»Wenn er mich fragt, sage ich ja. Ich denke, er wird mich fragen.« Sie drückte die Zigarette aus und stellte den Aschenbecher weg. »Und wie sieht es mit Tanja und dir aus? Willst du sie heiraten?«

Er antwortete nicht gleich. »Ich weiß nicht«, sagte er dann. »Ich glaube schon. Wenn sie mich überhaupt nimmt.«

»Da tut sie mir schon jetzt leid.«

»Weshalb tut sie dir leid?«

Sie klopfte ihm freundschaftlich auf die Brust. »Du taugst zum Liebhaber, mein Bester. Als Ehemann wollte ich dich nicht haben.« Sie sprang aus dem Bett. »Ich bin hungrig«, erklärte sie.

Er beobachtete, wie sie zum Kühlschrank ging und dessen Inhalt musterte. Sie entschied sich für Salzkekse und einen Schokoriegel. Die Kekse knackten hörbar zwischen ihren Zähnen. Er wunderte sich immer wieder, wie unbekümmert Frauen mit ihrer Nacktheit umzugehen verstanden. Hanna gab sich so locker, als steckte sie in Jeans und T-Shirt. Er selbst fühlte sich unsicher, wenn er nackt war. Wahrscheinlich liegt es an der weiblichen Anatomie, die im Gegensatz zur Männlichen weniger zu verbergen hat, dachte er.

»Weshalb schaust du mich so an?«, fragte Hanna und biss in den Schokoriegel.

»Weil du so aufregend aussiehst wie die leibhaftige Sünde.«

Sie kicherte. »Du bist unersättlich.«

»Und was ist mit dir?«

Sie schob den angeknabberten Schokoriegel in die Packung

zurück. »Ich bin fügsam«, sagte sie mit einem züchtigen Augenaufschlag und kam zu ihm herüber.

Mitternacht war lang vorbei, als er in sein Zimmer zurückkehrte. Die Deckenbeleuchtung im Bad funktionierte noch immer nicht. Er stand eine Weile unter der lauen Dusche, ehe er zu Bett ging. Er griff nach dem Graham Greene auf dem Nachttisch und legte das Buch wieder aus der Hand, ohne es aufgeschlagen zu haben. Die gewohnte wohlige Ermattung nach einer Liebesnacht begann ihn allmählich einzuhüllen. Er drehte das Bettlicht ab und blickte unter halb geschlossenen Lidern in die Dunkelheit. Über die Zimmerdecke huschten wie bleiche Gespenster Lichtschatten eines Wagens, der über die Hoteleinfahrt fuhr.

Zu seinem Leidwesen hatte er vergessen, die Klimaanlage anzustellen, als er sein Zimmer verließ. Er schob die dünne Decke über die Hüften hinunter. Seine Gedanken glitten in die Ferne, zu Tanja. Was sie dazu sagen würde, hatte Hanna gefragt. Was w ü r d e sie dazu sagen? Würde sie in Tränen ausbrechen? Würde sie sich schweigend in ihrem Schutzkokon verkriechen und ihn reden lassen? Oder sich einfach mit einem Blick eisiger Verachtung abwenden? Weshalb regte sich sein Gewissen nicht? Er wusste es nicht. Er wusste nur, dass ihn jede dieser Vorstellungen erschreckte.

Im Augenblick fühlte er sich wie jemand, der in einem Buch blättert und immerzu auf die gleiche Seite stößt. Es gab einen einfachen Weg, sich der Gegenwart zu entziehen. Man musste sich bloß ausmalen, wie die Welt in zehn Jahren aussehen würde. In zehn Jahren konnte sich vieles ändern. In zehn Jahren konnte es für vieles zu spät sein. Für manches war es jetzt schon spät genug. Tanja hatte nie von Heirat gesprochen. Das bedeutete nicht unbedingt, dass sie nicht daran dachte. Obzwar er nicht dazu neigte, Entscheidungen vor sich herzuschieben, hatte er sich der bequemeren Philosophie verschrieben, dass es in dieser heiklen Angelegenheit keinen zwingenden Grund gab, überstürzte Entschlüsse zu fassen. Wenn sie beisammen bleiben wollten, würden sie beisammen bleiben – mit und ohne Trauschein. Damit hatte er sich stets beruhigt. Aber was, wenn Tanja das anders sah? Wenn sie darauf wartete, dass er sich erklärte?

Ein Gefühl tiefer Beunruhigung begann in ihm zu aufkeimen. Tanja war eine schöne, begehrenswerte Frau. Wieso fühlte er sich ihrer so sicher? Wieso war er nie auf die Idee gekommen, dass sie genug von ihm haben könnte, dass es einen andere geben könnte, der seinen Platz einnahm? Was, außer leichtfertiger Überheblichkeit, veranlasste ihn zu der Überzeugung, sie nähme es mit der Treue genauer als er?

Der bittere Geschmack nagender Zweifel drückte auf sein Gemüt. Wenn er sich nicht vorsah, lief er Gefahr, sich heillos in einem Netz von Überlegungen und Spekulationen zu verfangen. Was immer Tanja erwarten mochte, es war höchste Zeit, Klarheit zu schaffen. Es war höchste Zeit, ein Zeichen zu setzen. Ein unwiderrufliches Zeichen für sie, aber vor allem für ihn selbst.

Er stand auf und drehte das Licht an. Auf der Minibar lag eine Mappe, die neben bunten Informationsmaterial Briefbogen mit einem wappenähnlichen Hotelemblem obenan enthielt. Er trug die Mappe zu dem Tischchen in der Sitzecke und ließ sich in den Lehnstuhl fallen. Die wohlige Müdigkeit, die er eben noch empfunden hatte, war einem Gefühl der Erschöpfung gewichen. Er befand sich in einem entnervenden Zustand zwischen Anspannung und Erschlaffung. Aber für Befindlichkeitsanalysen war jetzt nicht der richtige Moment. Er hätte kein Auge schließen können, ohne getan zu haben, wozu es ihn drängte. Es war an der Zeit, ein entscheidendes Zeichen zu setzen. Nicht morgen oder übermorgen, sondern heute. Jetzt gleich.

4. Kapitel

Nachdem sie das Geschirr abgespült hatte, setzte sie sich an den Schreibtisch und schaltete das Diktiergerät ein. Die beiden ersten Krankengeschichten schob sie wieder beiseite. In beiden Fällen fehlten die letzten Befundabschriften. Es wäre Doktor Bergers Aufgabe gewesen, sich darum zu kümmern. Aber Berger war ein ziemlich unverlässlicher Patron, einer von jener Sorte, der man ständig auf die Finger schauen musste. Sosehr sie solche Gespräche verabscheute, es würde ihr nicht erspart bleiben, mit ihm ein ernstes Wort zu reden.

Das nächste Krankenblatt bereitete keine Probleme. Dr. Manuel Mattas, Alter 50, verwitwet, freiberuflicher Dolmetscher und Übersetzer für Spanisch und Portugiesisch. Größe

183 cm, Gewicht 68 kg. Keine Besonderheiten in der Anamnese, keine Auffälligkeiten bei der Aufnahmeuntersuchung. Die vollzählig vorliegenden Befunde bewegten sich durchwegs im Bereich der Norm.

Der perfekte Mann, dachte sie lächelnd, während sie zu diktieren begann. Dass sie ihm gefiel, konnte sie jeden Morgen bei der Visite an seinen Augen ablesen. Bei manchen Männern verursachte ihr das Unbehagen. Sie fühlte sich Fantasien ausgeliefert, denen sie sich nicht entziehen konnte. Für Mattas empfand sie eher etwas wie freundliche Nachsicht. Er schien ihr zu feinsinnig für plumpe Annäherungsversuche, selbst in Gedanken. Wenngleich man nie sicher sein konnte, was im Kopf eines Mannes vorging, der darauf aus war, eine Frau zu erobern..

Sie hatte eben das Krankenblatt zugeklappt, als das Telefon zu schrillen begann. Der Klingelfolge konnte sie entnehmen, dass das Gespräch von auswärts kam. Sie schaltete das Diktiergerät aus und hob den Hörer ab. Für einen Sekundenbruchteil erfüllte sie die Hoffnung, Lukas könnte am anderen Ende der Leitung sein. So sehr sie seine Mutter auch schätze, als sie die Stimme erkannte, empfand sie Enttäuschung. Sie vernahm mit wachsender Niedergeschlagenheit den Bericht von Lukas' Anruf und die herben Kommentare seiner Mutter. Sie bedankte sich höflich für die Einladung zu einem sonntäglichen Mittagessen und versprach, sich rechtzeitig zu melden, wenn sie der Einladung Folge leisten konnte. Dann legte sie den Hörer auf die Gabel und lehnte sich entmutigt zurück.

Da war er wieder, der graue Vorhang. Das fast vergessene düstere Gespinst, das sich über die Welt legte wie klebriger Nebel über einen kahlen Herbstwald. Die fließende Stille der Einsamkeit. Das zeitlose Gespenst der Sinnlosigkeit. Der stumme Bote des Trübsinns. Seit sie Lukas begegnet war, hatte Licht die Schatten vergangener Tage ausgelöscht. Nun kehrten sie wieder. Sie quollen aus dem Nichts, ausgelöst von ein paar Worten, die auf einem anderen Kontinent gesprochen wurden.

Sie starrte deprimiert in die Leere eines nahenden grauen Wochenendes. Erinnerungen an die Jugendzeit, an düstere Tage in späteren Jahren drängten unaufhaltsam aus der Gedächtnistiefe an die Oberfläche. Trostlosigkeit als Wegbegleiter, Trübsal als Kompass – wie hatte sie glauben können, das wäre für alle Zeit vorbei? Das Leben wogte über den Menschen hin wie das Meer über den Sand. Was heute im Schoß der Erinnerung versank, wurde morgen von den Wellen nach oben gespült. Nur was mit dem Tod endete, war für alle Zeiten vorbei.

Ihr Blick fiel auf die Weinflasche auf dem Wandregal. Sie hatte stets eine Flasche Valpolicella di Branca im Zimmer. Es war Lukas' Lieblingswein. Sein Lieblingswein, seine Lieblingsmusik, sein Lieblingskleid, das er so gerne an ihr sah, wenn sie ausgingen… Sie wurde plötzlich wütend. Was war mit ihr geschehen? Warum hatte sie zugelassen, dass jemand anderer entschied, ob sie lachte oder weinte, ob sie nach vorn blickte oder zurück? Was sollte aus ihr werden, wenn er im Nichts verschwand, aus dem er gekommen war?

Im allgemeinen trank sie im Dienst keinen Alkohol. Jetzt war ihr nach einem Schluck. Sie stand auf, nahm die Flasche vom Regal und entkorkte sie. Sie füllte das Glas zu einem Drittel und zündete sich eine Zigarette an. Das Geräusch des Entkorkens hatte sie nicht mehr gehört, seit Lukas die letzte Flasche vor seinem Abflug öffnete. Er schaute sie, die Hände am Korkenzieher, mit jenem Lächeln an, das sie schon gefangen genommen hatte, als sie sich von der Silvesterparty davonstahlen.

Langsam begannen sich ihre Augen mit Tränen zu füllen. Ob er wusste, wie sehr sie ihn vermisste? Ob es ihm ähnlich erging wie ihr? Sie vermied es beharrlich, Überlegungen über sein Tun und Lassen während seiner Reisen anzustellen. Es war sinnlos. Sie konnte ihn von nichts abhalten. Er war ein reifer, erfahrener Mann. Wenn er sein Lächeln anderen schenkte, wenn er Abenteuer suchte – sie konnte ihn nicht daran hindern. Sie hatte eine grundlegende Scheu davor, Fragen zu stellen. Es war keine neue Entdeckung, dass in der Liebe nichts so zerstörerisch wirkt wie das Graben nach Geheimnissen. Außer den Erkenntnissen, die dabei zum Vorschein kommen mochten.

Das Telefon begann im internen Klingelrhythmus zu läuten. Troger, der Aufnahmearzt, war am Apparat.

»Tanja, mein Engel, es freut mich, deine Stimme zu hören«, sagte er fröhlich.

»Die Freude bleibt einseitig.«

Er lachte. »Ich weiß, dass sich meine Beliebtheit in Grenzen hält. Aber was soll ich machen? Das Schicksal hat mich zum Sündenbock des Spitals auserkoren. Nie wirst du erraten, wo es heute brennt.«

»Auf der Chirurgie«, sagte sie. »Wenn Gerland Dienst hat, brennt es dort immer.«

Sie hörte ihn seufzen. »Mir dreht schon seine keifende

Stimme den Magen um. Wie auch immer – die Sanität hat einen Bewusstlosen mit einer blutenden Beinverletzung eingeliefert. Gerland spricht von einer Sturzverletzung bei einem Schlaganfall. Chirurgisch ist der Fall versorgt, sagt er. Wenn die Diagnose stimmt – was ja gelegentlich auch einem Gerland zustoßen kann – ist das wirklich ein Fall für euch.«

Sie dachte kurz nach. »Wir hatten einen Todesfall auf A1. Das Bett kannst du haben.«

»Wie einsichtsvoll, wenn einer seinen Platz einem anderen überlässt, der ihn vielleicht noch brauchen kann!«, bemerkt er lakonisch.

Sie rief auf der A-Station an, um die Schwestern zu informieren. Wenn sich keine besonderen Schwierigkeiten ergaben, würde Trimmel mit dem Fall allein zurechtkommen. Er war, im Gegensatz zu Berger, ein ausgeglichener, verlässlicher Mensch, der seine Aufgaben ernst nahm. Wenngleich es keine äußerlichen Ähnlichkeiten zwischen den beiden Männern gab, erinnerte er sie irgendwie an Lukas. Er verstand es – wie Lukas – höfliche Distanz zu wahren, ohne abweisend zu erscheinen. Er hatte eine ähnlich ruhige, bestimmte Art, Entscheidungen zu treffen. Er strahlte Selbstsicherheit aus, ohne den Eindruck der Überheblichkeit zu erwecken.

Sie trank den letzten Schluck Wein und betrachtete abwesend das leere Glas. Ihr war wohl nicht zu helfen. Wohin sich ihre Gedanken auch wandten, sie landeten zwangsläufig bei Lukas. Vielleicht lag es an ihrer trüben Stimmung angesichts des bevorstehenden freudlosen Wochenendes. Vielleicht kam es aus dem Hintergrund einer Fülle offener Fragen. Sie wurde das Gefühl nicht los, dass etwas in der Luft lag, ohne zu wissen, was es war.

Lisbeths Worte fielen ihr ein. ›War's das schon? Geht das immer so weiter?‹ War es das wirklich schon? Ging das wirklich immer so weiter? Die Vorstellung, es könnte tatsächlich so sein, erfüllte sie mit Schrecken. Sie sah sich plötzlich vor einer unüberwindlichen Mauer stehen, die den Blick nach vorn versperrte. Sie fragte sich, welche Rolle Lukas bei dieser düsteren Zukunftsvision spielte. Stand er diesseits oder jenseits der Mauer? Bekam er, was er haben wollte, oder nahm er nur, was man ihm gab?

Es war die alte Geschichte. Je mehr Fragen, desto weniger Antworten. Was tausend Jahre lang richtig war, musste heute nicht notwendigerweise falsch sein. Was gestern falsch war, musste heute nicht notwendigerweise richtig sein. Jedem stand seine Freiheit zu. Oder jedenfalls das, was er darunter verstand. Das Problem lag darin, zwei Freiheiten zu verbinden, ohne beide zu ersticken. Lukas hatte nie von Heirat gesprochen. Sie hatte es eigentlich auch nicht erwartet. Schließlich lebten sie in einer Zeit neuer Wege. Was nicht grundsätzlich ausschloss, dass ein neuer Weg in einen alten mündete.

Sie warf einen Blick auf den Stoß Krankengeschichten und schob ihn beiseite. Für heute hatte sie genug. Wenn sie ehrlich mit sich sein wollte, hielt ihre Betroffenheit einer nüchternen Betrachtung nicht stand. Es war nichts passiert, was nicht immer wieder einmal passierte. Lukas' Planung hatte eine Änderung erfahren, und vermutlich war er selbst nicht glücklicher darüber als sie. Was war also los mit ihr? Woher diese unangebrachte Verbitterung? Sie hätte es nicht erklären können. Sie wusste nur, dass sie sich fühlte wie im Transitraum eines Flughafens. Zwischenstopp zwischen den Bestimmungsorten. Du wartest auf den Aufruf und hoffst, dass alles seine Ordnung haben wird.

Sie wusch das Weinglas aus und schaltete den Fernseher ein. Noch ehe das erste Bild erschien, tönte das durchdringende Geheul von Alarmsirenen aus dem Apparat. Im nächsten Augenblick enthüllte eine wild zuckende Kamera Szenen des Grauens. Leichen zwischen brennenden Autos, rauchende Mauern, dunkle Höhlen, wo vordem Geschäftsportale waren, heranrasende Krankenwagen, herumirrende Zivilsten, behelmte Polizisten, die nach etwas zu suchen schienen, was es nicht gab.

Die tägliche Zuteilung vom Irrsinn der Welt. Das tägliche Maß an Hass und Verblendung im Namen edler Ziele.

Sie schaltete den Apparat ab, ohne nach einem anderen Programm zu suchen. In der Duschkabine, die von der Spitalsverwaltung kürzlich in einem weiteren Anfall beamteter Großzügigkeit eingerichtet worden war, verfiel sie allmählich in einen Zustand wachsender Gleichgültigkeit. Es fehlte nicht mehr viel auf Mitternacht, als sie zu Bett ging. Entgegen ihren Erwartungen, sank sie fast sofort in tiefen Schlaf.

Der nächste Tag begann nicht eben ermutigend. Das Gespräch mit Berger schrammte knapp an einem Eklat vorbei. Der Kerl war nicht nur uneinsichtig, sondern auch von einer geradezu penetranten Arroganz. Sie empfand Erleichterung, als Trimmel sie bat, mit ihm die nächtliche Transferierung von der Chirurgie aufzusuchen. Sie fanden den Patienten in tief komatösem Zustand. Er lag schlaff und grau in den Laken wie eine grausame Skulptur menschlichen Elends. Im herunterhängenden linken Mundwinkel glänzten Speicheltropfen. Trotz der von Trimmel ordnungsgemäß eingeleiteten Therapie, war der Zustand des Mannes nach wie vor lebensbedrohlich. Sie war sich mit Trimmel einig, dass sich zum gegenwärtigen Zeitpunkt keine weiteren Maßnahmen anboten. Man konnte nur abwarten und hoffen.

Die Morgenbesprechung im Chefzimmer verlief in gewohnt ruhiger Atmosphäre. Professor Wegent war eine unauffällige Erscheinung in den Mittfünfzigern. Er pflegte ein kollegiales Gesprächsklima, was nichts an der kritischen Aufmerksamkeit änderte, mit der er die Tätigkeit seiner Mitarbeiter beobachtet. Verlässlichkeit stand in seiner Rangordnung an der Spitze ärztlicher Tugenden. Verlässlichkeit als Grundlage seines persönlichen Vertrauens in die Mitarbeiter, Verlässlichkeit als Grundlage des Vertrauens der Patienten in den Arzt. Wer ihn enttäuschte, hatte ein schweres Leben zu erwarten. Darüber hinaus trug sein konziliantes Wesen zu eher lockeren Umgangsformen bei. Wäre er nicht ein fast militanter Nichtraucher gewesen, den der bloße Anblick eines leeren Aschenbechers erzürnte, hätte man die halbe Stunde im Chefzimmer als durchaus ermutigenden Einstieg in das Tagesgeschehen werten können.

Sie saßen im Halbkreis um den Chefschreibtisch. Einige der jungen Turnusärzte zogen es vor, sich stehend im Hintergrund zu halten. Dem Chef am nächsten saß, wie üblich, Pasterka, der dienstälteste Oberarzt. Die legendäre Bemerkung einer Patientin, er wäre so hässlich, dass man ihn schon fast wieder schön finden könnte, hatte im Haus die Runde gemacht. Pasterka war nicht nur ein hervorragender Internist, er hatte auch ein loses Mundwerk, das vor nichts Halt machte. Wegent pflegte seine ironischen Seitenhiebe auf alle und alles mit nachsichtigem Schmunzeln zu quittieren. Wenn Pasterka heute der Sinn nicht nach Ironie stand, lag dies am Fall Grüner.

Grüner war vier Tage zuvor von der Rettung in desolatem Zustand eingeliefert worden. Da er nicht ansprechbar war, wurde die Vorgeschichte bei seiner Frau erhoben. Frau Grüner war eine einfache Person, gewiss ohne Übung in der präzisen Wiedergabe von Abläufen. Desto überraschender ihre bemerkenswert klare Schilderung der Krankheitssymptome ihres Mannes. Alles hatte drei Tage vor der Einlieferung mit Bauchschmerzen begonnen, die ihr Mann auf eine zu schwere Mahlzeit zurückführte. Die Beschwerden wurden nicht besser. Im Gegenteil. Am zweiten Tag kam zu den anhaltenden Schmerzen auch noch Fieber. Auf die Frage, weshalb sie keinen Arzt berief, erklärte sie verlegen, das hätte ihr der Mann verboten. Die Art, wie sie das vorbrachte, ließ darauf schließen, dass sie ihm zu widersprechen nicht gewohnt war. Als am dritten Tag das Fieber immer höher stieg und ihr Mann zeitweise das Bewusstsein verlor, fasste sie sich ein Herz und rief den Hausarzt an. Der ließ sich Grüners Zustand schildern und tat das einzig Richtige: er empfahl ihr, umgehend die Rettung zu verständigen.

Grüner lag auf Pasterkas Station. Wenn Tanja dem Fall eine über das allgemeine Interesse hinaus reichende Aufmerksamkeit schenkte, so rührte dies daher, dass er in ihrem Nachtdienst eingeliefert wurde und sie die Erstdiagnose stellte. Zu erkennen, dass der Mann an einem akuten entzündlichen Prozess im Bauchraum litt, war kein Kunststück. Das Problem war, über die weitere Vorgangsweise zu entscheiden. Einerseits gehörte ein akutes Abdomen primär an eine chirurgische Abteilung. Andrerseits war bei dem Allgemeinzustand des Patienten an einen operativen Eingriff vorerst nicht zu denken. Dennoch ließ sich nicht mit letzter Sicherheit ausschließen, dass nicht jemand auf die Idee kam, nach dem Skalpell zu greifen. Trat dabei ein Zwischenfall auf, würden sich die Chirurgen verständlicherweise darauf berufen, dass die Entscheidung über die Operationstauglichkeit Sache der Internisten wäre. Womit letztlich die Verantwortung für einen Eingriff der Chirurgen auf sie zurückfiele. In diesem Sinn hatte sie dem Chef am Morgen nach Grüners Einlieferung berichtet und volle Rückendeckung erhalten.

Professor Wegent versäumte keine Gelegenheit, sich über den Wissensstand der ihm zur Ausbildung anvertrauten Jungärzte zu informieren. Er wandte sich nicht an Pasterka, sondern an Greiner, der als Turnusarzt auf Pasterkas Station diente. »Wie würden Sie die Situation zusammenfassend beurteilen?«, fragte er.

Greiner war ein zartes Bürschchen, das man eher für einen Studenten im fünften Semester als für einen promovierten Arzt hätte halten können. »Der Zustand des Patienten hat sich seit seiner Aufnahme vor vier Tagen kaum verändert«, begann er zögernd. »Trotz der Breitband-Antibiotika…«

»Sie können ruhig lauter reden«, unterbrach ihn Pasterka. »Der Grüner kann sie nicht hören.«

Greiner räusperte sich und fuhr, lauter sprechend, fort. »Der Patient spricht auf die Breitband-Antibiotica nicht an. Wegen seines bedrohlichen Gesamtzustands sind Untersuchungen außer Haus nur begrenzt möglich. Das Röntgen des Bauchraums hat keinen Hinweis auf die Ursache der Bauchfellentzündung ergeben. Ausschließen lässt sich mit großer Wahrscheinlichkeit nur ein Gallenblasendurchbruch…«

»Warum das?«, unterbrach Wegent.

»Der Patient hat eine hohe Pulsfrequenz. Das spricht gegen die Gallenblase als Ursache, bringt uns aber auch nicht weiter.«

Wegent neigte zustimmend den Kopf. Pasterka grinste, befriedigt über die Anerkennung für seinen Schützling. »Wir haben ein neues Breitband-Antibioticum aus Kundl zur Erprobung bekommen«, bemerkte er zu Wegent. »Das Indikationsgebiet entspräche dem Fall Grüner. Wenn Sie keine Einwände haben, Herr Professor, möchte ich es einsetzen.«

Der Professor nickte. »Tun Sie das, Doktor Pasterka, tun Sie das«, sagte er nachdenklich.

Nach Ende der Besprechung begab sie sich auf ihre Station. Noch ehe sie mit der Visite beginnen konnte, wurde sie ans Telefon gerufen. Troger meldete sich. »Tanja, Liebling, auf die Gefahr hin, dass du mich ab heute nicht mehr grüßt – ich habe eine Pech-Leiche für euch.«

»Großartig!«, sagte sie. »Wenn du nicht aufpasst, kriegst du noch den Stachanow-Orden für die Überbelegung einer Spitalsabteilung.«

Der Ausdruck ›Pech-Leiche‹ entsprang nicht der kranken Fantasie eines verrohten Zynikers, sondern ging auf einen länger zurückliegenden tragischen Vorfall zurück. In einem Wiener Außenbezirk war ein junger Motorradfahrer schwer gestürzt. Der herbeigerufene Rettungsarzt stellte den Tod des Verunglückten fest und beließ die Leiche am Unfallort, wo sie, mit Packpapier abgedeckt und von einem Polizisten bewacht, bis zum Eintreffen der Unfallkommission zu verbleiben hatte. Als sich, zum Entsetzen des Polizisten, die Leiche unter dem Packpapier zu bewegen begann, waren bereits zwei Stunden vergangen. Der Verunglückte wurde sofort auf eine Unfallstation transportiert, wo er jedoch nach einigen Stunden tatsächlich verstarb. Der Vorfall verursachte riesiges Aufsehen und herbe Kritik von allen Seiten. Dozent Pech, damals für das Gesundheitswesen zuständig, reagierte mit der Anordnung, ausnahmslos alle Todesfälle im öffentlichen Bereich zur Bestätigung des eingetretenen Todes in das nächstgelegene Krankenhaus einzuliefern. Daher das Wort Pechleiche.

Obwohl der Ausdruck längst Eingang in den Krankenhausjargon gefunden hatte, zog es Tanja vor, die Stationsschwester mit eigener Wortwahl über die bevorstehende Einlieferung zu informieren. Als sie mit der Visite begann, wurde sie von Trimmel mit der erfreulichen Mitteilung erwarte, dass sich bei der nächtlichen Transferierung bescheidene Anzeichen einer Besserung zeigten. Die Visite dauerte nicht länger als eine halbe Stunde. Professor Wegent hatte das Haus wegen einer Sitzung im Gesundheitsamt verlassen. Damit entfiel die Chefvisite, was den Arbeitsablauf des Vormittags wesentlich entspannte.

Tanja erledigte einige fällige Schreibarbeiten, ehe sie sich für eine Zigarettenpause in das Ärztedienstzimmer zurückzog. Pasterka ließ die ›Wiener Medizinische Zeitschrift‹, in der er geblättert hatte, sinken und grinste sie freundlich an. Seitdem sie seine vorsichtigen Annäherungsversuche im ersten Jahr beharrlich übersehen hatte, verband sie ein kollegial-freundschaftliches Verhältnis. Sie tranken Kaffee und plauderten eine Weile miteinander. Nach Konsiliarbesuchen an der urologischen und an der gynäkologischen Abteilung verließ sie gegen Mittag das Spital.

Seit sie in unmittelbarer Nähe des Spitals wohnte, ließ sie den Wagen oft stehen und ging zu Fuß. Ihre Wohnung nahm den ersten Stock einer kleinen Villa ein, die Frau Lisyak, einer achtzigjährigen Hofratswitwe, gehörte. Zwei Zimmer mit Nebenräumen und ein Balkon an der Gartenseite entsprachen genau ihren Ansprüchen. Sie genoss den Weg zwischen Wohnung und Krankenhaus zu jeder Jahreszeit. Blühende Gärten in Frühling und Sommer, bunte Blätter im Herbst, glitzernder Schnee im Winter. Auf dem Heimweg konnte sie sich Zeit nehmen, die unterschiedlichen Stimmungen des Jahreslaufs auf ihr Gemüt wirken zu lassen.

Jetzt war die Zeit der bunten Blätter. Wenn Lukas hier gewesen wäre, hätte sie eine Vase voll Blumen im Zimmer gehabt. Aber er war nicht hier. Es mochte albern sein, aber da sie gewohnt war, sich an den Blumen zu erfreuen, die er bei seinen Besuchen mitbrachte, erschien ihr die Vorstellung, selbst welche zu kaufen, wie eine kindische Trotzreaktion.

Auf einem unbebauten Grundstück brach sie ein paar Zweige voll roter Beeren von einem Strauch. Nachts, vor dem Einschlafen, hatte sie sich vorgenommen, der Vernunft den Vorrang vor einem Wechselbad unkontrollierter Gefühle zu überlassen. Schließlich war nichts geschehen, was sich nicht immer wieder einmal ergab. Lukas konnte nicht kommen. Sie würde das Wochenende ohne ihn verbringen müssen. Das war unerfreulich, aber keine Katastrophe. Kein Grund, etwas zu dramatisieren. Wenn sie das Gefühl nicht los wurde, dass etwas in der Luft lag, durfte sie niemand anderem die Schuld daran zuschieben. Manchmal warf sie sich vor, die Dinge zu ernst zunehmen. Dann kam ihr jedes Mal ein Ausspruch ihrer Mutter in den Sinn: ›Man muss das Leben ernst nehmen, wenn man etwas zu lachen haben will.‹

5. Kapitel

Am Morgen rissen ihn zwei heftige Donnerschläge aus dem Schlaf. Er richtete sich im Bett auf und blinzelte benommen nach dem Fenster. Draußen strahlte die Sonne von einem ungetrübt blauen Himmel. Er rieb sich wütend die Augen. Diese verdammten Idioten! Präsident Matemba hatte sich nach seiner Wiederwahl ein standesgemäßes Spielzeug in Form einer Staffel von MIG-Kampfflugzeugen zugelegt. Mindestens einmal am Tag erschütterte der Donner die Stadt, wenn die Maschinen die Schallgrenze durchbrachen. Böse Zungen meinten, das Spektakel solle davon ablenken, dass das einzige Verdienst seiner ersten Amtsperiode in der erfolgreichen Bekämpfung streunender Hundemeuten bestand, die nächtens die Stadt terrorisierten.

Er beschloss, noch ein paar Minuten liegen zu bleiben. Die vergangene Nacht war lang gewesen. Lang, ereignisreich und widersprüchlich, aber vor allem erfreulich. Daran konnte auch der moralische Kater zum Ausklang nichts ändern. Oder was immer es gewesen war, das ihm zu später Stunde den Schlaf raubte. Er hatte seine Konsequenz gezogen und eine Entscheidung getroffen. Was nicht bedeutete, dass er etwas bereute. Reue und gute Vorsätze waren der sicherste Weg, sich selbst zu belügen. Er machte sich nichts vor. Er war ein unverbesserlicher Wiederholungstäter, ohne den Wunsch nach Läuterung. Was immer Tanja widerfahren mochte, sie verdiente gewiss etwas Besseres als ihn. Was immer ihm widerfahren mochte, es gab niemanden, der Tanjas Platz einnehmen konnte.

Noch während er im Bett lag, läutete das Telefon. »Hoffentlich hat dich Matembas Weckruf nicht aus süßen Träumen gerissen«, vernahm er Klaus's Stimme. »Ich habe eben mit Sloop gesprochen. Wenn du willst, erwartet er dich am Nachmittag in Lotenga. Du musst dich aber gleich entscheiden. Die Funkverbindung ist nur mehr zehn Minuten lang offen.«

Im Verlauf der bewegten vergangenen Nacht hatte er Trombergs Angebot fast vergessen. Der Ausblick auf einen grundlegenden Szenenwechsel kam ihm wie gerufen. Ein Ausbruch aus dem Käfig selbstkritischer Gedankenspiele, das war es, was er jetzt brauchte. Wie oft fand man schon Gelegenheit, auszubrechen, abzuschalten, alles Belastende hinter sich zu lassen?

»Bist du wieder eingeschlafen?«, erkundigte sich Klaus.

Entgegen seiner Abneigung, mit nüchternem Magen Entscheidungen zu treffen, fiel ihm die Antwort nicht schwer. »Sag' zu. Du hast etwas gut bei mir.«

»Fein«, sagte Klaus. »Dann kannst du mich zum Frühstück einladen. Bin in einer halben Stunde im Hotel, o.k.?«

Lukas legte den Hörer auf und streckte sich. Ein Gefühl umfassender Erleichterung ergriff von ihm Besitz. Als hätte er unerwartet ein unlösbar scheinendes Problem aus der Welt geschafft. Wende am Morgen, Tag ohne Sorgen, dachte er vergnügt, während er aus dem Bett sprang. Er griff nach der lokalen Tageszeitung, die jeden Morgen unter dem Türspalt durchgeschoben wurde und überflog die Schlagzeilen. Auf dem Weg zum Badezimmer fiel sein Blick auf das Kuvert, das er nachts beschriftet hatte. Er war froh, sich entschieden zu haben. Was nachts gegolten hatte, galt auch morgens noch. Ein Szenenwechsel war kein Freibrief für Wankelmut, allenfalls vorübergehendes Refugium vor sich selbst.

Als er den Frühstückspavillon betrat, entdeckte er Klaus, der eben an einem Tisch mit Ausblick auf den Swimmingpool Platz nahm. Im Wasser plätscherten die ersten Badelustigen, zwei junge farbig Frauen, deren Anblick den Wunsch nach freier Sicht durchaus rechtfertigte.

Klaus stand kurz nach der Begrüßung auf, um sich ausgiebig am Büfett zu bedienen. Lukas gab sich mit Papayaschnitten und einem Stück Danish Pastry zufrieden. Während sie aßen, berichtete Klaus von seinem Gespräch mit Sloop. Der erwartete Lukas mit der Nachmittagsmaschine in Lotenga. Das Flugticket lag am Airport bereit. Sie würden die Nacht im Basislager verbringen und am Morgen zu einer viertägigen Walking-Safari aufbrechen.

»Ich beneide dich, ehrlich«, sagte Klaus zwischen zwei Bissen. »Das Kasamanya-Valley ist glücklicherweise selbst unter Afrikakennern noch immer ein Geheimtipp. Als ich zuletzt dort war, begegneten uns auf der Fahrt in das Basislager zwei Landrover. Weißt du, was unser Fahrer sagte? ›Ein Verkehr ist das heute!‹« Er hob die Teetasse an den Mund und hielt plötzlich inne. Seine Augen blickten, groß und rund, an Lukas vorbei, als entdeckte er eine eben dem Boden entstiegene Erscheinung.

Lukas drehte sich um. Die Erscheinung war Hanna. Sie beugte sich zu ihm herab, um seine Wange mit den Lippen zu streifen. »Gut geschlafen?«, fragte sie fröhlich.

Klaus sprang noch vor ihm auf die Füße. Er beugte sich über Hannas Hand, als Lukas ihn vorstellte. Hanna lächelte erheitert.

»Hast du nach dem Frühstück ein wenig Zeit?«, erkundigte sich Lukas.

»Für dich immer, mein Liebling«, erwiderte sie, schon im Gehen.

Klaus hob die Teetasse und ließ sie sinken, ohne zu trinken. »Menschenskind! Woher kommt so eine Traumfrau? Die gibt's doch nur im Kino.«

Lukas klopfte ihm begütigend auf die Hand. »Hanna kommt aus Wien. Aber mach dir keine Hoffnungen. Sie ist Stewardess bei Air Columbus und fliegt bald wieder nach Genf.«

»Ich bin unter dem falschen Sternzeichen geboren«, klagte Klaus. »Wie anders sollte man erklären, dass mir die aufregendsten Frauen immer vor der Abreise oder am Arm eines anderen Mannes begegnen?«

Sie plauderten noch eine Weile. Schließlich warf Klaus einen

Blick auf seine Armbanduhr und erhob sich. »Ich muss um elf in der Botschaft sein«, sagte er. »Pass auf dich auf im Kasamanya-Valley. Wir sehen uns dann beim Spatenstich.« Nach ein paar Schritten zögerte er und sah verstohlen über die Schulter zu Hanna hin.

Lukas lachte in sich hinein. Er konnte den Tisch sehen, an dem Hanna Platz genommen hatte. Sie saß mit einigen Leuten beisammen, die offensichtlich zur Crew der Columbus Air gehörten. Ein blondhaariger Jüngling neben ihr holte sich unter dem Gelächter der anderen Wurstscheiben von ihrem Teller. Der Älteste am Tisch, vermutlich der Kapitän, machte eine Bemerkung, die erneutes Gelächter hervorrief.

Im Swimmingpool begannen Kinder zu toben. Der Schwimmlehrer, ein junger Schwarzer mit dichtem Kraushaar, suchte vergeblich, die Rangen im Zaum zu halten. Auf den Liegen rund um den Pool richteten sich Hotelgäste für den Badetag ein. Der Poolwart rückte Betten nach Wunsch an die Sonne oder in den Schatten der Palmen, wobei sich die Mehrheit der Weißen für den Schatten entschied. Überall lagen die vom Hotel beigestellten blauen Badetücher. Da und dort bunte Taschen, bunte Zeitschriften. Aufmerksame Kellner setzten Getränke auf den Tischchen neben den Liegen ab. Ein leichter Morgenwind trug den Duft von Sonnenöl, vermischt mit Küchengerüchen, heran.

Hanna hatte das Frühstück beendet und schob eine Zigarette zwischen die Lippen. Nach ein paar Zügen wandte sie sich um und winkte ihm zu. Sie wechselte ein paar Worte mit dem Kapitän, der neugierig ihrem Blick folgte. Dann tötete sie ihre Zigarette ab und kam herüber.

»Kriegt dein Freund immer Stielaugen, wenn er eine Frau sieht?«, fragte sie, nachdem sie sich hingesetzt hatte.

»Das hängt von der Frau ab. Du siehst eben zum Anbeißen sexy aus«, sagte er.

Sie sah ihn aus lachenden Augen an. »Das kommt von der

vergangenen Nacht, falls du dich noch erinnern kannst«, sagte sie leise.

Das Gespräch ging in eine Richtung, die nicht zum Augenblick passte. Die vergangene Nacht eignete sich nicht unbedingt als einleitendes Thema für das Ansinnen, das er an Hanna zu stellen beabsichtigte. Er hielt einen vorbeieilenden Kellner an und bestellte eine Bloody Mary. »Für dich auch?«, erkundigte er sich.

Sie nickte. »Was ist los mit dir?«, fragte sie in ihrer direkten Art. »Du schaust drein, als ob du vorhättest, den Mount Everest zu besteigen.«

Er war sicher, dass er nicht anders dreinschaute als sonst. Aber Frauen schienen den Braten zu riechen, noch ehe er auf dem Backblech lag. Man musste sich vorsehen, wenn man nicht selbst zum Braten werden wollte. Er schob das Kuvert über den Tisch, das er in die Morgenzeitung eingeschlagen hatte.

»Kannst du den Brief mitnehmen und nach Wien weiterleiten?«, fragte er.

Sie drehte den Brief zwischen den Fingern. »Sicher kann ich das. Spätestens übermorgen bin ich selber in Wien.«

Er griff nach der Brieftasche und holte drei Zehndollarnoten hervor. »Wäre es zu viel verlangt, wenn ich dich bitte, rote Rosen an die gleiche Adresse zu schicken?«

Sie las die Anschrift auf dem Kuvert und legte danach die Banknote obenauf. »Ich habe ja gewusst, dass du ein Romantiker bist«, sagte sie feixend. »Vielleicht wäre man trotz allem gar nicht so übel dran mit dir.«

»Trotz was allem?«

»Trotz deiner großzügigen Auffassung von Treue, zum Beispiel. Wenn du willst, gebe ich Kuvert und Rosen persönlich bei deiner Tanja ab. Die würde sich bestimmt riesig freuen.«

»Wahnsinnig freuen würde sie sich«, sagte er trocken. »Du bist wirklich ein boshaftes Biest.«

»Das habe ich schon einmal gehört«, nickte sie. Sie hob das Glas, das der Kellner vor sie hingestellt hatte. »Lass uns darauf anstoßen, dass wir bleiben, was wir sind, und niemandem erlauben, aus uns zu machen, was wir nicht sein wollen.«

Sie stießen an. Für einen kurzen Augenblick glaubte er einen Anflug von Traurigkeit in ihren Augen zu erkennen. Plötzlich sprang sie auf die Füße. »Ich muss zu meinen Leuten zurück.« Sie beugte sich zu ihm und küsste ihn auf den Mund. »Mach's gut«, sagte sie und ging rasch davon.

Während er ihr nachsah, beschlich ihn ein Gefühl der Leere. Aus dem Nichts kam ihm der absurde Gedanke, dies könnte seine letzte Begegnung mit Hanna gewesen sein. Er stand auf und machte sich auf den Weg zu seinem Zimmer. War er der einzige, der solche kranken Ideen mit sich im Kopf herumtrug? fragte er sich, als er, eingekeilt in einer Menschentraube, mit dem Lift nach oben fuhr.

In dem Taxi, das ihn zum Airport brachte, war es heiß wie in einem Backofen. Es erwies sich als günstig, dass er beim Packen in Wien die Möglichkeit von Unternehmen in rauer Umgebung nicht ausgeschlossen hatte. Der leichte Safarianzug und die Clarks hatten sich schon seinerzeit bei den ersten Besuchen der künftigen Baustellen bewährt.

Klaus hatte ihm beim Frühstück eine Ausrüstungsliste übergeben, die ein Reiseveranstalter namens ›Safari-Tours‹ für seine Klienten bereit hielt. Abgesehen von Tabletten zur Wasseraufbereitung fehlte ihm nichts. Da er den Koffer im Hotel lassen konnte, begnügte er sich mit seiner Reisetasche, die erfahrungsgemäß als Bordgepäck durchging.

Er holte das Flugticket am Informationsschalter ab, wo es durch Klaus' Vermittlung zusammen mit der Boardingcard in einer VIP-Mappe bereit lag, und reihte sich in der Warteschlange vor dem Exit ein. Obwohl er der einzige Weiße unter den Wartenden war, erregte er kaum Aufsehen. Ganz vorne in der Reihe standen zwei junge Männer im Lendenschurz, neue Bata-Sandalen an den Füßen. Sie trugen Speere und lange Buschmesser, die in handgearbeiteten Lederscheiden steckten.

Die Fokker, die auf dem Vorfeld auf die Passagiere wartete, hatte auch schon bessere Zeiten gesehen. Von außen sah sie aus, als würde sie sich bald häuten wollen. Trotz freier Sitzwahl gelang es ihm, sich zu einem Fensterplatz durchzudrängen. Die Sitzpolster waren durchgescheuert und die Aschenbecher quollen über von Zigarettenstummeln. Neben ihm zwängte sich eine beleibte Schwarze unbestimmbaren Alters in den Sitz. Das bunte Kopftuch war ihr fast über die Augen gerutscht. Auf dem Schoß hielt sie einen überdimensionalen verschnürten Pappkarton, der sie zu ersticken drohte. In den Karton waren Löcher geschnitten, aus denen das aufgeregte Piepsen von Küken nach außen drang. Die beiden Männer im Lendenschurz hatten auf der linken Seite eine Reihe weiter vorn Platz gefunden. Ihre Speere, die sie zwischen den Knien hielten, streiften fast die Decke der Kabine.

Die Hitze in der Maschine erreichte ihren Höhepunkt, während die Motoren im Standlauf vor der Startfreigabe dröhnten. Trotz des scharfen Strahles aus der fauchenden Belüftungsdüse über seinem Kopf schien die Luft stillzustehen, ein stickiges Gemisch von Zwiebelgeruch, Schweiß, ranzigem Fett und Abgasen. Er unterdrückte den Drang, die Nase zu rümpfen. Schließlich hatte er nicht mit einem Komfortflug gerechnet. Wer das Abenteuer suchte, musste sich damit abfinden, dass es ihn einholte, noch ehe er es erwartete.

Die Konstruktion der Fokker als Hochdecker erlaubt einen ungehinderten Blick nach unten. Sie flogen über eine verdorrte rostbraune Ebene. Bald verlor sich im Nachmittagsdunst die letzte Verbindung zur neuzeitlichen Zivilisation, ein dünnes Asphaltband, auf dem vereinzelte Autos im Sonnenlicht blinkten wie flüchtende Käfer. Unter ihnen breitete sich eine durch Risse und Schrunden gezeichnete, von einem ausgetrockneten Flussbett zweigeteilte Landschaft aus wie ein gigantisches abstraktes Terrakottarelief. Da und dort tauchten graugrüne Flecken auf, in deren Zentrum man bei genauem Hinsehen die Strohdächer winziger Spielzeughütten ausmachen konnte. Die

Verbindungen zwischen den spärlichen Ansiedlungen, vermutlich holprige Karrenwege, erweckten den Eindruck, als hätte jemand mit dem Finger ein riesenhaftes Spinnennetz in den Sand gezeichnet.

Nach einer guten halben Stunde tauchten am nördlichen Horizont die sanft geschwungenen Konturen einer grünen Hügelkette auf, die sich beim Näherkommen als Vorboten einer unübersehbar weiten Gras- und Buschlandschaft mit ausgedehnten Urwaldabschnitten erwiesen. Hemingways Afrikaerzählungen fielen ihm ein. ›Schnee am Kilimandscharo‹, ›Die grünen Hügel Afrikas‹, ›Das kurze glückliche Leben des Francis Mc Cumber‹. Kein andrer hatte es verstanden, das Erleben von Wildnis und Weite so farbig und unbestechlich in Worte zu kleiden. Noch über den Hügeln setzte die Maschine zum Sinkflug an. Eine krächzende Lautsprecherstimme rief die Passiere auf, die Sicherheitsgurte anzulegen. Seine Sitznachbarin, eingezwängt zwischen Lehne und Karton, döste unbeeindruckt davon vor sich hin.

Während sich die Maschine unter gleichmäßigem Höhenverlust dem Boden näherte, wich der Busch unter ihnen einem ausgedehnte Streifen Urwald. Das schräg einfallende Licht der späten Nachmittagssonne riss tiefe Schrunden in das zerklüftete Blätterdach. Unvermittelt tauchte in einer Waldschneise die Landebahn auf. Die Fokker kippte zur Seite, um die Schneise in weitem Bogen zu umrunden. Lukas konnte ein windschiefes, auf vier Pfosten ruhendes Dach erkennen, unter dem neben einer Handpumpe Treibstofffässer gestapelt waren. Ein roter Pick-up raste im Zickzack über die Landebahn, um eine Schar grasender Gnus und Zebras zu vertreiben.

Nach einer zweiten Runde um die Waldschneise setzte die Fokker so knapp über den Wipfeln zur Landung an, dass Lukas unwillkürlich die Beine einzog. Das Flugzeug rollte in einer Staubwolke bis an das Ende der Landebahn und wendete, um schließlich nahe dem Flugdach anzuhalten. Er war der einzige

Passagier, der aussteigen wollte. Er musste warten, bis die Männer aus dem Pick-up die Gangway herangerollt hatten. In diesem Moment löste sich ein offener Landrover aus dem Waldschatten am Rande des Flugplatzes und näherte sich langsam dem Flugzeug.

Peter Sloop schwang sich aus dem Sitz hinter dem Steuer. Er nahm die Pfeife aus dem Mund und streckte die Hand aus. »Schön, dich zu sehen«, sagte er in einem Tonfall, als wären sie einander zuletzt am Vorabend begegnet.

6. Kapitel

Gegen sieben Uhr beschloss sie aufzustehen. Wochenende hin, Wochenende her – es war auch an einem freien Samstag sinnlos, in hellwachem Zustand weiterhin auf Schlaf zu hoffen. Entgegen ihrer Gewohnheit verzichtete sie darauf, die Morgennachrichten im Radio anzuhören. Der TV-Bericht in der vergangenen Nacht hatte ihr gereicht. Sie verspürte kein Verlangen, den Tag mit Hörbildern des Horrors zu beginnen.

An einem normalen Arbeitstag hätte sie sich beeilen müssen. Aber dieser Samstag war kein Arbeitstag, dieser Samstag war der Anfang eines Wochenendes, dem sie voll Vorfreude entgegengesehen hatte und das nun trübe zu werden versprach wie der diesige Herbstmorgen. Sie konnte den Tag ohne Eile beginnen. Sie konnte tun und lassen, was ihr gefiel. Niemand erwartete etwas von ihr. Niemanden kümmerte, was sie tat. Selbst wenn das Schicksal ihrem Leben ein plötzliches Ende machte, würde niemand etwas bemerken.

Ehe sie sich zum Frühstück setzte, schaltete sie das Radio ein. Musik von Telemann, Wagenseil und Biber durchflutete den Raum mit Klängen voll Farbe und Harmonie. Sie hatte sich im Hinblick auf das Wochenende mit Lukas den Montag freigenommen. Das ergab drei Tage der Muße in Folge. In den Jahren, in denen sie um eine Fixanstellung im Spital bangen musste, wäre sie für einen solchen Ausblick dankbar gewesen. Pfister, Wegents Vorgänger als Abteilungschef, hatte sie und andere Mitarbeiter regelrecht ausgebeutet, indem er sie weit über ihre dienstlichen Verpflichtungen hinaus zur Mitarbeit an wissenschaftlichen Studien heranzog, die dann unter seinem Namen veröffentlicht wurden. Dabei spielte er die Bewerber um die Oberarztstelle rücksichtlos gegeneinander aus. Damals hatte sie wiederholt daran gedacht aufzugeben.

Sie sah aus dem Fenster. Ein leichter Wind schüttelte buntes Herbstlaub aus den Baumkronen. Sie hatte ihre Lektion gelernt. Wer sich unterkriegen lässt, landet im Müll der Vergessenen. Im Beruf ebenso wie im Privaten. Man brauchte eine Insel, um nicht von den Wogen der Gezeiten weggespült zu werden. Einen Halt, anders als jener, den man nur bei sich selbst findet. Eine Hand, nach der man greifen konnte, wenn man eine Stütze suchte. Das hatte sie nie schmerzlicher vermisst als damals, während dieser Zeit der Prüfung.

Ein dünner Sonnenstrahl stahl sich zaghaft durch den herbstlichen Morgennebel. Wenn sich das Wetter besserte, konnte sie eine Wanderung in den Wiener Wald unternehmen. Oder einen Einkaufsbummel in der Inneren Stadt. Sie war in letzter Zeit nicht allzu viel herumgekommen. Seit eine Kollegin in Elternzeit ging, hatte sie einen Teil ihrer Patienten und ihrer Nachtdienste übernehmen müssen. Aber so lief das nun einmal. Es gab keinen Ersatz für Personalausfälle. Wenn die Abteilungssekretärin im Krankenstand war, mussten die Ärzte ihre Arbeit übernehmen. Achtzig-Stunden-Wochen, zweiundfünfzigstündige Dauerdienste – wen kümmerte das schon?

Während sie das Frühstücksgeschirr in den Geschirrspüler räumte, fiel ihr der Stapel von Krankengeschichten ein, der in ihrem Dienstzimmer auf sie wartete. Was hinderte sie daran, an diesem verpfuschten Wochenende einen Teil der Arbeit zu erledigen?

Sie brachte die Kochnische in Ordnung und kleidete sich an. Trotz des wenig einladenden Wetters entschloss sie sich, den Wagen stehen zu lassen. Über dem Villenviertel lag die Ruhe des beginnenden Wochenendes. Die meisten Garagentore waren geschlossen. Abgesehen von einem kleinen Mädchen und einem alten Mann, die Hunde an Leinen spazieren führten, begegnete sie nur einer grauen Tigerkatze, die miauend um ihre Beine strich. Sie streichelte das Tier und löste dankbares Schnurren aus.

Der Spitalsportier kam aus seiner Loge und begrüßte sie mit einem freundlichen Blick aus blutunterlaufenen Augen. Obwohl er den Dienst erst vor kurzem angetreten hatte, sah er übernächtig aus. Wie jedermann im Haus wusste, verdiente er sich ein Zubrot als Heurigensänger. Sie ging auf ihr Zimmer und streifte den weißen Mantel über. Wenn sie schon da war, konnte sie ebenso gut der Station einen Besuch abstatten. Auch im Spitalsareal herrschte unverkennbar Wochenendstimmung. Die ansonsten voll besetzten Parkplätze standen leer. Der an Wochentagen übliche Zustrom zu den Ambulatorien fehlte ebenso, wie die hektischen Aktivitäten des anlaufenden Tagesbetriebs.

Im Eingang zur Abteilung stieß sie mit Pasterka zusammen. »Wohin rennst du denn?«, fragte sie.

»Zur Prosektur. Grüner ist in der Nacht gestorben. Kommst du mit?«

Da sie spät dran waren, näherten sie sich der Prosektur im Eilschritt. Im Seziersaal fanden sie Treplitz über eine weibliche Leiche gebeugt vor. Er hob den Blick und schüttelte missbilligend den Kopf. »Wo bleibt's ihr denn«, grummelte er. »Ich hätt' ihn schon fast wieder zugemacht.«

Er war mittelgroß und von eher zarter Statur. Um den fortschreitenden Haarausfall auszugleichen, trug er eine Art Irokesenfrisur, die ihm den Spitznahmen ›Indianer‹ eingetragen hatte. Unter denen, die ihn kannten, galt er unumstritten als Koryphäe auf dem Gebiet der Pathologie.

»Tut mir leid, aber wir hatten einen Herzstillstand«, entschuldigte sich Pasterka.

Treplitz trat an den Seziertisch, auf dem eine männliche Leiche lag. Aus dem Gesicht des Toten stach die Nase hervor, als wollte sie einem Geruch folgen. Der geöffnete Bauchraum war zum Teil ausgeräumt. Die entnommenen Organe lagen in Tassen auf einem Rollwagen.

»Das war's«, sagt der Pathologe und nahm ein braun verfärbtes Hölzchen aus einer Nierenschale. Das Ding sah aus wie ein Zahnstocher mit einem stumpfen und einem spitzen Ende. »Der Spieß von einem Heringsroller.« Er griff in den geöffneten Bauchraum, der die eindeutigen die Merkmale einer diffusen Bauchfellentzündung aufwies, und hob den Magen an.

»Da schaut's her«, sagte er und steckte das Hölzchen in ein winziges, kaum erkennbares Loch in der aufgequollenen Magenwand. »Hat den Magen glatt von innen durchbohrt. Ist drin gesteckt wie ein Stöpsel. Kein Wunder, dass die Röntgenologen nichts gefunden haben.«

Auf dem Rückweg zur Abteilung redeten sie nicht viel. Pasterka machte einen niedergeschlagenen Eindruck, was bei ihm höchst selten vorkam. Tanja beschäftigten jene beiden Probleme, mit denen fertigzuwerden ihr noch nie gelungen war. Eines war, wie im Fall Grüner, die Unmöglichkeit, eine Diagnose zu stellen und damit eine gezielte Therapie einleiten zu können. Das andere die Machtlosigkeit dem Tod gegenüber. Wie hoffnungslos der Zustand eines Patienten auch sein mochte, sie empfand jeden Todesfall als persönliche Niederlage, als schmerzlichen Verlust.

An der Abteilung trennte sie sich von Pasterka. Sie ging in den ersten Stock. Vor dem Sekretariat trat ihr Doktor Mattas in den Weg. Im Anzug und mit Krawatte sah er nicht mehr aus wie der Patient, der sich widerspruchslos ärztlichen Anordnungen fügte, sondern eher wie jemand, der selbst Anordnungen zu treffen gewohnt war.

»Frau Oberarzt! Ich bin froh, dass sich noch die Gelegenheit ergibt, mich bei Ihnen zu bedanken. Sie haben mir sehr geholfen.«

»Vor allem hat Ihnen Ihre gute Konstitution geholfen«, wehrte sie ab. »Sonst wären Sie nicht so rasch wieder auf die Beine gekommen.«

Er sah sie mit einem traurigen Blick an. »Um Sie wiederzusehen, würde ich gern eine längere Erkrankung in Kauf nehmen«, sagte er ernsthaft.

»Hören Sie auf!«, lachte sie. »Ich wünsche Ihnen, dass Sie gesund bleiben.«

Er nahm ihre Hand und führte sie an die Lippen. »Sie haben keine Ahnung«, sagte er leise und wandte sich zum Gehen.

Merkwürdiger Auftritt, dachte sie, während sie den Korridor entlang schritt. Was immer er bedeuten mochte, es war ohne Belang, da sie den Mann wohl kaum wiedersehen würde.

Im Vorbeigehen warf sie einen Blick in das Schwesternzimmer. Ehrengardis schaute von einer Liste auf, in der sie Eintragungen machte.

»Frau Oberarzt – haben Sie das Wochenende nicht frei?«, fragte sie erstaunt.

»Doch. Ich komme nur auf einen Sprung vorbei. Gibt's etwas Besonderes?«

»Keine besonderen Vorkommnisse«, sagte die Schwester, als zitierte sie aus einem Protokoll.

Wieder auf dem Gang, hörte Tanja schon von weitem, dass es im Männersaal hoch herging. Im Gegensatz zu den Frauensälen war Lachen bei den Männern keine Seltenheit. Immer wieder fanden Patienten zusammen, die, ungeachtet von Alter und Krankheit, zu Späßen und Unfug aufgelegt waren. Sie hörte erst Gelächter und dann ein vielstimmiges »Hoch soll er leben, laut soll er keuchen…«

Mit Ausnahme der Bettlägerigen hatten sich alle um ein Bett am Saalende versammelt. Wie sie so dastanden, glichen sie einer boshaften Karikatur aus spitzer Feder. Aus unerfindlichen Gründen schien es für keinen Patienten Anstaltskleidung in passender Größe zu geben. Die blauweiß gestreiften Mäntel endeten entweder oberhalb der Knie, sodass die Nachthemden unten hervorschauten, oder sie schleiften am Boden, als ob es Leihstücke vom großen Bruder wären.

Einer der Männer hatte sie erspäht und rief: »Kommen's zu uns, Frau Oberarzt. Wir feiern grad' den Geburtstag vom Schorschi.«

Schorschi hieß mit vollem Namen Georg Votava. Seiner strahlenden Miene nach zu schließen, genoss er es in vollen Zügen, im Mittelpunkt des Interesses zu stehen. Er hatte einen runden Kopf, runde Augen und einen runden Mund. Schütteres Kraushaar am Scheitel unterstrich den Eindruck eines zu groß geratenen Babys. Er litt an Lungenasthma und zählte, wie andere Patienten mit chronischen Erkrankungen auch, zu den Stammgästen der Abteilung. Zwei- bis dreimal im Jahr, wenn seine Anfälle sich häuften, wurde er vom Hausarzt eingewiesen.

Als Tanja ihm gratulierte, fiel ihr Blick auf eine Tafel am Kopfende des Bettes. Jemand hatte einen Lorbeerkranz, der zwei gekreuzte Injektionsspritzen umschloss, auf weißen Karton gezeichnet. Darunter stand in vollendeter Druckschrift: ›Ernennung zum Bronchialrat.‹ Sie schüttelte lachend den Kopf.

»Des hob' i zeichnet, Frau Oberarzt«, meldete sich ein dürres kleines Männchen stolz zu Wort.

»Wie geht es Ihnen denn, Herr Kirschberger?«, erkundigte sie sich.

Kirschberger trat unbehaglich von einem Bein auf das andere. »Eh schon besser«, sagte er ausweichend.

»Freut mich zu hören«, bemerkte sie freundlich. »Da können wir Sie ja bald entlassen.«

»Wie Sie meinen, Frau Oberarzt«, murmelte er ohne große Begeisterung.

Auch Kirschberger gehörte zu den Stammgästen, allerdings zu einer besonderen Sorte. Es gab kein Wiener Krankenhaus, das er noch nicht beglückt hatte. Er war siebenundsechzig, alleinstehend und lebte von einer kleinen Rente. Er wurde jedes Mal mit der Rettung eingeliefert, regelmäßig unter der Diagnose ›Kreislaufkollaps‹. Das Schicksal ereilte ihn vorwiegend gegen Monatsende, wenn seine Rente aufgebraucht war. Im Spitalsbett pflegte er rasch zu erwachen, nur um über unklare Beschwerden in der Herzgegend, im Kopf oder im Bauch zu klagen. Da es so gut wie unmöglich war, einem mit allen Wassern gewaschenen

Simulanten nachzuweisen, dass er simulierte, verbrachte er stets einige Tage im Spital, bis die eingeholten Befunde die erwartete Entwarnung bestätigten. Wenn er dennoch bei Schwestern und Ärzten nicht unbeliebt war, verdankte er das seinem heiteren Wesen und seiner komödiantischen Begabung, die er bei seinen Auftritten unbekümmert an den Tag legte.

Nach der anschließenden Runde durch die Station wollte sich Tanja noch von Lisbeth verabschieden. Das Bett stand jedoch bereits leer. Sie verließ die Abteilung. In ihrem Zimmer legte sie den weißen Mantel ab und setzte sie sich mit dem Diktiergerät an den Schreibtisch. Sie hatte nie vergessen, was sie Pasterka verdankte. Er war es gewesen, der ihr Interesse für die Innere Medizin geweckt hatte. Er war es gewesen, der sie in die Lehre genommen hatte. Diagnose ist Detektivarbeit, pflegte er zu sagen. Du bist auf Zeugenaussagen und Indizien angewiesen. Zeuge ist der Patient, dessen Angaben du besser mit Vorsicht genießt. Die Indizien musst du bei der Untersuchung finden. Röntgen, Ultraschall, Laborbefunde und so weiter liefern die einzigen einigermaßen verlässlichen Fakten. Wenn die Ergebnisse keinen Sinn ergeben, suche den Grund zuerst bei dir. Einen – wenn oftmals auch nur vorläufigen – Schlussstrich kannst du ziehen, wenn du den Entlassungsbericht schreibst.

Gegen Mittag fiel ihr auf, dass sich der Nebel gelichtet und der Sonne Platz gemacht hatte. Sie schaute aus dem Fenster in das bunte Laub einer Buche, deren Blätter im Sonnenschein glänzten wie mit Fett poliert. Was hielt sie eigentlich noch hier? Was war so wichtig, dass sie nicht davon loskam? Gab es nichts Sinnvolleres an einem freien Wochenende, als vor einem Stoß von Papieren zu hocken?

Sie ging nicht geradewegs nach Hause. Sie schlenderte durch Gegenden des Villenviertels, in die ihre eher kurzen Spaziergänge noch nicht geführt hatten. Es war fast sommerlich warm geworden. Überall standen Fenster offen. Familien saßen beim Mittagstisch auf Terrassen und Balkonen. Der Geruch von Gebratenem und Gebackenem hing in der Luft wie der Blütenduft an einem heißen Sommertag. Gelegentlich erklang Musik aus einem der offenen Fenster.

Hinter den letzten Häusern mündete die Straße in einen sanft ansteigenden Kiesweg. Um die Mittagszeit waren kaum Spaziergänger unterwegs. Sie ging durch ein schütteres Laubwäldchen und wandte sich an einer Weggabelung nach links. Nach einer Weile endete der Weg an einer weitläufigen Wiese. Am Wegrand lud eine Bank zur Rast ein. Eine Tafel an der Lehne deklarierte die Bank als Spende einer bekannten Bausparkasse.

Sie setzte sich und zündete eine Zigarette an. Von heroben nahm sich das grüne Stadtviertel mit den eingestreuten roten und grauen Dächern aus wie der Blick aus einem Flugzeug vor der Landung. Aus der Ferne kam das Poltern eines Zuges. Einmal zog ein Linienjet unter dumpfem Röhren seine Bahn über den blauen Himmel. Im übrigen war es so still, als befände sie sich in einem Erholungsgebiet, weitab von der nächsten Großstadt.

Das Bild erinnerte sie an ihre Kindheit. Von ihrem Wohnhaus auf einer Anhöhe am Stadtrand von Innsbruck reichte der Blick weit über das Inntal. In ihrer kindlichen Fantasie hatten die kleinen Häuschen drunten, zwischen denen winzige Eisenbahnzüge und Autos dahinkrochen wie Spielzeuge, die Rolle eines Zwergenreichs eingenommen. Sie hatte voll Ungeduld darauf gewartet, einem Zwerg mit roter Zipfelmütze zu begegnen, der sich herauf in ihren Garten verirrte.

Ein Zwerg fand sich im Garten des Elternhauses nie ein und im Tal sah die Welt anders aus als in ihren kindlichen Märchenträumen. Der frühe Tod ihrer Mutter führte sie von einem Tag auf den anderen in das Leben der Erwachsenen. Sie war zu klein gewesen, um zu verstehen, worum es bei den häufigen Konflikten ging, die Vater und Mutter voll Erbitterung austrugen. Als sie an ihrem Vater Wesenszüge entdeckte, die einem Kind verborgen bleiben mussten, als sie zu verstehen begann, war sie aus allen Wolken gefallen.

Sie hatte immer den liebevollen Beschützer in ihm gesehen. Den großen, starken Mann, der sie in seine warmen Arme schloss und vor allem Bösen in der Welt bewahrte. Die Erkenntnis, dass ihr geliebter Vater zwischen Gut und Böse nicht zu unterscheiden vermochte, traf sie wie ein Keulenschlag. Sie fand sich plötzlich in eine Rolle gedrängt, gegen die – wie sie erst jetzt begriff – ihre Mutter zeitlebens vergeblich gekämpft hatte. Wie vordem ihre Mutter, musste sie Tag für Tag mit dem Welthass eines verbitterten Mannes zurechtkommen, der seine Jugend im Krieg verloren hatte und sie wiederzufinden hoffte, indem er die Gräuel jener Jahre der Entmenschung leugnete und die Zukunft in einer düsteren Vergangenheit suchte.

Die Erlösung erschien in Person von Tante Hermi. Kein Mensch kam so nahe an ihre Mutter heran wie sie. Sie hatte nach dem Krieg nach Wien geheiratet und lebte dort seit dem Tod von Onkel Albert kinderlos und allein. Als sie beiläufig fragte, ob es ihr nicht gefallen würde, Gymnasium und Studium in Wien zu absolvieren, zögerte sie keine Minute. Sie überließ es Tante Hermi, Vaters Zustimmung einzuholen.

Allmählich begannen dünne Nebelfahnen den Ausblick zu verschleiern. Sie stand auf und trat ohne Eile den Heimweg an. Als sie das Haus erreichte, setzte feines Nieseln aus einem grau verfärbten Himmel ein. Abgesehen vom Garten, den sie vereinbarungsgemäß mitbenutzen durfte, teilte Tanja mit ihrer Vermieterin nur den gemeinsamen Eingang. Im Vorraum fiel ihr erster Blick auf die Truhe, wo ihre Post abgelegt wurde. Heute stand an dieser Stelle eine Vase mit einem prachtvollen Strauss weißer Lilien.

Sie fühlte, wie ihr Herz zu pochen anfing. Lukas, dachte sie. Er war also doch gekommen. Er ließ sie doch nicht allein an diesem Wochenende. Es wäre nicht das erste Mal gewesen, dass er Blumen voraussandte, wenn er aufgehalten wurde. An der

Vase lehnte ein Kuvert mit ihrem Namen in Druckbuchstaben. Sie wollte eben nach dem Umschlag greifen, als sie hörte, wie die Türe von Frau Lisyaks Wohnung geöffnet wurde.

»Das ist am Vormittag für Sie abgegeben worden«, sagte die alte Dame, indem sie mit einer zitterigen Hand auf die Blumen deutete. »Sind sie nicht wunderschön?«

»Wunderschön«, pflichtete Tanja bei. »Sie haben sicher das Trinkgeld für die Zustellung ausgelegt. Was bekommen Sie von mir?«

»Das war keine Zustellung«, entrüstete sich die alte Dame. »Die hat ein Herr abgegeben. Nicht mehr ganz jung, aber ein richtiger Herr.«

Tanja versuchte, ihre Verwirrung hinter einem Lächeln zu verbergen. Frau Lisyak kannte Lukas und bezeichnete ihn stets als ihren Verlobten. Obwohl sie sich nie als Verlobte vorgestellt hatten, schien das für die alte Dame eine ausgemachte Sache zu sein.

»Haben Sie vielen Dank, Frau Lisyak«, sagte sie. »Darf ich Ihnen die Vase später zurückbringen?«

Die alte Dame musterte sie mit einem neugierigen Blick. »Die Vase können Sie behalten, bis die Lilien verwelkt sind. Ich hab genug andere.«

Während sie die Treppe hinauflief, spürte sie das wachsende Gewicht bitterer Enttäuschung wie Blei bis in die Beine sinken. Oben stellte sie die Vase auf den Wohnzimmertisch und legte das Kuvert daneben. Lukas hatte im Barschrank eine Flasche Rémy Martin hinterlassen. Sie goss einen Schluck von der goldbraunen Flüssigkeit in einen Schwenker und setzte sich hin.

Nun hatte sie die Blumen, die sie so sehr vermisste. Bloß, dass sie nicht von Lukas kamen. Bloß, dass sie aus fremden Händen stammten. Wer durfte es sich herausnehmen, ihr mühsam wiedergewonnenes Gleichgewicht zu erschüttern? Sie fühlte, wie ihre Enttäuschung wachsendem Ärger wich. Sie starrte ergrimmt den Briefumschlag an, der in fremder Schrift ihren

Namen trug. Sie hatte von Anbeginn einen bestimmten Verdacht. Aber sie war zu verärgert, um nach der Bestätigung zu suchen. Das Gefühl, bis an die Haustür verfolgt zu werden, versetzte sie in blanke Wut. Als versuchte jemand, eine verwundbare Stelle an ihr zu finden, um ihr Selbstwertgefühl zu untergraben.

Sie kannte diese Aufwallungen von Zorn, die sie oftmals aus nichtigen Anlässen überkamen. War sie die Tochter ihres Vaters? Hatte sie seinen Hang zu Selbstmitleid und blindwütigem Zorn als Erbe mitbekommen? Sie stand auf und trat an das Fenster. Dichter Nebel hatte eine vorzeitige Dämmerung eingeleitet. Selbstmitleid und Zorn waren keine Antworten. Wer mit der Welt zurechtkommen wollte, musste zuerst mit sich selbst zurechtkommen. Regel Nummer eins, um auf dem steinigen Weg durch das Leben nicht zu stolpern, dachte sie.

Sie setzte sich niedergeschlagen an den Tisch und öffnete das Kuvert. Ehe sie zu lesen begann, sah sie nach der Unterschrift. Wie erwartet, war das Schreiben mit Manuel Mattas unterzeichnet.

Verehrte Frau Doktor,

verzeihen Sie, bitte, den unwürdigen Stil meines Abgangs heute Morgen. Er war die Folge verwirrender Gefühle, die mich bewegen. Ich stehe seit langem am Rande eines tiefen Abgrundes. Die Begegnung mit Ihnen hat mir den Mut zu einem Schritt auf sicheren Boden gegeben. Sie dürfen mir glauben, dass mir das Schreiben dieser Zeilen nicht weniger Mut abverlangt. Ich hätte nicht gewagt, mich in dieser Form an sie zu wenden, wenn ich nicht der festen Überzeugung wäre, in Ihnen einem Menschen begegnet zu sein, dem zu begegnen man nur als Wink des Schicksals bezeichnen kann. Im vollen Bewusstsein der Zumutung, die es bedeutet, werde ich mir erlauben, Sie noch heute anzurufen. Nehmen Sie, bitte, mein Versprechen entgegen, dass es bei diesem einen und einzigen Versuch bleiben wird. Wie immer Ihre Antwort auch lautet, Sie werden für mich ein großartiger Mensch und eine wunderbare Frau bleiben.

Mit Handkuss

Ihr ergebener Manuel Mattas

Sie faltete den Brief zusammen und öffneten ihn wieder. Der etwas überkommen wirkende Stil verriet einen Verfasser, der mit der Sprache umzugehen verstand. Aber was sollte das alles? Was dachte sich der Mann dabei? Einfach herzugehen und ein Schreiben voll kryptischer Andeutungen loszulassen! Er war ein ruhiger, sympathischer Mensch, und als Patient so unkompliziert, wie man sich alle Patienten gewünscht hätte. Sie hatte schon am ersten Tag, als er sich noch ziemlich elend fühlen musste, seine bewundernden Blicke registriert. Aber dabei war es auch geblieben.

Obgleich die Uhr erst kurz nach vier anzeigte, war es im Haus fast dunkel geworden. Sie knipste die Stehlampe an und las den Brief ein weiteres Mal. Was erwartete er eigentlich von ihr? Das, was jeder Mann von einer Frau erhoffte, wenn er um sie warb? Oder – war das überhaupt eine Werbung? War das nicht viel mehr ein verzweifelter Hilferuf? Und wenn dem so war – was sollte sie veranlassen, sich mit den privaten Problemen eines Mannes zu befassen, der nicht einmal mehr ihr Patient war? Falls er tatsächlich anrief, würde sie ihm höflich, aber unmissverständlich klar machen, dass weder poststationäre Beziehungen noch ambulante Seelenbetreuung zu ihren Gepflogenheiten gehörten.

Sie schaltete das Tonbandgerät ein, in dem sie ein Band mit Werken von Vivaldi eingespannt hatte. Es gab nicht vieles, was ihre Gemütsverfassung so beruhigend zu stimmen vermochte, wie diese Musik aus einer anderen Welt. Sie saß still vor dem Blumenstrauß und dem zugehörigen Brief und versuchte ihre Gedanken zu ordnen. Wenn sie auf Entspannung durch die Musik gehofft hatte, sah sie sich bald enttäuscht. Sie empfand eher etwas wie Orientierungslosigkeit, als stünde sie ratlos an einer Weggabelung, wobei es ohnedies keine Rolle spielte, welche Richtung sie einschlug. Spielte es eine Rolle? Sie hatte entschieden, was sie n i c h t tun würde. W a s sie tun, was sie mit dem Rest dieses Wochenendes anfangen würde, stand in den Sternen.

Wenn in Filmszenen die Protagonisten das Telefon ewig läuten ließen, ehe sie sich dazu bequemten, einen Anruf entgegenzunehmen, empfand sie dies stets als durchsichtigen Versuch der Regie, die Spannung zu steigern. Nun saß sie selber reglos da wie eine dieser Figuren und betrachtete unschlüssig den klingelnden Apparat, ehe sie sich dazu aufraffte, den Hörer abzuheben.

»Mattas«, kam es aus dem Hörer. Danach blieb es still.

Sie wartete ein paar Sekunden. »Hat es Ihnen die Rede verschlagen, Doktor Mattas?«, fragte sie in bewusst scharfem Ton.

»Verzeihen Sie. Vivaldi telefonisch – ich dachte an eine Sinnestäuschung. Ich wollte Sie nicht stören bei diesem Musikgenuss.«

»Das freut mich zu hören. Weshalb rufen Sie dann an? Um vorweg etwas klarzustellen…«

»Bitte, Frau Doktor, hören Sie mich einen Augenblick an!«, unterbrach er sie mit sanfter Stimme. »Sie anzurufen hat mich allen Mut gekostet, den ich besitze. Jetzt, da ich die Musik höre, ist mir leichter. Menschen, die Musik lieben, leben auf ähnlichen Wellenlängen. Mit denen kann ich besser sprechen, da finde ich eher die richtigen Worte…«

»Da haben Sie ja jede Menge Ansprechpartner«, sagte sie trocken.

»Das ist der Sommer«, sagte er.

»Wie bitte?«

»Vivaldi, der Sommer. Ich war sicher, dass Sie Musik lieben«, fuhr er fort. »Musikliebende Menschen verbreiten eine Aura besonderer Art.«

»Wie interessant!«, sagte sie ironisch. »Ich wüsste gerne, was Sie eigentlich von mir wollen.«

Am anderen Ende der Leitung blieb es wieder einen Augenblick still. »Ich möchte Sie wieder sehen«, kam dann leise die Antwort.

»Der Gedanke, dass ich das nicht möchte, ist Ihnen wohl nicht gekommen?«

»Doch. Das hat mich seit dem Entschluss, Sie anzurufen beschäftigt.« Sie hörte ihn tief atmen. »Sie sind seit Jahren die erste Frau, die den Wunsch in mir weckt, sie näher kennen zu lernen.«

Sie widerstand dem Impuls, das Gespräch kurz angebunden abzubrechen.»Ich habe schon überzeugendere Komplimente gehört«, bemerkte sie kühl.

»Die Wahrheit wirkt oft nicht auf den ersten Blick glaubwürdig. Nach dem Tod meiner Frau…« Er brach ab, ohne den Satz zu Ende zu bringen.

Am Krankenbett musste sie auf persönliche Schicksalsschläge der Patienten eingehen. Aber dies war ein Privatgespräch.

»Ich habe mich noch gar nicht für die Blumen bedankt«, versuchte sie abzulenken. »Sie sind wunderschön.«

»Ich würde Ihnen gern Blumen schenken, die nie verblühen«, sagte er.

»Das klingt sehr poetisch.«

»Ohne Frauen gäbe es keine Poesie.«

»Das klingt noch poetischer. Sind Sie Dichter?«

»Nein, sonst hätte mein Brief an Sie anders ausgesehen«. Er räusperte sich und fügte schnell hinzu: »Ein Freund hat mir für heute Abend Konzertkarten besorgt – ein Festkonzert mit Sinfonien von Mozart und Haydn, anlässlich meiner Spitalsentlassung, wie er meinte. Ich würde mich glücklich schätzen, wenn Sie meine Einladung annehmen und sich meiner Begleitung anvertrauen würden.«

Seine gewählte, altmodische Ausdrucksweise entlockte ihr ein Lächeln. Sie konnte sich vorstellen, dass er aufrecht dastand, während er mit ihr telefonierte, so als könnte sie ihn beobachten. Was hatte sie sich da bloß eingebrockt? Anstatt ihn abzublocken, wie sie sich vorgenommen hatte, ließ sie sich in ein Gespräch ein.

»Das kommt etwas plötzlich, Doktor Mattas, finden Sie nicht?«, sagte sie zurückhaltend.

»Ich bin kein Mann schneller Entschlüsse«, erwiderte er. »Manchmal hilft der Zufall mehr als Tatendrang. Ohne die Konzertkarten hätte ich wahrscheinlich nicht gewagt, mich bei Ihnen zu melden. Ich habe gehofft, dass Musik eine Verbindung zwischen Ihnen und mir herstellen könnte, eine Brücke, sozusagen, die zwei fremde Ufer verbindet.«

Sie betrachtete geistesabwesend das Telefon. Der intensive Duft der Lilien stieg ihr in die Nase. Eine Brücke zwischen fremden Ufern! Sie brauchte keine Brücken. Andrerseits – weshalb sollte sie sich abschotten? Was hinderte sie daran, das Beste aus diesem verlorenen Weekend zu machen? Es war Ewigkeiten her, seit sie ein Konzert besucht hatte.

Sie sagte zu und nahm sein Angebot an, sie daheim abzuholen. Nachdem sie den Hörer aufgelegt hatte, warf sie einen Blick auf die Uhr. Es blieb ihr noch genügend Zeit, um sich ohne Eile für den Abend zurechtzumachen. Sie schaltete den Recorder ab und stellte im Badezimmer den Mischhahn auf Badetemperatur. Während das Wasser in die Wanne lief, suchte sie im Garderobekasten nach einem für den Abend passenden Kleid. Ihr Blick blieb an dem schwarzen Abendensemble hängen, das sie in der Silvesternacht getragen hatte, in der sie Lukas begegnete. Obgleich es schon lange nicht mehr der Mode entsprach, hatte sie sich nie dazu entschließen können, es wegzugeben. Ohne dass sie erklären hätte können weshalb, fühlte sie sich plötzlich den Tränen nahe.

7. Kapitel

Im Landrover unterwegs zum Basislager erlebte Lukas die erste Überraschung.

Sie fuhren auf einer staubigen Schlaglochpiste durch gelbbraune, sonnenverbrannte Savanne. Peter hatte die Windschutzscheibe nach vorn geklappt, sodass ihnen der Fahrtwind kühlend über Gesicht und Arme strich. Etwa auf halbem Weg deutete Peter mit dem Kopf nach einem lockeren Buschwald, der an ihrer Rechten die Savanne abgelöst hatte. »Das Begrüßungskomitee«, bemerkte er.

Lukas musterte die Gegend, in die Peter gedeutet hatte. Er sah nichts als graugrünen Busch, aus dem vereinzelte Bäume ragten. »Ich sehe nur Gebüsch.«

Peter verlangsamte die Fahrt und deutete auf eine Ansammlung von Sträuchern. »Elefanten«, sagte er. »Sieben Stück.«

Als Lukas den ersten Elefanten wahrnahm, traute er seinen Augen nicht. Obwohl sie kaum mehr als sechzig Meter von den Tieren entfernt waren, hatte er die massigen graugrünen Elefantenrücken für Büsche gehalten. Erst die Bewegungen eines Rüssels, der Äste aus dem Unterholz brach, lösten den Elefanten aus der Tarnung mit den farbgleichen Gewächsen.

»Mach dir nichts draus«, tröstete ihn Sloop, während er den Wagen beschleunigte. »Am Anfang geht das allen so.«

Das Basislager bestand aus einem Blockhaus mit einer überdachten, nach drei Seiten offenen Terrasse und acht kleinen, strohgedeckten Holzhütten. Über den Strohdächern schlossen sich die Kronen einer Gruppe von Laubbäumen zu einem dichten Überdach zusammen. Wer sich Hoffnungen auf eine Luxussafari gemacht hatte, musste seinen Irrtum spätestens bei Betreten des Nachtquartiers einsehen. Die Einrichtung der

Hütten war spartanisch. Zwei Feldbetten, dazwischen ein Stuhl, an einer Wand eine Stange mit zwei Kleiderhaken. Das war's auch schon.

Lukas stellte die Reisetasche in der Hütte ab und machte sich zu einer Orientierungsrunde auf. An das Blockhaus schloss ein ebenerdiger Wohntrakt mit den Zimmern der weißen Jäger und Safaribegleiter an, die – Sloop ausgenommen – alle im Reservat unterwegs waren. Auf einem sandigen Viereck dahinter standen ein paar Geländewagen herum, dazwischen ein ziemlich ramponierter Pick-up. Falls das Camp innerhalb festgelegter Grenzen lag, ließen sich diese jedenfalls nicht abstecken. Lockerer Buschwald zog sich nach allen Seiten hin, so weit der Blick reichte. Peter hatte ihn informiert, dass das Camp gegenwärtig nur vier Gäste beherbergte, zwei Krankenschwestern aus der Schweiz, die das fünfte Mal in Folge das Reservat besuchten, und zwei Deutsch-Afrikaner, die nach ihrem Rückzug aus dem Arbeitsleben den Kontinent bereisten. Daher wunderte es ihn nicht, dass er mit Ausnahme eines Schwarzen, der hinter dem Haus Holz hackte, keinem Menschen begegnete. Wenn nicht aus dem Kamin des Blockhauses Rauch aufgestiegen wäre, hätte man annehmen können, das Lager wäre gänzlich verlassen.

Er kehrte zu seiner Hütte zurück und setzte sich auf die Treppenstufe vor dem Eingang. Die Strahlen der untergehenden Sonnen tauchten den Busch in goldrot loderndes Feuer. Bis auf das sanfte, schläfrige Gurren der Buschtauben herrschte völlige Stille. Eine Bewegung im Busch am näheren Horizont weckte seine Aufmerksamkeit. Nach und nach lösten sich zwei kleine Köpfe auf langen Hälsen aus dem Blattwerk. Zwei Giraffen, die sich ihre Abendmahlzeit in den Baumkronen holten, begannen sich als schwarze Schatten gegen den Dämmerhimmel abzuzeichnen.

Die friedliche Abendstimmung versetzte ihn in einen Zustand wohliger Ermattung. Es hieß, dass in Afrika die Wiege der Menschheit stand. Wenn das Leben den Quellen von Licht und

Schatten entsprang, war er ihrem Ursprung jedenfalls näher als je zuvor. Das Lied der Stille schien aus dem goldenen Licht herabzufließen wie ein Strom unvergänglicher Ruhe. Himmel und Erde wölbten sich einander entgegen im Bestreben nach ewiger Vereinigung. Der Gedanke, den Blick zurück auf eine Sekunde der Schöpfung werfen zu dürfen, erfüllte ihn mit einem Empfinden ehrfürchtiger Bangigkeit.

Es war längst dunkel, als Gongschläge vom Blockhaus zum Abendessen riefen. In einem Tümpel unweit der Hütten quakten Frösche ihr lautstarkes Abendkonzert. Er knipste die Taschenlampe an und machte sich auf den Weg zum Blockhaus. Das kurz geschnittene Gras federte unter seinen Sohlen wie ein flauschiger Teppich. Von einem qualmenden Feuer ein paar Schritte abseits des Weges wehte ihm beißender Rauch entgegen. Ein älterer Schwarzer in einem löchrigen Leibchen und ausgefransten Jeans füllte glühende Asche in einen Teekessel und trug ihn zu einem langen Tisch, auf dem Wäschestücke aufgestapelt lagen. Er breitete eine Jacke mit langen Ärmeln auf der Tischplatte aus und machte sich, den Teekessel als Bügeleisen benützend, im Schein zweier flackernder Windlichter an die Arbeit.

Im Blockhaus brannten in allen Räumen Lichter. Das erste Fenster schien zu Sloops Büro zu gehören. Lukas konnte an der Wand eine Landkarte und daneben Gewehre in einer verriegelten Halterung erkennen. Durch die beiden anderen Fenster sah er zwei Männer in der unmittelbar an die Terrasse anschließenden Küche mit Töpfen und Pfannen hantieren. Ein Dritter, ein Junge mit einer weißen Schürze, verteilte Besteck auf den besetzten Terrassentischen. Anscheinend wurde das Camp ausschließlich von männlichem Personal betreut.

Gleich neben dem Eingang zur Terrasse beugte sich ein Mann über einen Tisch mit Flaschen und Gläsern. Er blickte auf, als er Lukas kommen sah, und gab mit dröhnender Bassstimme auf Deutsch ein lautes Guten Abend von sich, was Lukas darauf schließen ließ, dass Peter seine Ankunft bereits angekündigt hatte. Der Mann war von hünenhafter Statur. Aus einem kantigen, wettergegerbten Gesicht blickten unter dem völlig kahlen Schädeldach zwei freundliche, unglaublich blaue Augen hervor.

»Wenn Sie was trinken, müssen Sie das hier eintragen«, sagte er und deutete auf ein aufgeschlagenes Vormerkbuch. »Eiswürfeln gibt's dort im Oberfach«, fügte er, auf einen mannsgroßen Kühlschrank in der Ecke weisend, hinzu.

Von den sechs Tischen auf der Terrasse waren nur zwei besetzt. An einem saßen die beiden Schweizerinnen, die seinen Gruß nur flüchtig erwiderten, um ein Gespräch fortzusetzen, das von großer Wichtigkeit zu sein schien. An einem anderen saß der Hüne einem Männchen mit gleichfalls kahlem, jedoch eierförmigem Kopf gegenüber. Im grellen Schein der zischenden Gaslampen, die von der Decke baumelten, glänzten die blanken Scheitel der beiden Männer wie Billardkugeln.

Lukas goss eine Portion Wodka in ein Glas und holte aus dem Kühlschrank Eiswürfel.

Da es keinen elektrischen Strom gab, wurde das Gerät wohl mit Gas betrieben. Er setzte sich an einen Tisch, auf dem für eine Einzelperson gedeckt war und zündete ein Zigarette an.

Der Hüne schaute zu ihm herüber. »Warum setzen Sie sich nicht zu uns?«, fragte er, hörbar bemüht, seinem bayrischen Tonfall einen hochdeutschen Klang aufzusetzen. »Da brauch ma net so laut reden«, setzte er, wieder ins Bayerische fallend, hinzu.

Obwohl Lukas' Sinn nicht unbedingt nach Geselligkeit stand, fand er kein überzeugendes Argument, die Einladung abzulehnen. Er nahm sein Glas und trat an den Tisch der beiden.

»I bin der Sepp Berghuber«, stellte der Hüne sich vor, »und des is der David Baum. I sag nur Bäumchen zu ihm, weil für an richtigen Baum is er zu klan«. Er gab ein meckerndes Lachen von sich. David Baum erhob sich halb und streckte ihm die Hand hin, wobei ein verschmitztes Lächeln sein Gesicht überzog, als kannten sie einander bereits ewig und teilten ein Geheimnis besonderer Art.

David und Goliath im afrikanischen Busch, dachte Lukas. Er hatte Mühe, das Lachen zu unterdrücken. Die zwei – beide sicher hoch in den Siebzigern – gaben ein bühnenreifes Paar ab. Er merkte bald, dass Goliath mit fast liebevoller Aufmerksamkeit an Davids Lippen hing, sobald dieser den Mund auftat, während David seinerseits zu seinem Goliath wie zu einem großen Bruder aufsah. Sie mussten einander unter einem glücklichen Stern begegnet sein. Woran offensichtlich auch kleinere Meinungsverschiedenheiten nichts ändern konnten. Der Junge mit der weißen Schürze hatte eine Schüssel mit einem dampfenden Eintopf aus Reis, Gemüse und Fleischstücken auf den Tisch gestellt. Über die Herkunft der Fleischstücke entzündete sich eine hitzige Debatte. Während Bäumchen von einer Riedbockkeule sprach, bestand Sepp auf Leierantilope. Der Friede stellte sich erst über der einvernehmlichen Feststellung ein, dass es, ungeachtet seiner Abkunft, ausgezeichnet schmeckte.

Er hatte ursprünglich vorgehabt, sich nach dem Abendessen bald von dem ungleichen Paar zu verabschieden. Wenn er dann doch sitzen blieb, hatte das einen besonderen Grund. Die beiden begannen Erinnerungen aus ihrer Vergangenheit auszukramen. Er hörte mit wachsendem Interesse zu, wie die beiden – abwechselnd und ohne chronologische Zusammenhänge – über einzelne Lebensabschnitte redeten und diese losen Erzählungen allmählich die Form eines historischen Querschnitts durch die vergangenen Jahrzehnte annahmen.

Sepp Berghuber wurde in Deutsch Ostafrika als Sohne bayrischer Siedler geboren. Er war gerade siebzehn, als seine Eltern kurz nacheinander an einer Tropenkrankheit starben. Da er von Kindheit an auf der Farm gearbeitet hatte, fiel es ihm nicht schwer, das Erbe anzutreten und die Farm weiterzuführen. Was allerdings ein abruptes Ende fand, als der Erste Weltkrieg auf Afrika übergriff. Berghuber schloss sich der deutschen

Truppe unter Lettow Vorbeck an und marschierte mit ihr bis zum bitteren Ende durch halb Afrika.

Nach Gefangenschaft und einigen Jahren mit wechselnden Tätigkeiten in Deutschland, kehrte er Mitte der zwanziger Jahre in das Land seiner Geburt zurück. Es stand nun unter britischem Mandat und hieß Tanganjika. Zu seiner Überraschung fand er die Farm zwar heruntergewirtschaftet, aber im Wesentlichen unverändert vor. Selbst das Grab seiner Eltern lag unversehrt im Schatten eines alten Mangobaums. Ein kleines Kapital vom Erspartem und dem Erlös aus dem Verkauf eines kleinen Grundstücks, das ihm ein Onkel in Bayern hinterlassen hatte, ermöglichte ihm, mit dem nunmehrigen Besitzer der Farm in Kaufverhandlungen zu treten. Ein Bankkredit ergänzte den Kaufpreis für den Wiedergewinn des enteigneten Erbes.

Berghuber stellte sich – wie vor dem Krieg – hauptsächlich auf den Anbau von Mais ein. Nach drei Jahren lief die Farm wieder so gut wie einst. Nach weiteren zwei Jahren begann sie Gewinn abzuwerfen. Im sechsten Jahr fielen, wenige Wochen vor der Ernte, Wanderheuschrecken ein. Sie hinterließen eine trostlose Wüste, aus der kahle Stängel ragten wie Mahnmale der Vernichtung. Im siebenten Jahr kamen kurz vor der Ernte die Elefanten. Es war eine Herde von etwa dreißig Tieren, die sich im Dunkel der Nacht über die saftigen Gewächse hermachte. Am Morgen waren die Maisfelder eingeebnet. Was nicht gefressen wurde, bedeckte, niedergetrampelt, als gelbgrüner Teppich die rotbraune Erde. Berghuber konnte die Kreditraten nicht mehr bezahlen und musste verkaufen. Da er in Afrika bleiben wollte, nahm er das Angebot eines britischen Farmers in Kenia an, für ihn als Aufseher zu arbeiten. Bei einem Bier ›Under the Thorntree‹, wie der Vorgarten des alten Stanley Hotels in Nairobi genannt wurde, begegnete er Bäumchen.

David Baum stammte aus einer seit Generationen in Frankfurt am Main ansässigen jüdischen Familie. Nach dem Abitur schlug er – in die Fußstapfen seines verstorbenen Vaters tretend –

die Laufbahn eines Bankkaufmanns ein. An einen geglückten Start, bei dem der gute Ruf seines Vaters nicht eben hinderlich war, schloss die steil aufwärts führende Laufbahn eines Bankkaufmannes an einem der renommiertesten Bankinstitute der Stadt an. Bis zum Jahr 1933 jedenfalls. Zu diesem Zeitpunkt war er mit der nichtjüdischen Tochter eines Gymnasialprofessors für antike Sprachen verlobt. Es traf ihn wie ein Blitz aus heiterem Himmel, als ihn der Professor Mitte 1933 anrief, um ihm kurz und bündig mitzuteilen, dass er seine Tochter ganz gewiss keinem Juden zur Frau geben werde. Als ihn zum Jahresende die Kündigung der Bank erreichte, hatte er sich in Gedanken schon eingehend mit der bohrenden Frage befasst, ob er weiterhin in einem Land leben wollte, in dem eine Partei die Herrschaft angetreten hatte, die gegen Juden als verabscheuungswürdige Kreaturen hetzte.

Den endgültigen Ausschlag für seinen Entschluss, Hitlerdeutschland zu verlassen, gab ein Erlebnis vor der eigenen Haustür. Er wurde Zeuge, wie der jüdische Besitzer des Feinkostladens von nebenan vor den Augen eines Polizisten und gleichgültig vorbeieilender Passanten von einer Rotte johlender SA-Männern ohne jeden Anlass zusammengeschlagen und in seinem Blut liegen gelassen wurde.

Über England, wo entfernte Verwandte der Familie lebten, verschlug es ihn nach Kenia. Ausgestattet mit Empfehlungen aus London, fiel es ihm nicht schwer, bei der führenden Bank in Nairobi unterzukommen. Als Sachbearbeiter in der Kreditabteilung besuchte er einige Jahre später in Begleitung eines beeideten Schätzmeisters erstmals die ›Blue Hill Farm‹, ein paar Dutzend Kilometer nördlich der Hauptstadt. Er verliebte sich auf Anhieb in den nach europäischen Maßstäben eben noch überschaubaren Besitz. Weite Flächen von welligem Weideland schlossen an das Wohngebäude, von dem der Blick über eine blaugrüne Hügelkette bis zu dem meist wolkenverhangenen Gipfel des Mount Kenia reichte.

Aus purem Mitleid räumte er dem Farmer, einem abgerackerten Mann Ende fünfzig mit einer ebenso abgearbeiteten Frau, eine über das übliche Maß hinaus reichende Gnadenfrist zur Tilgung ausstehender Kreditraten ein. Obwohl er von der Milchwirtschaft so viel verstand wie die Kuh von der Devisenbörse, ließ ihn der Gedanke nicht los, wie verlockend es wäre, dieses wunderschöne Stück Land zu besitzen. Nach dem Besuch der Farm noch immer im Banne dieses Wunschtraumes, stieß er am gleichen Abend bei einem Glas Bier auf Sepp Berghuber.

Die beiden Männer, die der Zufall im Vorgarten des Stanley Hotels zusammenführte, hätten unterschiedlicher von Herkunft, Bildung und Äußerem nicht sein können. Dennoch entwickelten sie vom Augenblick ihrer Begegnung eine Sympathie für einander, die von entscheidender Bedeutung für ihre gemeinsame Zukunft wurde. Baum beschloss nach einigen schlaflosen Nächten, Sepp Berghuber in seinen Traum von der ›Blue Hill Farm‹ einzuweihen. Da er selbst als Sachbearbeiter der Bank die Farm nicht erwerben durfte, musste er einen vertrauenswürdigen Käufer vorschieben.

Das Vertrauen in seinen neuen Freund erwies sich als in jeder Beziehung gerechtfertigt. Er stellte für Berghuber die nötigen Kontakte her, verhalf ihm zu einem günstigen Kredit und zog im Hintergrund die Fäden für eine schnelle Abwicklung des Geschäfts. Drei Monate später gehörte die ›Blue Hill Farm‹ Sepp Berghuber. Als sie ordentlich Gewinn abzuwerfen begann, kündigte Baum seinen Posten bei der Bank und übersiedelte auf die Farm, um die geschäftliche Seite des Betriebes zu übernehmen. Sie kauften angrenzendes Land dazu, erweiterten ihr Warenangebot und hielten ein gutes Einvernehmen mit den zuständigen Behörden des inzwischen unabhängig gewordenen Landes aufrecht, wobei sich kleine Zuwendungen da und dort als äußerst nützlich erwiesen. Sie waren beide nach wie vor ohne Anhang und nur einander verpflichtet. Da sie schon beizeiten einen Verwalter eingestellt hatten, der sich als solide und absolut verlässlich bewährte, konnten sie sich endlich einen lang gehegten Wunsch erfüllen: den Kontinent nach allen Richtungen hin zu erforschen.

Es war spät geworden, als er sich von den beiden Männern trennte. Er hätte gern den Sternenhimmel betrachtet, aber der verbarg sich hinter dem Blätterdach der Bäume. Der Bügler war verschwunden, das Feuer, aus dem er Glut für den Teekessel geschöpft hatte, bis auf ein paar glosende Reste herabgebrannt. Das Quaken der Frösche aus dem nahen Tümpel erstickte jeden anderen Laut, falls es einen solchen gab.

Er setzte sich für eine Zigarettenlänge auf die Türschwelle seiner Hütte und blickte in die konturlose Dunkelheit der afrikanischen Nacht. Was er eben aus dem Leben zweier Menschen erfahren hatte, beschäftigte seine Fantasie. Während es ihm eher schwer fiel, Sepps Biografie nachzuvollziehen, konnte er sich in David Baums Vergangenheit eher einfühlen. Soweit man sich aus heutiger Sicht die wechselvollen Lebensumstände der gar nicht so fernen Vergangenheit überhaupt vorstellen konnte.

Peters Ratschlag folgend, schlug er das Betttuch zurück, um sich im Schein der Taschenlampe zu vergewissern, ob nicht ungebetene Gäste, wie Spinnen oder anderes Getier unter der Decke Unterschlupf gesucht hatten. Das Feldbett war schmal, aber nicht unbequem. Die Gedanken an Baums Schicksal ließen ihn nicht los. Wie mochte sich der Mann gefühlt haben, als ihm der Vater seiner Verlobten eine brutale Abfuhr erteilte? Er musste an Tanjas Vater denken. Nach allem, was sie erzählte, wäre von ihm nicht Besseres zu erwarten gewesen als von dem ehrenwerten Professor in Frankfurt. Man musste in die Vergangenheit schauen, um die Gegenwart würdigen zu können. Zum Glück lebten sie in einer anderen Zeit. In einer Zeit, die es einer Frau wie Tanja erlaubte, ihren eigenen Weg zu gehen. Das wärmende Bewusstsein, dass eine glückliche Fügung diesen Weg mit dem seinen verbunden hatte, begleitete ihn in den Schlaf.

Als er geweckt wurde, hatte er das Gefühl, die Augen eben erst geschlossen zu haben.

In früheren Zeiten gehörte der Early-Morning-Tea, der dem Gast als Weckruf aufs Zimmer gebracht wurde, zum selbstverständlichen Service. Es schien eine schicksalhafte Bestimmung zu sein, dass in den unabhängig gewordenen Ländern die positiven Hinterlassenschaften der Kolonialzeit am schnellsten in Vergessenheit gerieten.

Er schlüpfte in seine Hose und klopfte die Clarks aus, ehe er sie anzog. Schuhe wurden, wie Peter gewarnt hatte, von allerlei Kleingetier als Versteck benützt.

Das Quaken der Frösche war verstummt. Nun erfüllte das sanfte Gurren der Buschtauben die frische Morgenluft. In der Sanitärhütte gab es neben einer Toilette zwei Waschbecken, die aussahen, als stammten sie aus dem Bauschutt einer Abbruchruine. Er wusch sich unter einem dünnen Strahl lauwarmen Wassers den Schlaf aus den Augen und rasierte sich mit dem Batterieapparat vor einem halb blinden Spiegel. Dabei ging ihm der Gedanke durch den Kopf, dass dies wohl für die nächsten Tage der letzte – wenngleich höchst bescheidene – Komfort sein würde.

Während er auf der verlassenen Terrasse in einem mehr als reichlichen Frühstück stocherte, sickerten die ersten Sonnenstrahlen durch das Morgengrau. Unweit der Holzhütten graste friedlich eine Schar kaffeebrauner Antilopen. Die sanft geschwungenen Hörner der Böcke schimmerten im Morgenlicht. Weiter draußen schoben sich massige schwarze Schatten aus dem Gesträuch. Auf große Entfernung ließen sich Kaffernbüffel von Gnus kaum unterscheiden. Er hatte die Blamage, Elefanten für Sträucher gehalten zu haben, noch nicht verdaut. Es war eben etwas anderes, wilden Tieren in ihrem natürlichen Lebensraum zu begegnen, als sie im Zoo hinter Gittern zu beobachten. Er konnte sich durchaus vorstellen, dass er ein Gitter vermissen würde, wenn sie in freier Wildbahn auf Löwen stießen.

Von der Küche her zogen Duftschwaden von gebratenem Speck über die Terrasse. Seine neuen Freunde ließen sich nicht blicken. Da sie erst am späteren Morgen zum Flugplatz mussten, würde er ihnen vermutlich nicht mehr begegnen. Hingegen tauchten die beiden Schweizerinnen auf. Sie sahen ausgeschlafen und unternehmungslustig aus. Sepp hatte sie despektierlich als ›narrische Vogelscheuchen‹ bezeichnet, weil sie sich täglich zur Vogelbeobachtung zu einem nahegelegenen Sumpfgebiet bringen ließen.

Bald nach den Schweizerinnen erschien Sloop. Er hatte bereits gefrühstückt und goss sich nur eine Tasse Tee ein. Wie er Lukas gegenübersaß, entsprach er perfekt dem Klischee vom White Hunter. Ein schmales, wettergegerbtes Gesicht, das Ruhe und Besonnenheit ausstrahlte, ein wachsamer Blick aus hellen Augen, dem nichts zu entgehen schien, kräftige Hände, die zupacken und festhalten konnten.

»Wir können in zehn Minuten losmarschieren«, sagte Sloop, seine Tasse leerend. »Die Männer sind gleich mit dem Packen fertig. Wenn du dich beliebt machen willst, schenkst du jedem zwei, drei Päckchen Zigaretten. In der Küche kannst du ›Masters‹ kaufen, die rauchen sie am liebsten.«

»Wie viele Päckchen brauche ich ?«

»Es sind fünf Männer, die uns begleiten. Tambe, dem Ranger, musst du eine doppelte Ration spendieren. Sonst fühlt er sich in seiner Würde verletzt.«

Vor seiner Hütte standen die Männer bereits beisammen. Tambe war ein eher klein gewachsener, kräftiger Bursche mit einem freundlichen Lächeln in einem tief schwarzen Gesicht. Er steckte in einer braun-grün gefleckten Uniform, nicht unähnlich den Tarnuniformen von Fallschirmjägern, nur dass die Hose über den Knien endete. An seinem verbeulten Käppi, das aussah, als hätte er es eben aus dem Wasser gefischt, blitzte das offizielle Abzeichen des amtlich besoldeten Wildhüters. Von seiner linken Schulter hing ein Tragbeutel. Das Gewehr, das er quer über der Brust trug, schien eher für seinen größeren Bruder bestimmt. Die vier anderen Männer stammten, ebenso wie der Ranger, aus einem Dorf am Rande des Reservats. Zwei Brüder, Jakob und Simon, die kaum dem Schulalter entwachsen sein konnten, teilten sich jeweils große Packen mit diversem Küchengerät und Campingutensilien. Die beiden anderen Männer waren um einiges älter, wobei es Lukas schwer fiel, sie einzuschätzen. Sie alle hatten dunkle, fein geschnittene Gesichtszügen. Wenn es einen schwarzen Adel gab, wäre man versucht gewesen, die Männer diesem zuzuordnen.

Die beiden Älteren nahmen das leichte Gepäck. Einer hatte sich Lukas Reisetasche umgehängt, der andere Peters Safaribeutel. Wie Peter erklärte, gehörten alle, mit Ausnahme von Tambe, der gleichen Großfamilie an, was – der Hierarchie entsprechend – die Rolle der Jüngeren automatisch als die der Lastenträger festlegte.

Es war halb sieben, als sie aufbrachen. Die Sonne hatte sich über dem Horizont erhoben und tauchte das Land in einen goldenen Schimmer. Am blassblauen Himmel schwebten letzte Wölkchen, die sich vom Morgenrot nicht trennen wollten. Peter hatte seinen vergammelten Schlapphut in den Nacken geschoben, was ihm ein geradezu verwegenes Aussehen verlieh. Sie folgten einem breiten Fahrweg mit zahllosen Reifenspuren bis zu einem schmalen Pfad, der durch kurzes, verdorrtes Gras übergangslos in lockeren Buschwald führte.

»Du machst das zum ersten Mal, stimmt's?«, erkundigte sich Sloop.

»Eine Safari? Ja, das stimmt.«

»Willst du's auf die sanfte Tour oder lieber auf die härtere?«

»Das hängt davon ab, was der Unterschied ist.«

»Bei der sanften Tour bummeln wir am Kasamanyaufer entlang und warten, was uns begegnet, bei der Härteren machen wir mehr Dampf suchen uns aus, was wir sehen wollen.«

»Dann bin ich für die härtere Tour.«

Sie schritten nebeneinander her. Tambe folgte in kurzem Abstand vor den im Gänsemarsch hinterhertrabenden Trägern.

»Wenn der Busch dichter wird, bleibst du hinter mir, ja?«, sagte Peter. »Du gehst keinesfalls voran, wenn ich es nicht ausdrücklich erlaube.« Er blieb stehen und hob den Blick zu einer Gruppe weiter entfernter Bäume. »Hörst du das? Das ist ein Bushshriek, ein kleiner Vogel, den du kaum zu sehen bekommen wirst.« Aus dem vielstimmigen Gurren der Buschtauben, das aus allen Himmelsrichtungen kam, löste sich ein eintöniger Vogelruf, kurze Pfiffe in gleichen Abständen und gleicher Tonlage, als wiederholte jemand das Morsezeichen für Striche in endloser Folge.

»Das verwenden wir als Zeichen, wenn wir untereinander den Kontakt verlieren sollten. Du pfeifst einfach so wie der Vogel dort oben. Das ist sicher und verlässlich.«

Die Sonne war höher gestiegen. Da und dort sickerten ihre wärmenden Strahlen durch das Blätterdach der Baumkronen. Nach der frischen Morgenluft empfand Lukas die Erwärmung als wohltuend. Die Stimmen der Träger, die sich im Gehen leise unterhielten, vermengten sich zu einem glucksenden Gemurmel. Aus dem rotbraunen Boden unter seinen Sohlen stiegen bei jedem Tritt kleine Staubwolken auf. Eine leichte Brise, die den Staub vor ihnen her wehte, trug einen eigenartig herben Duft heran, eine Mischung aus sonnenheißem Holz, feuchtem Gras und verwesendem Laub.

Sie schritten jetzt ziemlich flott aus. »Wenn es dir zu schnell wird, sagst du's, okay?«, meldete sich Sloop mit gedämpfter Stimme.

»Sehe ich so aus, als ob ich einen Krückstock brauchte?«

Peter lachte lautlos. »Wie alt bist du?«

»Achtunddreißig. Und du?«

»Ich könnte fast dein Vater sein. Wenn ich es so eilig gehabt hätte, schon mit achtzehn einen Sohn zu bekommen.«

Sechsundfünfzig Jahre sah man ihm bestimmt nicht an.

Abgesehen von einer breiten Narbe an der rechten Schläfe sah er noch ziemlich unverbraucht und unbeschädigt aus.

»Mein Sohn ist erst zwanzig«, fügte Sloop hinzu. »Studiert in London. Seine Mutter meint, meine Nachfolge könnte er auch später noch antreten, falls er Lust dazu hat.« Er blieb stehen und hielt Lukas mit einer Handbewegung zurück. Den Blick auf einen Dornbusch vor ihnen gerichtet, fragte er mit noch leiserer Stimme als zuvor: »Siehst du den Wasserbock?«

Lukas schaute angestrengt in die angegebene Richtung. Aus der Ferne erklang der unverwechselbare Schrei eines Fischadlers, den er erstmals gehört hatte, als sie seinerzeit das Terrain für den Brückenbau besichtigten. Obwohl sich zurzeit kein Lufthauch regte, bewegte sich im Busch etwas. Es dauerte einige Sekunden, ehe Lukas begriff, dass was er für Blätter gehalten hatte zwei rundliche Tierohren waren und die beiden Äste darüber Teil eines Hornschmucks.

Der Wasserbock hatte die Menschen offensichtlich noch nicht bemerkt. Lukas beobachtete, wie ein hirschgroßes, graubraunes Tier mit einer struppigen Rückenmähne, weißem Spiegel und leicht geschwungenen Hörnern aus dem Gestrüpp trat. Während es sich in Schritttempo entfernte, teilte sich der Busch und vier ähnliche, etwas kleinere Tiere ohne Hörner folgten ihm in Linie.

»Der Herr und sein Harem«, flüsterte Sloop. Von den Männern, die hinter ihnen stehen geblieben waren, kam ein klirrendes Geräusch. Die Tiere erstarrten und drehten die Köpfe. Der Bock warf die Hörner hoch, was aussah, als wollte er den Weibchen einen Befehl erteilen und verschwand, gefolgt vom Anhang, in mäßigen Trab zwischen Sträuchern.

Zeitweilig, wenn der Busch dichter wurde, übernahm Tambe die Führung. Er hatte das Gewehr abgenommen und trug es in der Hand. Peter folgte ihm in ein paar Schritten Abstand. Unter einer verkrüppelten Schirmakazie bückte er sich, um mit einem dürren Ast in einem Haufen von großen Dungbällen zu stochern.

»Elefanten, keine zwei Stunden her«, murmelte er.

Ihm schien nichts zu entgehen. Er konnte die Herkunft von Losungen feststellen, die für Lukas alle gleich aussahen. Er schenkte dem Dung der Tiere ebenso viel Aufmerksamkeit wie ihren Spuren am Boden. Anscheinend gehörte es mit zu den Überlebensstrategien, jederzeit und allerorts darüber im Bild zu sein, wo sich Tiere aufhielten und was sie eben taten.

Unvermittelt teilte sich das dichte Gestrüpp vor ihnen und gab den Blick auf eine ausgedehnte Lichtung frei. In ihrer Mitte erhob sich aus halbhohem, gelbem Gras ein einzeln stehender mächtiger Affenbrotbaum, der seine nackten, ausladenden Äste wie in erstarrter Verzweiflung zum Himmel streckte. In seiner Nähe graste eine gemischte Herde von Zebras, Gnus und Topiantilopen. Die Topis wedelten unermüdlich mit ihren auffallenden schwarzen Schwanzquasten, um die lästigen Fliegen zu vertreiben. Am entfernteren Waldrand weidete eine Gruppe von Büffeln. Wenn sie die Köpfe hoben, glänzte das Sonnenlicht auf der massiven Stirnplatte, die ihre kräftigen, kurzen Hörner verband. Über ihr Rückenfell stolzierten weiße Kuhreiher auf der Suche nach Nahrung. Manchmal pickten sie in den Ohren und sogar in den Nüstern ihrer massigen Gastgeber, was diese keineswegs zu stören schien. Eines der Zebras – der Leitbulle, wie Peter erklärte – hob witternd den Kopf und spähte zu ihnen herüber. Peter und Tambe wechselten leise ein paar Worte in einer Sprache, die Lukas nicht verstand.

»Schau mal«, sagte Peter leise. »In der Nähe des Baobabs steht ein Zebra mit nur drei Beinen. Wahrscheinlich hat ihm ein Löwe oder ein Krokodil den linken Hinterlauf abgetrennt. Wir haben das Tier vor zwei Monaten zum ersten Mal gesehen. Es hält sich immer in der Mitte der Herde. Ohne den Schutz seiner Artgenossen, wäre es längst einem Räuber zum Opfer gefallen.«

Die Topis hatten sich zu einer eigenen Gruppe abgesondert. Während sich ihr kupferrotes Fell, das im Sonnenschein metallisch schimmerte, in die Gelbbraun-Tönung der Lichtung einfügte, stach das schwarz-weiße Streifenmuster der Zebras, wie einer übermütigen Laune der Natur entsprungen, aus der Landschaft hervor. Kaum zu glauben, dass unter den Millionen von Zebras, die einst die weiten Ebenen Afrikas bevölkerten, keine zwei Tiere ein identisches Streifenmuster aufwiesen.

Mittlerweile war es heiß geworden. Während sie, begleitet von den wachsamen Blicken des Zebrabullen, im Halbschatten am Rande der Lichtung entlang zogen, spürte Lukas, wie sich erste Schweißtropfen zwischen seinen Schulterblättern sammelten. In Höhe des Affenbrotbaumes bog Tambe in einen breiten Trampelpfad ab, der in einen dichteren, schattigen Waldabschnitt führte. Aus den Baumkronen hingen Lianen herab wie dicke, zerschlissene Taue im Endstadium der Auflösung. Eine aufgescheuchte Paviansippe jagte unter heftigem Protestgeschnatter an einem Baustamm hoch, um sich vor den Eindringlingen in Sicherheit zu bringen. Oben hockten sie nebeneinander auf einem Ast wie Schwalben auf einem Telegrafendraht und schimpften herunter. Nur ein winziges Baby, das sich am Rücken seiner Mutter anklammerte, beobachtete die Ereignisse stumm mit großen, glitzernden Knopfaugen.

Nach wenigen hundert Metern teilte sich der Trampelpfad in zwei Spuren. Tambe machte an der Gabelung halt und redet kurz mit den Trägern. Die Männer hoben die Hände zum Gruß und wandten sich nach rechts.

»Sie gehen voraus und richten inzwischen das Lager ein«, erläuterte Peter, während er sich, Tambe folgend, nach links wandte. Nachdem das Gezeter der Paviane verebbt war, breitete sich eine samtene Stille über den Wald. Ein Empfinden, das sich am vergangenen Abend anzudeuten begann, nahm immer intensiver von Lukas Besitz: das Gefühl, enger und enger mit der umgebenden Natur zu verwachsen. Es war, als kehrte er in der Weite der Wildnis unversehens an den Anfang des Seins zurück. Als erwachte er aus einem tiefen Schlaf, um sich dort wiederzufinden, wo er vor langer Zeit die Augen geschlossen hatte. Als wäre alles erloschen, was keinen Platz in dieser seit Urzeiten unberührten Welt fand.

Ein grau-schwarz gestreiftes Tier von der Größe eines mittleren Schäferhundes schoss unter tiefem Knurren vor ihnen über den Pfad. »Eine Zibetkatze«, sagte Peter, der sich jetzt hinter ihm hielt, während Tambe vor ihm her ging. Dann fügte er hinzu: »Wenn ich du wäre, würde ich nicht versuchen, sie zu streicheln.«

Der Pfad führte seit einer Weile leicht bergab. Einmal mussten sie einem Teppich schwarzer Kotbällchen ausweichen. Peter bezeichnete sie als Büffeldung einer kleinen Herde, die vor nicht allzu langer Zeit den Pfad benützt hatte.

»Wie groß sind große Büffelherden?«, erkundigte sich Lukas.

»Wie groß? Einer unserer Ranger machte sich vergangene Woche ans Zählen einer großen Herde. Bei eintausendzweihundertdreiundachtzig Stück musste er aufhören, weil ihm eine Stechmücke ins Auge geflogen war.«

Die unbehagliche Vorstellung, einer so gewaltigen Zahl dieser in gereiztem Zustand höchst angriffslustigen Tiere zu begegnen, beschäftigte Lukas noch, als sie aus dem Waldschatten traten. Vor ihnen lag im hellen Sonnenlicht eine ausgedehnte, dicht mit saftigem Gras bewachsen Senke, an deren entfernterem Ende die Oberfläche eines kleinen Weihers im Sonnenschein schimmerte. Ein sichelförmiger Schilfstreifen grenzte die gekräuselte Wasserfläche gegen den dunklen Wald ab. Da und dort stachen – ähnlich wie Haubentaucher aus einem dunklen See – braune Gazellenköpfe aus dem wogenden Grün der Prärie, um sogleich wieder zwischen wippenden Halmen zu verschwinden. Es war ein unerwartet lieblicher Anblick in dieser herben, sonnverbrannten Landschaft.

Tambe ging ein paar Schritte zu einem im Halbschatten des Waldsaumes liegenden Baumstamm. Der entrindete Stamm, astlos und von der Sonne gebleicht, erinnerte an einen riesigen, abgenagten Knochen. Peter inspizierte kurz das umliegende Gestrüpp, ehe er sich auf dem Stamm niederließ und Lukas bedeutete, es ihm gleichzutun.

Der Ranger hatte eine verbeulte Teekanne samt Bechern aus seinem Umhängebeutel geholt und ging daran, Späne vom aufgefaserten Ende des Baumstammes zu brechen. Er schichtete sie zwischen Steinen zu einem kleinen Scheiterhaufen und steckte sie in Brand. Ehe er den Teekessel aufsetzte, füllte er Wasser aus der Feldflasche ein, die an einem Karabiner von seinem Gürtel baumelte.

»Wir nennen den Fleck Oase«, sagte Peter, während er seine Pfeife zu stopfen begann. »In der Regenzeit wird das ganze Land zu einem grünen Paradies. Ob du's glaubst oder nicht – da sprießen selbst aus dem toten Baum, auf dem wir sitzen, frische Blätter.«

Tambe reichte ihnen den Tee und legte eine Packung Kekse auf dem Baumstamm. Der Becher war so heiß, dass Lukas ihn wieder blitzartig absetzte. Peter schien das nichts auszumachen. Er schlürfte von dem brennheißen Tee wie von einem Erfrischungsgetränk und paffte zwischendurch blauen Pfeifenrauch in die Gegend. Eine Schar bohnengroßer schwarzer Ameisen interessierte sich für die Kekspackung. Sie liefen um die Packung herum und tauschten bei Begegnungen untereinander Botschaften mit ihren langen Fühlern aus.

»Da kommen sie«, sagte Sloop und deutete mit dem Pfeifenstiel nach dem Weiher. Langsam und majestätisch schob sich ein Elefant aus dem Buschwald, verharrte kurz mit leicht pendelndem Rüssel und klappenden Ohren, um danach gemächlichen Schrittes zum Wasser hin zu trotten. Hinter ihm tauchte in kurzem Abstand der Rest der Herde aus dem Waldesdunkel hervor. Lukas zählte insgesamt sechsundzwanzig Tiere, darunter drei junge, die gerade halb so groß waren wie die anderen. Ein Winzling von der Größe eines Kälbchens hielt sich unter dem Bauch eines ausgewachsenen Tieres wie unter einem Baldachin.

»Sie haben eine neue Leitkuh«, erklärte Peter mit einer Handbewegung nach dem Tier, das als erstes erschienen war. »Ihrer Vorgängerin muss etwas zugestoßen sein.«

»Wilderer?«, flüsterte Lukas.

Peter schüttelte den Kopf. »Gewildert wird hier seit ein paar Jahren nicht mehr. Du brauchst übrigens nicht zu flüstern. Elefanten hören schlecht und sehen schlecht. Sie verlassen sich ganz auf ihren Geruchssinn. Wenn die uns gewittert hätten, wären sie gar nicht erst aus dem Wald gekommen.«

»Wieso wittern sie uns nicht? Wir sind doch keine hundert Meter entfernt.«

»Die Brise kommt von der anderen Seite«. Peter folgte mit dem Pfeifenstiel der Windrichtung. »Falls der Wind umschlägt, was hier gern von einer Sekunde auf die andere passiert, müssten wir Fersengeld geben, um unsere grauen Freunde nicht zu stören.«

Es war das erste Mal, dass Lukas Elefanten aus relativer Nähe beobachten konnte. Sie hatten sich über die Hälfte des Gewässers verteilt, hielten sich jedoch in nicht allzu großen Abständen voneinander. Ihre Stoßzähne zeichneten sich weiß schimmernd gegen die dunkle Wasserfläche ab. Einige tauchten den Rüssel ein und tranken ohne jede Hast, andere spritzten sich prustend Wasserfontänen über den Rücken. Gelegentlich warf eines den Rüssel hoch und stieß einen schmetternden Trompetenlaut aus. Die drei jungen Tiere plätscherten, bis über den Bauch im Wasser stehend, übermütig herum. Das graue Baby hatte sich an den Rand des Weihers gewagt und stocherte mit dem Rüsselchen ängstlich im Wasser.

Was ihn besonders beeindruckte, war die ruhige, gemessene Haltung der erwachsenen Tiere. Sie bewegten sich mit einer Gelassenheit und Würde, die wohl dem angeborenen Bewusstsein einer aus Größe und Kraft gewachsenen Unbezwinglichkeit entstammten, dem Wissen, dass es kein Lebewesen in ihrem Reich wagen konnte, sich ihnen entgegenzustellen. Abgesehen von ihrem einzigen gefährlichen Feind – diesen unscheinbaren zweibeinigen Wesen, die mit Blitz und Donner Leid und Tod über sie bringen konnten.

Um den Frieden der Dickhäuter nicht zu stören, mussten sie einen weiten Bogen schlagen. Tambe schritt ein Stück des Trampelpfades entlang, auf dem sie gekommen waren, ehe er sie auf eine Spur durch immer dichter wucherndes Unterholz führte. Spätestens zu diesem Zeitpunkt, hatte Lukas jedes Richtungsgefühl verloren. Selbst wenn er nicht auf Schritt und Tritt seine Aufmerksamkeit darauf konzentrieren hätte müssen, tückischen Dornenranken auszuweichen, hätte er nicht zu sagen gewusst, in welche Himmelsrichtung sie sich bewegten.

Je weiter sie vordrangen, desto höher wurde der Busch und desto seltener die hohen Bäume. Im steten Wechsel von Licht und Schatten überwog immer häufiger der Sonnenschein. Lukas fühlte, wie ihm das Hemd am Rücken zu kleben begann. Er zog es aus dem Hosenbund und öffnete die Knöpfe. Er hatte mit Moskitos und anderen lästigen Insekten gerechnet, wurde jedoch angenehm überrascht. Anscheinend hielten sich die Blutsauger lieber an vertraute Opfer.

Tambe blieb plötzlich stehen und blickte starr voraus. Im nächsten Augenblick riss er das Gewehr hoch. Das metallische Klicken des Verschlusses, als er durchlud, klang durch Stille wie ein Hammerschlag. Während er behutsam rückwärts zu gehen begann, tauchten zwischen den Sträuchern keine fünf Meter entfernt die massigen Köpfe zweier Nashörner auf.

»Komm schon«, raunte Sloop Lukas zu, der wie gebannt stehen geblieben war. Sie setzten sich im Rückwärtsgang in Bewegung.

Tambe blieb nach einigen Schritten stehen, das Gewehr in der Armbeuge. »Rhinos haben Junges«, sagte er leise über die Schulter. »Da muss man ganz sehr aufpassen.«

Lukas hatte vergessen, das Fernglas aus der Reisetasche zu nehmen. Er stieß Peter an, der daraufhin sein Glas absetzte und ihm reichte. Er musste eine Weile suchen, ehe er die beiden halb im Gestrüpp verborgenen Tiere entdeckte. Sie boten keinen eben ermutigenden Anblick. Die gewaltigen Schädel, die ansatzlos in den massigen Körper übergingen, erweckten den Eindruck von grimmigen Rammböcken, aus denen spannenlange Hörner ragten. Obwohl sie ganz friedlich wirkten, wie sie mit malmenden Lippen Blätterbündel aus dem Dornbusch rissen, ließ ihr Aussehen keinen Zweifel aufkommen, mit wem man es, im Falle der Fälle, zu tun bekäme.

Er wollte eben das Glas absetzen, als das Junge in sein Blickfeld geriet. Es wankte mit unsicheren Schritten aus der Deckung der beiden Riesenschädel hervor und schaute, schläfrig blinzelnd, vor sich hin. Abgesehen vom Fehlen des Horns, glich es einer gelungenen Miniaturausgabe seiner Eltern. Dass ihm der Charm possierlicher Jungtiere fehlte, lag wohl an der familienbedingten Ähnlichkeit mit den Altvorderen.

Da die Nashörner den Pfad blockierten, mussten sie neuerlich einen Umweg in Kauf nehmen.

»Wieso haben die Rhinos nicht auf das laute Durchladen des Gewehres reagiert?«, erkundigte sich Lukas.

»Die hören und sehen nicht besser als Elefanten«, erklärte Peter. »Haarig hätte es werden können, wenn sie unsere Witterung aufgenommen hätten. Die wissen sogar, ob du ein Gewehr trägtst. Weshalb das so ist, darüber wird seit ewig gestritten. Die Einheimischen, aber auch aufgeklärte Weiße, faseln mit geheimnisvollen Mienen von übernatürlichen Gaben oder göttlichem Schutz. Ich persönlich halte es mit einer ganz banalen Erklärung. Wer in Afrika ein Gewehr trägt, achtet penibel auf die Pflege seiner Waffe. Waffenöle haben, wie du sicher weißt, einen intensiven, charakteristischen Geruch. Was liegt näher, als die Annahme, dass Tiere, die auf hundert Meter eine Maus wittern, das Waffenöl riechen?«

Der Buschwald lichtete sich allmählich so weit, dass sie nebeneinander hergehen konnten. Auf einer Lichtung graste im

Halbschatten ein Rudel von Impala-Antilopen. Am Rand des Rudels rangelten zwei junge Böcke unter Einsatz ihrer leierförmigen Hörner, wobei ihre Hufe kleine Staubwolken aufwirbelten. Die Rücken der Tiere schimmerten in einem warmen Rotbraun, das sich gegen den weißen Bauch zu durch einen breiten schwarzen Streifen absetzte. Wenn es einen leibhaftigen Ausdruck von Eleganz und Schwerelosigkeit gab, dann bot er sich hier in seiner vollendeten Form dar.

»Sind sie nicht wunderschön?«, sagte Sloop mit einem Unterton von Besitzerstolz.

Die Sonnenhitze traf Lukas mit ungehemmter Wucht, als sie den Buschwald verließen. Vor ihnen breitete sich eine endlose gelbe Ebene aus, durchsetzt von einzelnen Inseln graugrünen Busches. Die Halme des verbrannten hüfthohen Grases wogten ihnen, im leichten Wind raschelnd, entgegen. Aus der Buschinsel, auf die sie zuhielten, ragten die Köpfe einiger Giraffen. Es sah aus, als wüchsen viel zu kleine Köpfe aus viel zu langen Hälsen aus einer Woge in der Prärie.

Tambe trug das Gewehr wieder über der Schulter. Plötzlich machte er einen Satz zurück und brachte die Waffe in Anschlag. Im gleichen Augenblick tauchte der Kopf einer Löwin, keine zehn Meter entfernt, aus dem dichten Gras. Sie riss, ihr mörderisches Gebiss entblößend, das Maul auf und stieß eine tiefes, grollendes Brüllen aus. Lukas erstarrte. Er musste an sich halten, um nicht auf den Absätzen kehrt zu machen und loszurennen. Tambe stand in aller Ruhe breitbeinig da, unbeeindruckt das Ziel anvisierend. Die Löwin richtete sich auf und ließ ein zweites, noch bedrohlicheres Brüllen hören. Dann, als hätte sie den Ernst der Lage erkannt, fuhr sie abrupt herum, um mit weiten Sprüngen im tiefen Gras zu verschwinden.

Tambe bedeutete ihnen zu warten und näherte sich vorsichtig der Stelle, wo die Löwin aufgetaucht war. Lukas hob den Blick, als er ein Rauschen über ihren Köpfen vernahm. Eine Schar Geier war aus dem Nichts aufgetaucht und schraubte sich in immer engeren Kreisen dem Boden entgegen. Inmitten eines Bettes von niedergetrampeltem Gras lagen die Überreste der Mahlzeit, bei der sie die Löwin gestört hatten. Von der Grant-Gazelle war nicht viel mehr übrig als der Schädel mit dem Horn, das zerfetzte Fell und ein paar Knochen.

Als sie keine zehn Minuten später das Lager erreichten, näherte sich die Sonne dem Zenit. Das Camp lag in einem schmalen Waldstreifen zwischen der Grasebene und dem Steilufer des Kasamanya. Im Schatten ausladender Baumkronen standen zwei Klappsessel an einem Campingtisch. Ein Stück weiter hing ein Moskitonetz schlaff zwischen zwei Stöcken, die am Kopf- und Fußende eines aufgeschlagenen Campingbettes im Boden steckten. Aus einem Kessel über einer qualmenden Feuerstelle stiegen Dampfwolken. Gemüse, Konservendosen und allerlei Kochutensilien lagen auf einem Tisch nahe dem Feuer in wildem Durcheinander, als hätte jemand bei einer überstürzten Flucht alles fallen lassen. Von den vier Männern, die sie im Camp erwarten sollten, war weit und breit nichts zu sehen.

»Jakob«, rief Sloop halblaut. »Simon, Kalor – wo steckt ihr, verdammt noch einmal!«

Langsam tauchten die Köpfe der Gerufenen, einer nach dem anderen über, dem Rand des Uferabbruchs auf.

»Haben sich verkrochen«, wieherte Tambe unter koboldischem Feixen. »Haben Angst, weil Löwe brüllt. Kleine Männer – große Angst.« Er schüttelte sich vor Lachen.

Peter war sichtlich bemüht, sich von Tambes Heiterkeitsausbruch nicht anstecken zu lassen, während die Männer mit verlegenen Gesichtern herankamen. Er richtete das Wort an Jakob und wandte sich anschließend Lukas zu. »Essen gibt's in einer halben Stunde«, berichtete er. »Wenn du willst, kannst du inzwischen duschen.« Er wies auf einen Paravent aus Schilfmatten in etwa fünfzig Schritten Entfernung.

Lukas fühlte sich hin- und hergerissen zwischen dem Wunsch, sich zu erfrischen und der Neugier nach einem ersten

Blick auf den Kasamanya. Er zündete sich eine Zigarette an und trat an den Rand des Abbruchs. Das Steilufer fiel über sechs, sieben Meter stellenweise senkrecht wie eine Mauer, stellenweise in schmalen Stufen wie eine Riesentreppe zum Flussbett ab. Ein breiter, ebener Sandstreifen trennte den Fluss, der zurzeit kaum breiter war als der Donaukanal in Wien, vom Fuß der Steilwand. Ausgedehnte Sandbänke und Rinnen, die sich bis zum Waldrand des jenseitigen Ufers erstreckten, ließen die gewaltigen Dimensionen des Kasamanya während der Regenzeit erahnen. Ein kurzes Stück stromabwärts wurden die Sandbänke von bewaldeten Inseln abgelöst, deren gesunder Baumbestand vermuten ließ, dass sie auch während der Regenzeit nur vorübergehend überflutet wurden.

Peter war, in eine Rauchwolke aus seiner Pfeife gehüllt, neben ihm aufgetaucht. »Tritt einen Schritt zurück«, sagte er. »Die Kante ist ziemlich brüchig. Die da unten würden sich freuen, deine Bekanntschaft zu machen.«

›Die da unten‹ waren Krokodile, von denen meist nur die Augenwülste aus dem Wasser schauten, von dem einem oder anderen auch der halbe Kopf oder Teile des Rückenpanzers. Lukas hatte einundzwanzig Tiere gezählt, was aber bloß einer groben Schätzung entsprach, weil Köpfe und Rückenpanzer da verschwanden, während dort andere auftauchten. Nahe dem jenseitigen Ufer suhlte sich eine Herde von Flusspferden im seichten Wasser. Auch von ihnen war nicht viel mehr zu sehen als die obere Hälfte des Kopfes und Teile des Rückens, die in Farbe und Form flachen Wellen des Flusses glichen. Sie bewegten sich kaum, nur die kleinen Ohren an den Riesenschädeln zuckten hin und wieder. Eines der Flusspferde war drüben ans Ufer gewatet und begann sich zu erleichtern, wobei es den Dung durch heftiges Wedeln mit dem Stummelschwanz in der Gegend verteilte.

»Weißt du, weshalb die Hippos das machen?«, fragte Peter. »Hat mir eine Massai in Tansania erzählt. Als Gott die Tiere schuf, fragte er jedes von ihnen, wo es leben und was es fressen will. Die Elefanten entschieden sich für den Buschwald mit seinen saftigen Blättern und Früchten, die Zebras und Gnus für grüne Weideflächen, den Löwen war jede Gegend recht, wenn es nur genug Beute zu jagen gab. Das Hippo erklärte, es wolle im Wasser leben, aber an Land Blätter und Gras fressen. Das gefiel Gott ganz und gar nicht. ›Wenn du im Wasser lebst, musst du Fische fressen. Wenn du lieber Gras frisst, musst du an Land leben.‹ Aber das Flusspferd war störrisch und beharrte auf seiner Wahl. Da sagte Gott: ›Schön, es sei, wie du begehrst. Da ich sicher gehen will, dass du keine Fische frisst, musst du deinen Dung jedes Mal ordentlich mit dem Schwanz verteilen, damit ich sehen kann, ob keine Fischgräten zum Vorschein kommen.‹ Und wie du siehst, halten sich die Hippos gehorsam an Gottes Gebot.«

»Das ist eine hübsche Geschichte«, sagte Lukas.

Die Dusche im Sichtschutz eines Schilfparavents lag im Schatten einer Gruppe von Tamarinden. Die Einrichtung bestand aus einem tragbaren Plumpsklo, das über einer Grube stand und einem zusammenrollbaren Bambusrost, über dem eine Plastikgießkanne an einem Ast hing. Durch Ziehen an einer Schnur verwandelte sich die Gießkanne in eine Dusche. Jakob war mitgekommen, um bei Bedarf Wasser nachzufüllen.

Lukas kam zurück, als Simon eben eine dampfende Schüssel auf den Tisch stellte. Als Hauptgang gab es einen würzigen Eintopf, ähnlich dem Abendessen im Basislager, als Nachspeise einen himbeerroten Zitterpudding. Tambe, der seine Mahlzeit schon beendet hatte, lehnte dösend an einem Baumstamm. Der Rest ihrer Betreuer hatte in einigem Abstand ein eigenes Lager eingerichtet. Die vier Männer saßen eng beisammen um ein qualmendes Feuer aus sternförmig zusammengeschobenen Ästen. Während sie aus ihren Plastiktellern löffelten, warfen sie misstrauische Blicke in die Richtung, aus der das Löwengebrüll gekommen war.

»Wie gefährlich sind Löwen wirklich?«, fragte Lukas.

Peter hatte seine Pfeife gestopft und setzte sie umständlich in Brand. »Nicht halb so gefährlich wie du glaubst, und doppelt so gefährlich, wenn du nicht acht giebst«, erwiderte er, eine Rauchwolke ausstoßend. »Löwen sind potenzielle Killer – wie wir Menschen auch. Im Gegensatz zu uns töten sie nur, wenn sie hungrig sind oder sich bedroht fühlen. Alle wilden Tiere haben eines gemeinsam: sie wollen mit dem Menschen nichts, absolut nichts zu tun haben. Alle wilden Tiere, erst recht Raubtiere, beanspruchen einen bestimmten Sicherheitsabstand, der von Art zu Art verschieden groß ist. Wenn du darauf achtest, kannst du ganz Afrika zu Fuß durchqueren, ohne dass dir ein Haar gekrümmt wird.«.

»Weshalb schrecken sich dann unsere Mannen wegen des Gebrülls so?«

»Urangst, von den Vorvätern ererbte Urangst«, sagte Sloop. »Aber es gibt schon einmal Ausnahmen, auch bei den Katzen. Unsere vier«, er deutete mit dem Pfeifenstiel nach den Männern, »haben einen guten Grund für ihre Angst. Sie kommen aus einem der Dörfer, die vor ein paar Monaten von einem Menschenfresser heimgesucht wurden. Passiert alle paar Jahre einmal, dass einer die Dörfer terrorisiert. Dieser war ein besonders übler Bursche. Spazierte am helllichten Tag über den Dorfplatz und holte sich einen Leckerbissen, um ihn im Busch genüsslich zu verspeisen. Kommt ein Löwe einmal auf den Geschmack von Menschenfleisch, bleibt er dabei. Erwischte fünf von den armen Teufeln, ehe wir ihn erlegen konnten.«

Lukas versuchte eine Schreckensvision zu vertreiben. Eine wilde Bestie, die unbeeindruckt vom Geschrei der Dorfbewohner, die Fänge in die menschliche Beute schlägt, um sie in den Busch zu schleppen und dort in aller Ruhe zu zerfleischen. Er schüttelte sich.

»Ich habe gelesen, dass nur sehr alte oder kranke Löwen, die zu schwach für die Jagd sind, zu Menschenfressern werden«, sagte er, mehr um sich abzulenken, als um eine Bestätigung zu erhalten.

»Das ist eine von mehreren Theorien. Unser Bursche war ein kerngesundes Exemplar, in der Blüte seiner Jahre. Den Grund für eine Änderung des Jagdverhaltens kennt niemand. Löwen haben ausgeprägte Verhaltensmuster, wie alle anderen Tiere. Was nichts daran ändert, dass sie es verstehen, sich geänderten Situationen anzupassen. Nimm, zum Beispiel, den Futterneid. Wenn ein Löwe ein Zebra geschlagen hat, frisst er, bis er nichts mehr runterbringt. Damit ihm keiner streitig macht, was nicht mehr runtergeht, legt er sich in ein paar Metern Entfernung hin, um zu verdauen, ohne den Rest der Beute aus den Augen zu lassen. Wenn er ein Rind aus einer Zuchtfarm geschlagen hat, verhält er sich ganz anders. Dann versteckt er sich hundert, zweihundert Meter entfernt im Busch, weil er weiß, dass er mit der Verfolgung durch Menschen rechnen muss. Ist doch recht clever, oder?«

Beängstigend clever, dachte Lukas. Aber was sollte es? Wenn Peters Aussagen zur Gefährlichkeit der Löwen weniger überzeugend und beruhigend geklungen hätten – welche Konsequenzen hätte er daraus gezogen? Eben, keine. Er drückte seine zweite Nachtischzigarette aus und stand gähnend auf. Er gehorchte dem dringenden Bedürfnis, das Feldbett einer eingehenden Prüfung zu unterziehen. Ein Zippverschluss in der Mitte des durchhängenden Moskitonetzes erleichterte den Zugang. Er legte sich hin und schloss den Zipp wieder. Langsam verschwammen vor seinen Augen die Konturen einer organza-verschleierten Welt. Ehe er es sich versah, war er eingeschlafen.

8. Kapitel

Tanja wurde durch lautes Hundegebell geweckt. Sie warf zwischen schmalen Lidern einen Blick auf den Wecker und schloss die Augen wieder. Der lästige Nachbarsköter hielt offenkundig nichts von Sonntagsruhe. Sie hatte vor dem Zubettgehen beschlossen, sich einen gemütlichen Tag zu gönnen. Davon würde sie kein Hund abbringen. Dass sie sich noch am Vorabend bei Lukas' Mutter zum Mittagessen angemeldet hatte, bereitete ihr die beruhigende Gewissheit, den Vormittag in genussvoller Muße verbringen zu können.

Unwillkürlich streckte sie die Hand nach dem leeren Bett neben ihr aus. Sie hatte entschieden, sich das Wochenende von Lukas' Abwesenheit nicht verderben zu lassen. Aber es war leichter, einen Entschluss zu fassen, als ihn zu befolgen. Ein Sonntagmorgen spielte eine besondere Rolle in ihrer Beziehung zu Lukas. Es war am Sonntagmorgen nach einer stürmischen Liebesnacht gewesen, da sie sich erstmals eingestand, dass sie mit dem schlafenden Mann an ihrer Seite mehr verband als eine leidenschaftliche Liebschaft. Es war am gleichen Morgen geschehen, dass sie sich zum ersten, wenngleich nicht zum letzten Mal fragte, ob seine Empfindungen den Ihren entsprachen.

Sie zog unwillig die Hand zurück. Am vergangenen Abend war es ihr ohne größere Anstrengung gelungen, Lukas aus ihren Gedanken zu verdrängen. Das Konzert war ein erlesener Musikgenuss und Mattas ein angenehmer Begleiter. Sie schienen ein interessantes Paar abzugeben. Anders ließ sich die Aufmerksamkeit, die ihnen besonders ältere, unbegleitete Konzertbesucherinnen entgegengebrachte, nicht erklären. Sie registrierte amüsiert die abschätzenden Blicke der Damen. Ein stattlicher

Mann mit einer Frau am Arm, die seine Tochter hätte sein können! Wie unpassend! Wie ungerecht!

Während des Abendessens, zu dem Mattas sie nach dem Konzert eingeladen hatte, sprachen sie über Musik und Bücher, über Reisen im allgemeinen und die iberische Halbinsel im besonderen. Er hatte sein Sprachenstudium zum Teil in Spanien und Portugal absolviert. Er war ein ruhiger Erzähler, der nie in Gefahr zu geraten schien, den Faden zu verlieren. Seine geradlinige Ausdrucksweise verriet Übung im Umgang mit anspruchsvollen Texten. Er sprach mit einer angenehmen Stimme, ohne Pathos und Emphase. Zu behaupten, dass er vor Witz sprühte, wäre übertrieben gewesen. Aber er hatte einen feinen Humor, der manchmal den Ernst seiner Miene aufhellte. Wenn er dennoch einen eher zurückhaltenden Eindruck machte, lag es wohl daran, dass er nicht über das zu sprechen wagte, was seine Blicke nicht verbergen konnten.

Ihr war schon während der Verabredung klar geworden, dass es nicht leicht sein würde, einen Abend mit einem Mann zu verbringen, den sie weder ermutigen noch verletzen wollte. Aus gutem Grund hatte sie solche Situationen stets gemieden. Als er sie vor dem Konzert abholte, überraschte er sie mit der Enthüllung, dass er seit ein paar Monaten nur zwei Gassen entfernt wohnte und sie seit längerem vom Sehen kannte. Was sie verwunderte, war, dass er nicht versuchte herauszufinden, ob sie frei war oder gebunden. Es entbehrte nicht einer gewissen Ironie, dass sie alle seine persönlichen Daten, seinen Herzrhythmus und die Form seines Nabels kannte, während er so gut wie nichts von ihr wusste. Dennoch fühlte sie sich gerade wegen seiner beherrschten, zurückhaltenden Art auf unsicherem Boden. Mit unbekümmertem Draufgängertum wäre sie leichter zurande gekommen. Dass er zudem über jenen gewissen Charme verfügte, den sie bisher nur an Männern reiferen Alters beobachten konnte, machte die Sache nicht einfacher. Wie vermied man im Gespräch Blickkontakte, ohne ein Klima von

Peinlichkeit zu erzeugen? Wie behandelte man einen Mann, der Abstand zu wahren bemüht war, während er sich Nähe wünschte?

Sie hatte sich während des Abends wiederholt gefragt, ob es vernünftig gewesen war, diese Einladung anzunehmen. Heute, im Licht des beginnenden Tages, fand sie ihre Bedenken von gestern übertrieben. Alles in allem war es ein erfreulicher, teils sogar unterhaltsamer Abend gewesen. Sie hatte weder ihm, noch sich etwas vorzuwerfen. Nicht einmal Lukas hätte ihr Vorhaltungen machen können. Der schon gar nicht! Was wusste sie schließlich von ihm? Was trieb er, wenn er allein unterwegs war?

Da war die schon eine Weile zurückliegende Begegnung mit dieser Stewardess im Flughafen Schwechat, die ihr zu denken gegeben hatte. Das Mädchen sah aus wie einem Werbeplakat für Flugbegleiterinnen entstiegen. Was sie stutzig machte, war die Art, wie die beiden einander grüßten. Der Blick, mit dem das Mädchen ihn ansah, war nicht der einer flüchtig Bekannten. Wenn es eine Begegnung mit einer Verflossenen war – weshalb sagte er nichts dergleichen? Sie hatte ihn nie nach früheren Beziehungen gefragt. Sie wollte von seiner Vergangenheit gar nicht mehr wissen, als er selbst preiszugeben bereit war. Außer, diese Vergangenheit reichte in die Gegenwart.

Nachdem der Nachbarsköter sie geweckt hatte, begnügte er sich mit sporadischen halblauten Hinweisen auf ein glückliches Hundeleben. Die alte Dame im Erdgeschoss verhielt sich stets so leise, dass Tanja nie wusste, ob sie wachte oder schlief. Von draußen drang ein an Lautstärke zunehmendes Rauschen in die Stille des Zimmers. Sie stand auf und zog den Rollladen hoch. Ein Schwall bunter Blätter wirbelte gegen das Fenster wie ein Schwarm trunkener Schmetterlinge. Der angekündigte Föhn war prompt eingetroffen und hatte den Himmel in eine Ballettbühne übermütigen Herbstlaubs verwandelt.

Anders als früher in Tirol hatten Kopfschmerzen, die üblichen Vorboten des Föhns, sie diesmal verschont. Weshalb das so war, wusste sie nicht. Sie hatte sich vor Jahren an einer wissenschaftlichen Arbeit beteiligt, mit der Pasterka Zusammenhängen zwischen Herzinfarkt und meteorologischen Phänomenen auf die Spur zu kommen versuchte. Eine Abgleichung von einhundertfünfzig Infarktfällen mit relevanten meteorologischen Daten hatte keinerlei brauchbare Ergebnisse erbracht. Die einzige gültige Erkenntnis über das Zusammenspiel von Wetter und Befindlichkeit bezog sie aus eigener Erfahrung: wenn es ruhig regnete oder schneite, verliefen auch die Nachdienste ruhig, oft sogar störungsfrei.

Als sie sich auf den Weg zu Lukas' Mutter machte, war der Himmel tiefblau und die Quecksilbersäule des Thermometers auf spätsommerliche Temperaturen geklettert. Ein Hauch von Süden lag in der Luft. Sie hatte das Schiebedach des Wagens geöffnet und hörte im Radio die Wiedergabe eines Konzertes aus der Carnegie Hall in London. Allzu weit musste sie nicht fahren. Erna Tragon wohnte in einem Reihenhaus im Grünen am südlichen Stadtrand. Sie war eine resolute Frau gegen Ende der Sechzig, die ihre schlohweiße Mähne mit dem Selbstbewusstsein eines Menschen trug, der seinen Standort kennt und zu behaupten weiß.

Während Erna sie mit einer Umarmung empfing, vollführte die Schäferhündin Tessa unter lautem Gejaule einen Begrüßungstanz. Es hatte einige Zeit gebraucht, bis Tanja im Hause als Lukas' Gefährtin akzeptiert wurde. Nach und nach hatte sich zwischen ihr und Erna Tragon eine herzliche Beziehung entwickelt, die Lukas nicht ohne Misstrauen beobachtete. Er machte kein Hehl aus seinem Missfallen, wenn seine Mutter bei strittigen Fragen der weiblichen Solidarität den Vorzug gab und Tanjas Partei ergriff.

Erna war eine hervorragende Köchin. Tanja ließ sich nicht zweimal auffordern, von dem saftigen Schweinebraten und dem flaumigen Serviettenknödel nachzulegen. In die ehrliche Freude, Erna wiederzusehen, mischte sich der Wunsch, Erörterungen über Lukas' Abwesenheit tunlichst zu vermeiden. Sie registrierte mit Erleichterung, dass Erna keine Generaldebatte zu führen beabsichtigte, sondern es bei der mit einem beziehungsvollen Blick eingestreuten Bemerkung bewenden ließ, es wäre kein Schaden, wenn ihrem missratenen Sohn Zügel angelegt würden, wobei sie ihren Mutterstolz auf den Missratenen nicht gänzlich verbergen konnte.

Da sich die Gelegenheit, ungestört mit Erna zu plaudern, nicht allzu oft ergab, kannte sie ihre Biografie vorwiegend aus bruchstückhaften Erzählungen von Lukas und Erna selbst. Verständlicher Weise stellten sich die Ereignisse der Kriegs- und Nachkriegsjahre aus Ernas Sicht anders dar, als aus der eines Knaben. Lukas' Vater war während der ersten Tage des deutschen Einmarsches in Russland gefallen. 1944, nachdem ihr Wohnhaus während eines schweren Luftangriffes durch einen Bombentreffer zerstört und sie mit dem Kind im Schutzkeller verschüttet worden war, flüchteten sie aus Wien und fanden bei Bauern im Flachgau Unterschlupf.

Während Lukas von glücklichen Kindertagen zwischen Kühen, Hühnern und jungen Katzen erzählte, stand in Ernas Erinnerung die ungewohnte schwere Arbeit auf einem Bauernhof im Vordergrund. Nach Kriegsende kehrten sie nach Wien zurück, sobald es die Verhältnisse zuließen. In der Wohnung ihrer Eltern, welche die Bombenangriffe unversehrt überstanden hatte, fand sich fürs erste genügend Platz für sie beide. Vier Jahre später hatte sie eine Zweizimmer-Wohnung erworben und sich in der neu gegründeten Niederlassung eines Versicherungskonzerns unentbehrlich gemacht.

Als Tanja den Heimweg antrat, dämmerte es bereits. Der Föhn hatte seinen stürmischen Höhepunkt überschritten und war in ein mildes Lüftchen übergegangen. Während der Fahrt dachte sie über Ernas Lebensgeschichte nach. Bombenangriffe, Luftschutzkeller, Schuttberge, Flucht, ländliche Fronarbeit – wer konnte sich heute noch ein Bild von dieser Zeit machen? Von ihrem Vater hatte sie nichts dergleichen gehört. Die Wahrnehmungen der Geschichte klafften so weit auseinander wie das Suchen nach der Wahrheit.

Sie hielt vor dem Haus an und blieb unschlüssig hinter dem Lenkrad sitzen. Während sie im Auto saß, flammten die Straßenlampen auf und tauchten die Welt in ein trügerisches Zwielicht, das Nähe und Ferne verwischte. Ihr war gar nicht danach, sich für den Rest des Abends in ihren vier Wänden einzuschließen. Wie viele solcher Abende konnte man vor dem Winter noch erwarten? Was hinderte sie an einem Spaziergang?

Sie stieg aus und schloss den Wagen ab. Ohne lang zu überlegen, schlug sie die gleiche Richtung ein wie am Vortag. An einer Quergasse prallte sie fast gegen einen Mann, der um die Ecke bog.

»Welch schöner Zufall!«, sagte Doktor Mattas mit einer kleinen Verbeugung. In Jeans und einem Pullover mit V-Ausschnitt über dem am Hals offenen Hemd, machte er einen ungewohnt saloppen Eindruck.

Sie standen einander gegenüber wie zwei Passanten, die aneinander vorbei wollen und sich dabei immer wieder in den Weg treten. Tanja wusste in ihrer Überraschung nicht recht, wie sie reagieren sollte. Wenngleich sie am Abend ohne Vereinbarung für ein Wiedersehen auseinandergegangen waren, war sie davon überzeugt gewesen, dass er versuchen würde, den Kontakt aufrechtzuerhalten. Sie hatte sich noch nicht überlegt, wie sie sich dann verhalten sollte. Jetzt mit einem kurzen ‚Guten Abend' weiterzugehen, erschien ihr jedenfalls eher lächerlich, um nicht zu sagen, peinlich.

»Gestatten Sie mir, Sie auf Ihrem Spaziergang zu begleiten?«, fragte er in seiner förmlichen Art.

»Wer sagt, dass ich spazieren gehen will?«

»Es sieht so aus, als wollten sie das. Viele Abende, wie dieser, werden uns vor dem Winter nicht mehr beschert werden.«

»Und wenn ich lieber allein wäre?«

Er sah sie mit seinen traurigen Augen an. »Das müsste ich – schweren Herzens – zu Kenntnis nehmen. Einsamkeit zu suchen, ist das Vorrecht jener, die nicht einsam sind.«

Sie wandte sich zum Gehen. »Dann kommen Sie, wenn Sie nichts Besseres vorhaben«, sagte sie achselzuckend.

Sie waren nicht die einzigen, die den lauen Abend genossen. Alt und jung schlenderte auf den Gehsteigen gemächlich dahin, als wären schnelle Schritte ein Verstoß gegen die guten Sitten. In den Gärten lärmten spielende Kinder. Auf einer Terrasse tanzten Jugendliche zu lauter Musik, die aus einem Raum im Hintergrund kam. Von allen Seiten trug der Wind menschliche Stimmen und Hundegebell heran. Ein Motorradfahrer mit furchterregend schwarzem Sturzhelm donnerte auf seiner Maschine durch die Siedlung.

»Ich hätte nicht zu hoffen gewagt, dass wir uns so bald wieder begegnen«, sagte Mattas nach einer Weile.

»Unter Fast-Nachbarn ist das wohl eher der Wahrscheinlichkeit zuzuschreiben als einer Fügung des Schicksals«, erwiderte sie trocken.

Er lachte leise. »Sie haben es darauf angelegt, mir jede Hoffnung zu rauben. Ob Sie es glauben oder nicht – ich würde meine Nachbarn nicht einmal erkennen, wenn ich ihnen begegnete. Vermutlich habe ich den Sinn für unverbindliche Geselligkeit verloren.«

»Ich weiß nicht, ob das ein großer Verlust ist«, sagte sie.»Man erspart sich eine Menge Ärger, wenn man allein zurechtkommt.«

Falls er anderer Meinung war, behielt er dies für sich. Sie hatte den gleichen Weg eingeschlagen, den sie am Vortag gegangen war. Im Wäldchen, in dem sie kaum mehr jemandem begegneten, raschelte trockenes Laub unter ihren Sohlen.

Oberhalb der letzten Bäume bogen sie nach rechts ab und folgten einem leicht ansteigenden Höhenweg. In der klaren Föhnluft lag die Stadt mit ihren tausenden funkelnden Lichtern unter ihnen wie das Panoramabild auf einem Tourismusprospekt. Da und dort blinkten rote Flugwarnleuchten auf Schloten und Masten. Auf einer Anhöhe in der Ferne schimmerte das grüne Kupferdach einer von Scheinwerfern angestrahlten Kirche. Weiße und rote Lichterketten krochen aneinander vorbei und markierten in strenger Ordnung die Straßenzüge. Auf der Westbahnstrecke lieferten einender zwei Züge, die wie Leuchtwürmer aussahen, eine Wettfahrt.

Sie waren stehen geblieben. Tanja hob den Blick zum Himmel. Der Atem des erschöpften Föhns strich sanft über ihr Gesicht. In der klaren Nacht schienen die Sterne fast so nah wie die Lichter der Stadt.

»Ich wollte in keiner anderen Stadt leben«, sagte Mattas.

»Ich komme aus Innsbruck«, sagte Tanja.

»Sie verzeihen – das weiß ich seit Ihren ersten Worten im Spital. Kein Tiroler kann seine sprachliche Herkunft gänzlich verleugnen.«

»Wenn Sie anderswo nicht sein wollen – wie ging es Ihnen dann in Spanien und Portugal?«

»Das war interessant, spannend, lehrreich. Aber ich wusste, dass es nicht von Dauer sein würde. Heimisch könnte ich an keinem anderen Ort der Welt werden. Sie müssen mich deshalb nicht für einen Wiener mit Leib und Seele halten«, fügte er hinzu, während sie weitergingen. »Wahrscheinlich ist es eher die Trägheit des Herzens, die einen davon abhält, sich von Vertrautem zu trennen.«

Mattas führte sie über einen Weg bergab, den sie nicht kannte. Eine schmale Gasse wand sich in Serpentinen zwischen großzügigen Villenkomplexen aus der Gründerzeit talwärts. Über geschmiedeten Zäunen und immergrünen Hecken ragten alte Baumriesen in den Himmel. Eine Art vornehmen Schweigens verdichtete den Gesamteindruck herrschaftlicher Untadeligkeit.

Trägheit des Herzens, dachte Tanja, während sie einen Fuß vor den anderen setzte. Das hatte sie zuvor schon gehört, wenngleich in einem anderen Zusammenhang. Trägheit des Herzens, Verwirrung des Herzens, Herzensqual – alles Regungen, die kein Elektrokardiogramm festhielt und die dennoch den Lebenslauf bestimmten. Spürte sie nicht von allem etwas, wenn sie an Lukas dachte?

Sie hatten einen kleinen Platz am unteren Ende der Serpentinen erreicht. Alte, meist ebenerdige Häuser, allesamt stilgetreu restauriert, verbreiteten eine Atmosphäre dörflicher Geruhsamkeit aus dem vergangenen Jahrhundert. Es erforderte nicht allzu viel Fantasie, sich auszumalen, wie es ausgesehen haben musste, als diese Ansammlung von gelben und blauen Häuschen noch zu den Vororten der Kaiserstadt Wien zählte.

»Möchten Sie zurück fahren oder lieber gehen?«, erkundigte sich Mattas fürsorglich.

»Lieber gehen«, sagte sie. Sie ließen die Bushaltestelle links liegen und folgten einer schmalen Kastanienallee, die den Dorfplatz am südlichen Ende verließ. Die Bäume hatten noch nicht alles Laub abgeworfen. Alte Gaslaternen, deren Auerstrümpfe durch gelbe Glühbirnen ersetzt worden waren, beleuchetetn den Weg. In ihrem Schein glänzten zwischen abgefallenen Blättern braune Kastanien wie heimliche Schätze.

»Darf ich Sie etwas fragen?«, setzte Mattas zögernd an.

»Das werden Sie an meiner Antwort merken.«

Er stieß ein kurzes, trockenes Lachen aus. »Weshalb sind Sie Ärztin geworden?«

Sie warf ihm einen erstaunten Seitenblick zu. Die Frage hatte ihr bisher niemand gestellt, nicht einmal sie sich selbst. »Wenn Sie wissen wollen, ob ich Ärztin geworden bin, weil ich dem Zwang, Kranken zu helfen nicht widerstehen konnte, muss ich sie enttäuschen«, bemerkte sie sachlich. »Ich bin überzeugt, dass Sendungsbewusstsein noch keinen Kranken gesund gemacht hat.«

»Meine Frau hat Medizin studiert«, sagte er, als hätte er ihre Antwort überhört.

»Tatsächlich? Hat sie den Beruf ausgeübt?«

»Nein. Sie ist im Alter von vierundzwanzig Jahren gestorben.«

»Mit vierundzwanzig Jahren?«, fragte sie betreten.

Er schwieg eine Sekunde. »Sie hat Selbstmord begangen«, erklärte er fast flüsternd.

Sie hätte nicht gewagt, Fragen zu stellen. Er begann von selbst zu erzählen, mit einer Stimme, die so leise war, dass sie manchmal Mühe hatte, ihn zu verstehen. Er war Isabelle in einem Reitstall im Prater begegnet. Er hielt dort ein eigenes Pferd. Reiten lag bei ihnen in der Familie, wie er sagte. Manchmal spielte er Reitlehrer, nur so zum Spaß. So hatte er Isabelle kennen gelernt. Sie war zweiundzwanzig und studierte im dritten Semester Medizin. Sie war hübsch und klug und voller Tatendrang. Sie hatte sich in den Kopf gesetzt, reiten zu lernen, einfach so, ohne besonderen Anstoß. Es war Liebe auf den ersten Blick, wie es so schön hieß. Dass er zwanzig Jahre älter war als sie, machte ihr nichts aus. Liebe auf den ersten Blick. Von beiden Seiten, sagte er.

Sie heirateten zwei Monate später. Eine ungetrübt glückliche Zeit nahm ihren Anfang. Als Isabelle ihm strahlend eröffnete, dass sie ein Kind erwartete, feierten sie ein ausgelassenes Fest zu zweit. Das Unheil begann sich um die Mitte der Schwangerschaft abzuzeichnen. Isabelle wurde zunächst launenhaft. Dann versank sie in immer kürzeren Abständen in Phasen von Schwermut und Lethargie. Der Hausarzt beruhigte ihn und verordnete Medikamente, die kaum Wirkung zeigten. Sie saß oft stundenlang in der dunkelsten Ecke der Wohnung, ohne ein Wort zu sprechen, teilnahmslos vor sich hin starrend. Eines Tages warf sie ihm die Arme um den Hals und sagte schluchzend: »Ich will das Kind nicht bekommen. Wir wären nur eine Last für dich, für dich und die ganze Welt.«

Er war wie vor den Kopf gestoßen. Alle Versuche, sie zu beruhigen, blieben erfolglos. Als sie schließlich erschöpft einschlief, eilte er zum Telefon und bat einen befreundeten Arzt um Rat. Das Ergebnis war niederschmetternd. »Deine Frau hat eine schwere Schwangerschaftsdepression«, lautete die Auskunft. »Ich an deiner Stelle würde sie noch heute in eine psychiatrische Ambulanz bringen.«

Er war selbst einem Zusammenbruch nahe. Die bloße Vorstellung, seine geliebte Frau einer psychiatrischen Behandlung auszuliefern, erfüllte ihn mit ratloser Verzweiflung. Und wenn sein Freund sich irrte? Wie verlässlich war eine telefonische Diagnose überhaupt? Vielleicht war es besser, noch anderweitig Rat einzuholen. Eine zweite Meinung, sozusagen.

Sie atmete tief und ruhig, als er in das Zimmer schlich, in dem sie schlief. Es war Mittag. Er musste Übersetzungen in zwei Redaktionen abliefern. Gegen drei konnte er wieder da sein. Dann war immer noch Zeit, zu handeln.

Als er nach drei Uhr wieder kam, blinkten vor dem Haus die Blaulichter von Rettungs- und Polizeifahrzeugen. Um die beiden Wagen hatte sich eine Schar von Neugierigen angesammelt. Ein ahnungsloser Zuschauer klärte ihn auf. Eine junge Frau war aus einem Fenster im vierten Stock in den Tod gesprungen.

Mit ihrem Tod ging alles zu Ende, sagte er stockend. Er wollte alles aus seinem Leben verbannen, was ihn an sie erinnerte. Er verkaufte das Pferd und stieg nie wieder in einen Sattel. Er gab die Wohnung mitsamt der Einrichtung auf und lebte einige Jahre in Untermiete, ehe er sich aufraffte, ein neues Domizil einzurichten. Er deutete auf ein dreistöckiges Haus, dem sie sich genähert hatten.

»Ihre Eltern geben mir die Schuld an ihrem Tod«, sagte er tonlos. »Als ob ich das nicht selbst wüsste!«

Sie hatte mit wachsender Betroffenheit zugehört. Es gehörte zu den selbstverständlichen Aufgaben zuzuhören, wenn Patienten das Bedürfnis hatten, ihre Schicksale vor ihr ausbreiteten. Meistens ging es darum, wirkliche Tragik von vermeintlicher zu trennen. Wobei sich oftmals die Ereignisse mit den

Wahrnehmungen der Betroffenen nur schwer vereinbaren ließen. Für den Mann, der mit hängendem Kopf neben ihr herging, konnte sie nur tiefes Mitgefühl empfinden.

»Man kann die Dinge auch anders sehen«, begann sie behutsam. »Es gibt schicksalhafte Entwicklungen, denen man machtlos gegenübersteht. Eine echte Depression macht den Betroffenen blind und taub für Argumente. Wenn die irreale Verzweiflung jemanden zum Höhepunkt des Selbstzerstörungstriebes führt, kann ihn nichts und niemand aufhalten. Niemand kann Ihnen einen Vorwurf machen, weil Sie Ihre Frau nicht aus dem Schlaf gerissen und zur nächsten Psychiatrie gezerrt haben. Sie hätte sich aus dem Fenster stürzen können, während sie ins Nebenzimmer gingen, um eine Jacke zu holen.« Es machte wenig Sinn anzudeuten, was ihr auf der Zunge lag, nämlich, dass der Hausarzt bei einiger Wachsamkeit die drohende Gefahr früher hätte erkennen müssen.

Sie waren bei seinem Wohnhaus angelangt, einem von der Straße zurückgebauten Block inmitten einer parkähnlichen Grünanlage.

»Sagen Sie das, um mich zu trösten?«, fragte er mit unsicherer Stimme.

»Nein, ich beurteile nur die Situation aus medizinischer Sicht. Fragen Sie Ihren Freund, wenn Sie mir nicht glauben.«

Sie standen vor dem Eingang zum Garten.

»Könnten Sie sich vorstellen, ein Glas Wein mit mir der auf der Loggia zu trinken?«, fragte er bittend.

Er bot ein beklagenswertes Bild, wie er sie, vor dem Tor stehend, bittend ansah. Wie jemand, der sich verirrt hatte und hoffte, auf den richtigen Weg zurückgeführt zu werden. Es kostete sie keine Überwindung, seine Einladung anzunehmen. Sie hätte es ohnehin nicht über sich gebracht, ihn in seinem Zustand allein zu lassen.

Sie fuhren mit dem Aufzug in den obersten Stock. Mattas öffnete die Tür und ging voran in einen Vorraum mit Türen nach allen Seiten. Der Weg zur Loggia führte durch ein Zimmer, das offenkundig als Arbeitsraum diente. Zwei Wände des Zimmers verschwanden hinter deckenhohen Bücherregalen. In einer Ecke stand ein Schreibtisch mit einer Schreibmaschine und einem Stapel verschiedenfarbiger Mappen. Das Mobiliar stammte aus einem jener modernen Einrichtungshäuser, die Austauschbarkeit und Vielfalt zu zeitgemäßer Wohnkultur zu entwickeln bestrebt sind. Kein einziges Stück wich von dieser Linie ab. Das Fehlen von Fotos oder anderen Gegenständen, die als persönliche Erinnerungen hätten gelten können, verlieh dem Raum eine betont nüchterne Atmosphäre. Man hätte das Zimmer eher einem jungen Menschen zugeschrieben, der dabei war, sich im Leben einzurichten, als einem arrivierten Fünfzigjährigen. Was ihr besonders auffiel, war die Ordnung, die überall herrschte. Nichts lag herum, nichts stand herum. Es sah aus, als hätte ein Putztrupp eben die Wohnungstür hinter sich geschlossen.

Auf der Loggia stand ein rundes Tischchen vor zwei geflochtenen Korbsesseln. Mattas bat sie, Platz zu nehmen und ließ sie mit einer Entschuldigung allein. Sie nahm eine Zigarette aus der Handtasche und steckte sie wieder weg, weil sie keinen Aschenbecher sah. Von der Loggia bot sich ein schöner Ausblick. Über die Tannenwipfel im Garten hinweg konnte sie vereinzelte Lichter blinken sehen, wie von einem Aussichtsturm inmitten eines Hochwaldes.

Der Blick erinnerte sie an ein Hotelzimmer in Kärnten, in dem sie eine Ferienwoche mit Lukas verbracht hatte. Es war ihr erster gemeinsamer Urlaub gewesen. Nichts als Sonnenschein und Liebe. Und segeln. Sie war damals zum ersten Mal in einem Segelboot gesessen. Lukas bediente Ruder und Leinen und lachte, wenn eine Bö das Boot in tiefe Schräglage drückte und sie es mit der Angst zu tun bekam. Die straff geblähten Segel vor dem blauen Himmel, das Lied des Windes in den Wanten, Schaumkämme auf den verspielten Wellen, Lukas voll unbändiger Freude über den Ritt auf dem Wasser…

Mattas' Erscheinen rief sie in die Gegenwart zurück. Er setzte ein Tablett mit zwei Gläsern und einer Weinflasche auf dem Tisch ab. Dann verschwand er nochmals und kam mit einer in einem Glaskolben flackernden Kerze wieder. »Das ist ein Rioja«, sagte er. »Sie haben gestern gesagt, dass Sie spanische Rotweine mögen.«

»Das ist sehr aufmerksam. Würde es Sie stören, wenn ich rauche?«

»Mich würde nur stören, wenn Sie mich allein ließen«, sagte er ernsthaft, während er die Gläser füllte. Drinnen begann das Telefon zu läuten. Er entschuldigte sich und ging hinein. Sie hörte ihn einige Sätze in Spanisch sprechen. Als er wiederkam, brachte er einen Aschenbecher mit.

»Haben Sie spanische Freunde in Wien?«, fragte sie.

»Nein, das war ein chilenischer Flüchtling. Ich betreue einige von ihnen in kulturellen Belangen. Die armen Teufel finden sich bei uns ohne Hilfe kaum zurecht.« Er hob mit einem Ruck den Kopf, als hätte ihn ein ungewohntes Geräusch irritiert. »Entschuldigen Sie – ich habe ganz vergessen zu fragen, ob ich Ihnen etwas zu essen bringen darf.«

Sie fischte eine Zigarette aus dem Päckchen und ließ sich Feuer geben. »Danke«, sagte sie, genussvoll den Rauch ausstoßend. »Ich habe spät und ausgiebig zu Mittag gegessen.« Fast hätte sie hinzugefügt ‚bei Lukas' Mutter'. »Was hat Sie dazu bewogen, Spanisch zu studieren?«, erkundigte sie sich.

»Spanisch ist sozusagen meine zweite Muttersprache. Mein Großvater mütterlicherseits war Spanier. Meine Mutter hat es sich zum Anliegen gemacht, mich zweisprachig zu erziehen. Das war das Beste, was mir passieren konnte.«

»Ich stelle mir das schön vor, wenn man Familie in einem anderen Land hat und die Sprache spricht.«

Er schüttelte langsam den Kopf. »Es gibt keine Familie mehr, jedenfalls nicht in Spanien. Großvater kam 1937 im Bürgerkrieg um, als die Hazienda zum Kampfgebiet wurde. Meine Mutter hatte drei Brüder. Einer stand auf der Seite der Faschisten. Er fiel bei den Kämpfen am Ebro. Onkel Manuel hatte sich auf die Seite der Republikaner geschlagen. Ihm gelang nach deren Niederlage die Flucht nach Frankreich. Dort fassten ihn 1942 die Deutschen und steckten ihn in ein Konzentrationslager, aus dem er nicht zurückkehrte.«

Er hob den Blick zum Himmel, wo ein Flugzeug mit aufgeblendeten Landescheinwerfern fast lautlos dahinglitt. »Das glorreiche zwanzigste Jahrhundert, im Zeichen der wiedererstandenen Barbarei. Oder musste sie gar nicht erste wiedererstehen?«

»Was wurde aus Ihrem dritten Onkel?«, erkundigte sich Tanja, während sie nach ihrem Weinglas griff.

Mattas nahm gleichfalls sein Glas. Er hatte sich ein wenig gefangen. Seine Gesichtszüge wirkten entspannter. »Onkel Tonio hat als einziger überlebt«, sagte er. »Er verließ Spanien, als der Bürgerkrieg ausbrach. Irgendwie verschlug es ihn nach Mexiko. Er lebt in der Nähe von Merida. Vor ein paar Jahren war ich dort. Er mahnt mich mindestens dreimal im Jahr, dass ich als sein letzter lebender Verwandter die Pflicht hätte, ihn zu besuchen.«

Tanja stellte das Glas ab, das sie in der Hand gehalten hatte. Mexiko! Aus Gründen, die sie nicht erklären hätte können, hatte Mexiko sie von Jugend an auf fast mystische Weise fasziniert. Vielleicht lag es an der ersten Bekanntschaft mit diesem Land durch das Filmkunstwerk ›Cangaceiro‹, das sie im Fernsehen in seinen Bann gezogen hatte. Vielleicht lag es an späteren Bildern von Landschaft und Menschen, die sie nicht mehr losließen. Sie hatte eine Reihe von Büchern über Mexiko gelesen, sie kannte die Geschichte der Kulturen und ihrer mythologischen Zentren, sie hatte Bildbände von den Pyramidenstätten gesammelt und Schallplatten mit mexikanischer Musik. Sie träumte von weißen Palmenstränden und feuerspeienden Vulkanen. Lukas hatte ihr schon vor längerem eine Mexikoreise versprochen, sobald er sich für mindestens drei Wochen frei machen konnte.

»Erzählen Sie mir von Mexiko«, bat sie.

Mattas lachte leise. »Sie könnten ebenso gut von mir verlangen, über Beethovens Pastorale zu erzählen. Die Pastorale muss man hören und Mexiko muss man sehen. Es ist ein Land von unbeschreiblicher Schönheit auf der einen und gnadenloser Wildheit auf der anderen Seite. Die Menschen sind auf eine stille Art freundlich und hilfsbereit – oder schonungslos brutal. Ein Beispiel? Wir waren über einige tausend Kilometer mit einem Leihwagen unterwegs. Nur einmal – zwischen Acapulco und Ziataneccho – benützten wir einen Bus. Autobusfahren in Mexiko ist an sich ein Abenteuer. Man sitzt auf durchgesessenen Polstern ausgedienter Greyhounds aus den USA. Am Straßenrand liegen gebliebene Busse gehören zum Verkehrsalltag. Nach einer halben Stunde Fahrt durch das bergige Hinterland von Acapulco wurde der Bus von einer Rotte junger, unrasierter Männer angehalten. Sie sahen furchterregend aus mit ihrer zerlumpten Kleidung und den umgehängten Maschinenpistolen. Uns war gar nicht wohl. Man hatte uns oft genug vor Banditen gewarnt. Zwei von den unheimlichen Typen sind mit der Waffe in der Hand eingestiegen und haben jeden einzelnen Fahrgast gemusster. Am Ende haben sie drei Männern mit ihren Maschinenpistolen gedeutet auszusteigen und sind mit ihnen im Buschwerk verschwunden. Außer uns schien im Bus niemand dem Vorfall besondere Bedeutung beizumessen. Der Chauffeur hat uns später verraten, dass es vermutlich um eine Fehde unter regierungsfeindlichen Aufständischen ging, welche die Provinz mit Ausnahme des Küstenstreifens beherrschten.«

»Klingt nicht sehr einladend«, fand Tanja.

»Nein, aber das blieb das einzige unerfreuliche Abenteuer in sechs Wochen. Es war eine wunderbare Reise. Eine wunderbare Reise«, wiederholte er mit gesenktem Kopf. »Die einzige, die Isabelle vergönnt war. Sie wollte noch so viel von der Welt sehen…« Seine Stimme verlor sich in Schweigen. Der Kerzenschein teilte sein Gesicht scharf in eine Licht- und eine

Schattenhälfte. Wieso war ihr bisher entgangen, dass er eigentlich ein gut aussehender Mann war? Eine hohe Stirn, eine gerade Nase. Markante Gesichtszüge ohne übertriebene männliche Härte, die ungebändigte Mähne, die ihm einen Anstrich unverbrauchter Jugendlichkeit verlieh.

»Wenn das stimmt, was Sie am Abend gesagt haben, wenn Sie mir nicht nur Trost zusprechen wollten, könnte ich endlich Frieden mit der Vergangenheit schließen«, begann er nach einer Weile. »Können Sie sich vorstellen, wie das ist, wenn man sich schuldig am Tod eines geliebten Menschen fühlt?«

»Was ich gesagt habe, war keine Trostspende, sondern die nüchterne Wahrheit«, antwortete sie. »Heutzutage folgt jedem Unglück als erstes die Suche nach den Schuldigen. Das Schicksal braucht keine Schuldigen, um zuzuschlagen. Sie sollten die Vergangenheit ruhen lassen und an die Zukunft denken.«

Einige Zeit herrschte Schweigen zwischen ihnen. »Sie ahnen nicht, was Sie für mich bedeuten«, hörte sie ihn schließlich sagen. »Sie geben mir neuen Halt.«

Sie war nicht sehr überrascht, als sie seine Hand auf der Ihren spürte. Es war eine schmale, feingliederige Hand, die auf der Ihren lag, leicht, fast ohne Druck auszuüben, eher schüchtern tastend, als im Bestreben festzuhalten. Sie hob den Blick und begegnete einem Augenpaar, in dem alles geschrieben stand, was ein liebender Mann einer Frau entgegenzubringen vermag.

Wider alle Vernunft schaffte sie es nicht, ihm ihre Hand zu entziehen.

9. Kapitel

Ehe sie zur Nachmittagspirsch aufbrachen, stellte Kalos eine volle Teekanne und eine angebrochene Kekspackung auf den Tisch. Lukas betrachtete es als Glücksfall, dass die britische Teekultur nicht gänzlich in Vergessenheit geraten war. Während er an einem Keks knabberte und schluckweise Tee trank, beobachtete er Jakob und Simon bei der Aufbereitung des Trinkwassers. Simon hatte zwei große Kanister voll Wasser aus einem nahen Kasamanyazufluss geholt. Das Wasser wurde zweimal durch ein Tuch gefiltert und anschließend in einem Kessel abgekocht. Wenn es trotzdem bräunlich trüb in den Becher floss, lag das nicht an den beiden Water-Boys, wie Sloop sie nannte. Es war eher ihrer Erfahrung zu verdanken, wenn der Tee dennoch ganz ordentlich schmeckte.

Vom Fluss drangen tiefes Grunzen und heftiges Geplätscher herauf. Lukas trat an den Uferrand. Die Krokodile waren verschwunden. An ihrer Stelle hatte sich eine Großfamilie von Flusspferden im seichten Wasser niedergelassen. Es waren etwa zwanzig Exemplare unterschiedlicher Größe. Zwei der Tiere standen einander laut schnaufend mit weit aufgerissen Mäulern in einer Pose gegenuber, die nichts Gutes verhieß. Die riesigen Kiefer mit den gewaltigen Hauern ließen Peters Bemerkung, eine Hippo wäre imstande, ein ausgewachsenes Krokodil mit einem Biss zu töten, mehr als glaubwürdig erscheinen. Einer der beiden Kontrahenten klappte mit einem lauten Seufzer das Maul zu und drehte gelangweilt ab, als hätte er genug von dem albernen Spiel.

»Kommst du?«, rief Peter ihn. Sie verließen das Camp und tauchten auf dem gleichen Pfad in das Grasland ein, auf dem sie mittags gekommen waren. Tambe marschierte wieder voran.

Nach einigen hundert Metern bog er in einen Wildpfad nach rechts ab und hielt auf einen in die gelbe Savanne vorspringenden grünen Keil Buschwaldes zu.

Es war nahezu windstill und kaum weniger heiß als zur Mittagszeit. Lukas hatte das Hemd bis zum Hosenbund aufgeknöpft. Während sie dem Pfad durch das halbhohe Gras folgten, dachte er an die vormittägliche Begegnung mit dem Löwen. Es schien ihm, als schärften sich alle seine Sinne unter der Unmittelbarkeit des Erlebens. Als bewegte er sich in einer Region seiner Fantasie, die durch ein Zauberwort mit einem Schlag zu faszinierendem Leben erwacht war. Im Fernsehen nahm sich das Abenteuer Afrika anders aus als in der nüchternen Bildfolge der Wirklichkeit. Im Fernsehen fehlten der herbe Geruch des Unbekannten, der salzige Geschmack der Gefahr, die prickelnde Erwartung einer jeden Augenblick möglichen Begegnung mit dem Unvorhersehbaren. Für unbeteiligte Zuschauer gab es in dieser Arena keinen Platz. Man geriet unweigerlich in den Sog des Geschehens. Man wurde unweigerlich zum Mitspieler – wenn auch in der Rolle eines Statisten.

Im Näherkommen erwies sich der grüne Keil als die Spitze einer Zone ausgedehnten Buschwalds. An vorderster Front wuchs ein einsamer Leberwurstbaum zwischen Merulabäumen aus dem struppigen Unterholz. Peter blieb mit einem Ruck stehen und ahmte den Ruf des Bushshriek nach. Das Fernglas an den Augen, deutete er auf den Leberwurstbaum.

»Dort steckt eine Kudu mit seinem Harem im Busch«, flüsterte er. Tambe hatte sich kurz hochgereckt und danach schnell niedergekauert, um den Weg in Richtung Wald in der Hocke trippelnd fortzusetzen. Sie folgten ihm, gleichfalls tief gebückt, so leise es das raschelnde Gras zuließ.

Die Früchte, unter denen sich die Äste des Leberwurstbaumes bogen, konnten sich ohne weiteres mit Wurststangen messen, wie sie in Feinkostläden von Haken hängen. Zwischen den beigefarbenen Früchten schimmerten zarte, weiße Blüten, die niemand mit den plumpen Würsten in Verbindung bringen würde.

Tambe deutete nach rechts. Sie waren auf etwa fünfzehn Meter herangekommen, als eine Bresche im Unterholz den Blick auf die Tiere freigab. Es waren ein Bock und vier Weibchen. Die kräftigen, armlangen Hörner des Bocks schraubten sich in korkzieherähnlichen Windungen aus dem schmalen Schädel. Die Tiere kehrten ihnen, angelegentlich an vom Baum gefallenen Leberwürsten kauend, die Flanken zu. Ihre Felle waren rostbraun, mit senkrechten Streifen an den Seiten, die aussahen, als hätten unsichere Kinderhände versucht, mit weißer Kreide Rippenkonturen anzudeuten. Die Früchte schienen zäh zu sein. Der Bock warf, eine Leberwurst im Maul, den Kopf wieder und wieder in den Nacken, wobei seine Hörner wie im Zorn himmelwärts stachen. Die Weibchen trugen kurze Hornstummel, die sich gegen den stolzen Kopfschmuck des Männchens kümmerlich ausnahmen.

Aus der Richtung, wo Tambe hinter einem Dornbusch hockte, kam der Ruf des Bushshriek. Tambe zeigte über den Busch hinweg in Richtung Wald. Lukas folgte dem Hinweis mit Blicken, konnte jedoch nichts Auffälliges entdecken, da Gesträuch die Sicht behinderte. Um einen besseren Ausblick zu genießen, musste er ein paar Schritte zur Seite machen. Er tat es mit aller Behutsamkeit, so leise es ging. Wie man auf Zehenspitzen durch ein Zimmer schleicht, um einen Schlafenden nicht zu wecken. Bloß lagen in einem Zimmer keine dürren Äste herum. Der Ast, auf den er trat, barst mit einem Knall wie ein Pistolenschuss. Die Kudus rissen aufgeschreckt die Köpfe herum. Dann ließen sie die Leberwürste fallen und jagten in gestrecktem Galopp davon.

»Wenn wir auf der Jagd wären, hättest du jetzt deine Chance vertan«, sagte Peter. »Du musst aufpassen, wohin du trittst. Ein Kaffernbüffel würde nicht davonlaufen.«

Nach ein paar Metern geriet eine Lichtung in ihr Blickfeld, die an einer Seite in die offene Savanne mündete. Ein Rudel brauner Antilopen äste friedlich über die Grasfläche verteilt. Dahinter weideten abgesondert zwei erheblich größere Tiere im Schatten einer Gruppe von Fieberbäumen. Sie hatten ein beigefarbenes Fell mit senkrechten hellen Streifen am Rumpf und kräftige, leicht gekrümmte Hörner. An Wuchs und Größe erinnerten sie an schlanke Rinder.

»Die beiden Burschen unter den Fieberbäumen sind Elenantilopen, die größte Antilopenart des Kontinents«, erklärte Peter. »Wie heißen die Kleineren daneben?«

»Thomsongazellen?«, riet Lukas.

»Gewonnen.! Du wirst noch zum Experten.«

Die tausend Gesichter Afrikas! Lukas konnte sich nicht satt sehen an dem lieblichen Anblick. Ein Hauch paradiesischen Friedens lag über der Szene. Aus dem Waldschatten leuchteten die gelben Stämme der Fieberbäume wie erstarrte Sonnenstrahlen. Davor schimmerten im üppig-grünen Gras die Felle der Thomsongazellen in einem warmen Braunton. Breite, schwarze Streifen setzten die braunen Rücken gegen das strahlend weiße Bauchfell ab. Die grazilen Beine der Tiere bewegten sich bei jedem Schritt mit tänzerischer Anmut. In der Stille des heißen Nachmittags war nichts zu hören außer dem tiefen Brummen eines großen blauen Käfers, der im Steigflug dem Himmelsblau zustrebte.

Tambe trat geräuschvoll hinter dem Dornbusch hervor. Die grasenden Tiere hoben die Köpfe und begannen ohne Hast, die Lichtung zu räumen. Er schlug einen Pfad ein, der beständig zwischen Sonnenschein und Schatten wechselte. Von manchen Bäumen hingen melonengroße Webervögelnester wie vergessener Weihnachtsschmuck an einem abgeräumten Christbaum. Ihre bunten Bewohner flatterten aufgeregt zwitschernd um ihre kunstvoll geflochtenen Behausungen, als suchten sie vergeblich nach den Schlupföffnungen, die zum Schutz vor Nesträubern an der Unterseite der Nester angelegt waren. Einmal verschwand eine Paviansippe unter lautem Protestkreischen im

Geäst eines dicht belaubten Baumes, ein andermal scheuchten sie eine Schar von Impala-Antilopen auf, die mit fliegenden Sprüngen das Weite suchten. Sie überquerten eine schmale Lichtung, aus deren gelbem Stoppelgras mannshohe rote Termitenbauten ragten. Es sah aus, als wäre ein Riesenmaulwurf am Werk gewesen. Aus einem der roten Kegel wuchs ein nacktes, blattloses Bäumchen wie eine vergessene Fahnenstange.

Mit der allmählich nachlassenden Tageshitze hatten die Buschtauben in den Baumkronen ihren Chorgesang wieder aufgenommen. Unter einem überhängenden Dornbusch blieb Tambe stehen, um eine Anhäufung von Elefantendung zu begutachten. »Ist drei bis vier Stunden her«, stellte er fest. »Aber dort, von Giraffen, ganz frisch. Sind nicht weit.« Er machte zwei Schritte und begann unvermittelt auf einem Bein herumzuhopsen. Das andere quer über das Knie gelegt, zog er unter unverständlichem Gemurmel an einem fingerlangen Dorn, der in der dicken Gummisohle seiner Sandale steckte.

»Die Dinger sind eine Pest«, bemerkte Peter. »Durchbohren dir im Nu jeden Autoreifen.«

Sie mussten nicht weit gehen, um die Giraffen in voller Größe sehen zu können. Im milden Licht der Nachmittagssonne fraßen sechs der stolzen hochbeinigen Tiere, einträchtig nebeneinander stehend, mit gestreckten Hälsen Blätter von einer Gruppe junger Schirmakazien. Ihre im Vergleich zur Kópergröße winzigen Schädel erweckten den Verdacht, der Natur hätte es an Energie gemangelt, auf den langen kräftigen Hals noch einen passenden Kopf zu setzen. Wie um zu demonstrieren, dass unterschiedliche Körpergröße kein Nachteil sein musste, holten sich nebenan zwei Giraffengazellen ihr Futter aus den unteren Etagen des Dornbusches. Selbst auf den Hinterläufen aufgerichtet, um an die saftigen Blattknospen weiter oben heranzukommen, hätten sie nicht einmal die Zitzen einer Giraffenmutter erreicht.

Obwohl Lukas der Orientierung keine besondere Aufmerksamkeit schenkte, entging ihm nicht, dass sie nach Osten eingeschwenkt waren. Die Sonne nunmehr im Rücken, schob Peter seinen verbeulten Hut in den Nacken. Tambe tat es ihm, wie auf Verabredung, mit seinem Käppi gleich. Lukas hatte seit Kindheitstagen eine Abneigung gegen jede Art von Kopfbedeckung. Er war auch auf der Safari bislang ganz gut ohne zurechtgekommen. Die neu erwachte Nachmittagsbrise strich ihm belebend über das Gesicht. Sie roch nach Sonne und Erde, nach Blüten und trockenem Gras.

Kurz ehe der Buschwald in der Savanne auslief, stießen sie auf Säbelantilopen. Lukas entdeckte sie zuerst. Er hatte sich nach Sloop umgewandt, als ihm eine Bewegung im Busch auffiel. Zwei lange, gebogene Hörner tauchten aus dem dichten Gestrüpp hervor und verschwanden wieder.

»Wenn wir ein Stück weiter gehen, sehen wir das ganze Rudel«, sagte Peter. Sie verließen den ausgetretenen Pfad und pirschten sich im Schatten einer Baumgruppe an den Rand einer von lockerem Busch durchsetzten Grasfläche heran. Auf einem Ast über ihrem Köpfen stimmte ein Vogel sein Lied an. Er war schwarz und groß wie ein Rabe, mit einem langen gelben Schnabel und einer Brust voll weißer und roter Punkte.

Hätten nicht diese elegant nach hinten geschwungenen Hörner ihr Haupt geziert, man hätte die Antilopen aus der Ferne für schwarze Fohlen halten können. Es waren etwa zwanzig Tiere, die da grasten oder mit hängenden Köpfen, reglos wie Statuen, im Schatten standen. Zwischen ihren Füßen tollte eine Horde junger Paviane herum wie übermütige Kinder im Schulhof. Durch das Fernglas konnte Lukas die weißen Gesichtsmasken der Säbelantilopen und die ringförmigen Kerben der Hörner ausmachen, die in Länge und Form tatsächlich an Krummsäbel erinnerten. Im Sonnenschein glänzten die schwarzbraunen Felle wie dunkles Metall. Die schwarzen Quasten am Ende der Schwänze pendelten pausenlos in nervösem Rhythmus hin und her.

»Die sind noch gar nicht so lang wieder hier«, flüsterte Peter. »Waren vor ein paar Jahren abgewandert. Galten sogar als ausgestorben. Du hast wirklich Glück. Ich sehe sie selbst erst das zweite Mal.«

Als sie sich dem Camp näherten, hatte die sinkende Sonne bereits den Zauber des Abendlichts über die Landschaft gebreitet. Alle Farben, die im grellen Sonnenschein verblasst waren, erwachten zu neuem Leben. Das fahle Gelb der Prärie nahm den satten Farbton frischer Maiskörner an, die graugrünen Sträucher glänzten in hoffnungsvollem Grün, aus einem zerzausten Gebüsch leuchteten kirschgroße Beeren im satten Rot der Reife.

Der Weg führte sie an den Rand einer Senke, die von Rudeln unterschiedlicher Savannenbewohner dicht bevölkert war. Unter den Tarnfarben der Gnus, Topis und anderer Antilopen stach herausfordernd die schwarz-weiße Streifenzeichnung der Zebras hervor. Zwei Rotschnabelstörche stolzierten vor der bunten Versammlung auf und ab wie Wachhunde vor einer Schafherde. Hinter einem Strauch schnellte von Zeit zu Zeit an einem langen dünnen Hals der Kopf eines futternden Straussweibchens in die Höhe wie eine Figur aus der Kulisse eines Kasperltheaters.

An einer Gabelung des Wildpfades rief Peter dem voranschreitenden Tambe etwas zu. Der Ranger wartete, bis Peter herangekommen war. Während die beiden in der Sprache der Einheimischen miteinander redeten, betrachtete Lukas einen sonngebleichten Büffelschädel, der wie eine Wegmarkierung in einem Haufen von Knochen neben dem Pfad lag. Es war nicht das erste Mal, dass er mit den Resten verblichenen Lebens konfrontiert wurde. Unterwegs stießen sie immer wieder auf ausgebleichte Tiergerippe. Die Spuren des täglichen Sterbens waren in Afrika allgegenwärtig. Man drohte ins Grübeln zu geraten, wenn man sich nicht zusammennahm.

Während Tambe unter missbilligendem Kopfschütteln den

Pfad zum Camp einschlug, ging Peter mit weit ausholenden Schritten geradeaus weiter. »Wir haben nur ein kurzes Stück zu einem schönen Aussichtspunkt«, sagte er über die Schulter zurück. »Tambe kümmert sich inzwischen um das Lager.«

»Ärger mit Tambe?«, fragte Lukas.

»Nein«, sagte Peter obenhin. »Er macht sich immer zu viel Sorgen. Er meint, Löwen könnten in der Nähe sein.«

Lukas fühlte einen leichten Druck in der Magengegend. »Und wenn er recht hat?«

Peter zuckte mit den Schultern. »Mach dir keine Gedanken. Löwen tun uns nichts. Wir sind ihnen viel zu unheimlich.«

Lukas blieb stumm. Es hätte wenig genützt zu gestehen, dass diese Erklärung seinen Magen nicht zu beruhigen vermochte. Jedenfalls hätte er sich bedeutend wohler gefühlt, wenn Tambe mit dem Gewehr bei ihnen gewesen wäre. Er atmete erst auf, als sie wenig später das Ziel erreichten, eine grasbewachsene Felskuppe von kaum zehn Metern Höhe, die wie eine Bastion in das Flussbett des Kasamanya ragte. Sie mussten wie über zu hoch geratenen Treppenstufen hinaufklettern. Von oben genoss man einen wunderbaren Ausblick über das breite Flusstal mit seinen gelben Sandbänken und grün verwucherten Ufern.

»Wir kommen gerade noch zum River-Crossing zurecht«, sagte Peter, sich im Gras niederlassend. »Die Abendshow ist im Gange.«

Der Panoramablick war nicht der alleinige Grund für ihren Abstecher. Was Peter als Abendshow bezeichnete, war ein wahrhaft beeindruckendes Schauspiel. So weit der Blick reichte, durchquerten Prozessionen von Elefanten im Gänsemarsch den Fluss. Einige hatten es bereits geschafft und verschwanden im Dickicht des jenseitigen Ufers, andere traten eben aus dem Gebüsch des diesseitigen Ufers. Es waren jeweils fünfzehn bis zwanzig Tiere, darunter auch Winzlinge, die sich, die dünnen Rüssel hochgereckt, tollpatschig unter den Bäuchen ihrer Mütter bewegten.

Irgendwo stieß ein Fischadler seinen gellenden Schrei aus.

»Kannst du jeden Abend sehen«, erklärte Peter. »Drüben ist Jagdgebiet. Sie wissen, dass ab Sonnenuntergang nicht mehr geschossen wird. Am Morgen, vor dem Büchsenlicht, kommen sie wieder herüber, wo sie vor Großwildjägern sicher sind. Sind kluge Geschöpfe, meine grauen Lieblinge. Vergessen nie etwas. Wissen immer, worauf es ankommt. Sonst hätten sie nicht Zehntausende von Jahren überlebt.«

Fast direkt unterhalb ihres Ausgucks näherte sich eine Herde von Nachzüglern. Eine riesige Elefantenkuh schubste ein zögerndes Junges mit dem Rüssel vor sich her. An der Spitze trottet die Leitkuh, eine runzelige alte Dame, keine zehn Meter von ihrem Ausguck entfernt vorbei. Am Flussufer blieb sie stehen, um mit schwingendem Rüssel und klappenden Ohren die Umgebung zu mustern. Lukas zählte siebzehn Tiere, die hinter ihr wie gehorsame Schüler, die auf einen Zuruf des Lehrers warten, angehalten hatten. Was ihn am meisten verblüffte, war der Umstand, dass kein Laut ihre Ankunft verraten hatte. Kein Strauch raschelte, kein Ast knackte unter ihren säulenförmigen Gehwerkzeugen. Wie war es möglich, dass diese scheinbar plumpen Riesen, sich so geräuschlos bewegten, als schwebten sie auf Luftpolstern?

»Wir kommen nicht oft so nahe an Elefanten heran«, raunte Peter ihm zu. »Schau dir die Ohren an. Die Aderzeichnung an der Innenseite ist so einmalig wie ein menschlicher Fingerabdruck.«

Sie lagen nebeneinander im Gras. Trotz des bescheidenen Sehvermögens der Dickhäuter schien Peter einen Blickschutz für angezeigt zu halten, weshalb sie hinter Farnbüscheln in Deckung gegangen waren. Lukas atmete einen herben Geruch ein, der an trockenes Heu erinnerte. Er pries im Stillen einmal mehr Peters Umsicht und Ortskenntnis. Es gab sicher nicht allzu viele Plätze, wo man gefahrlos so nahe an Elefanten herankam. Er konnte den Adernverlauf an den fächelnden Riesenohren bis in die letzten Verzweigungen verfolgen. Es sah aus, als sollte ein gewaltiges Flusssystem an Hand eines plastischen Modells demonstriert werden. Eines der Tiere nützte die Gelegenheit, um sich an einem Strauch gütlich zu tun. Lukas konnte sehen, wie sich die Lippen des Rüssels um kleine Äste schlossen, um sie abzubrechen und schwungvoll ins Maul zu befördern.

Die Stoßzähne der Leitkuh schimmerten rötlich im Licht der untergehenden Sonne. Sie warf den Kopf nach vorn und stieg gemächlich in den Fluss, gefolgt von dem Jungen und dem Rest der Herde. Wie sie da nacheinander in den Fluss tauchten, boten sie das Bild jener majestätischer Gelassenheit, die nur den wahrhaft Mächtigen auszeichnet. Einige der Tiere hatten mit dem Rüssel den Schwanz der Voranschreitenden gefasst, wie Kinder, die sich an den Händen halten.

Peter erhob sich und klopfte braune Samenkörner ab, die an winzigen Widerhaken an seiner Hose hingen. »Es wird Zeit«, sagte er mit einem Blick auf den Kasamanya, der von einer Minute auf die andere die Farbe von fließendem Teer angenommen hatte. »In einer halben Stunde ist es dunkel.«

Sie folgten einem Pfad, der parallel zum Flussufer durch den Wald stromaufwärts führte.

»Wie viele Elefanten habt ihr im Reservat?«, fragte Lukas unterwegs.

»Zirka zwanzigtausend.«

»Zwanzigtausend!« Lukas pfiff durch die Zähne.

»Früher, ehe die Wilderer kamen, waren es dreißigtausend. Aber das Gebiet kann ohnedies nicht mehr als zwanzigtausend ernähren. Wenn die Wilderer nicht so grausam vorgegangen wären, müssten wir ihnen fast dankbar sein. Wir arbeiteten schon an Plänen gegen die Überpopulation. Du kannst mir glauben, dass mir der bloße Gedanke an ein Gemetzel unter den Dickhäutern schlaflose Nächte bereitet hat.«

»Seid ihr mit den Wilderern noch immer nicht fertig geworden?«

»Seit ein paar Jahren gibt's hier keine mehr. Der Tourismusminister hat in einem seiner seltenen Momente von Vernunft die Vorschläge eines UNO-Beraters in die Tat umgesetzt. Jetzt bekommen die Dorfältesten der umliegenden Krals einen Anteil von den Einkünften aus dem Reservat. Natürlich werfen sie einen Teil des Geldes, trotz staatlicher Kontrolle, für allen möglichen Unsinn hinaus. Aber alle Dörfer haben jetzt Lehrer für ihre Kinder und ausgebildete Sanitäter, die eine Art mobiler Ambulanzen betreiben. Wir haben gewusst, dass die Dorfbewohner aus der Umgebung mit den Wilderern im Bunde waren. Aber das ist längst vorbei. Wenn denen heute ein Wilderer in die Hände fiele, die würden ihn in Stücke hacken.«

Lukas konnte den Rauch des Lagerfeuers riechen, noch ehe das Camp in Sichtweite geriet. Tambe empfing sie mit strahlendem Gesicht, so als hätte er nicht damit gerechnet, sie jemals lebend wiederzusehen. Im Wald unter den Bäumen war die Dämmerung merklich weiter fortgeschritten als über dem offenen Flusstal. Das Feuer der Kochstelle warf seinen flackernden Schein auf die Gesichter der beiden Schwarzen, die sich daneben am Küchentisch zu schaffen machten. Peter wechselte ein paar Worte mit ihnen und drehte sich dann um.

»Abendessen um sieben, ist das o.k.?«, rief er herüber.

»Mir ist alles recht«, sagte Lukas. Er bat Simon, der ihm über den Weg lief, für Wassernachschub zu sorgen und ging voraus zur Dusche. Während er sich, auf dem Bambusrost stehend einseifte, erklang von fernher das aufgeregte Gekreische von Pavianen. Der Lautstärke nach, musste es sich um eine ganze Armee handeln. Das Geschrei wogte auf und ab wie das Toben der Fans in einem Fußballstadion. Plötzlich mischte sich, wie aus der wunden Kehle eines überanstrengten Sängers, eine Folge von tiefen, keuchenden Hustenstößen in den Lärm der Paviane.

Simon hatte sich wortlos verdrückt, nachdem er das Wasser aus dem Kanister in die Gießkanne gefüllt hatte. Lukas fand es nicht eben vergnüglich, in der rasch einbrechenden Dunkelheit mit der beklemmenden Geräuschkulisse allein zu bleiben. Er zog an der Duschleine, um die Seife abzuspülen, und machte sich, das Handtuch über die Schultern geworfen, eilig auf den Weg zum Camp. Nach wenigen Schritten kam ihm Tambe mit einer Taschenlampe in der Hand entgegen.

»Mistah Luke, haben Sie Leopard gehört?« Er stieß ein kehliges Lachen aus. »Paviane haben Angst vor Leopard, Leopard haben Angst vor Männer, Männer haben Angst vor Leopard.«

Lukas folgte dem Lichtkegel der Taschenlampe. »Wo ist Mister Sloop?«, erkundigte er sich.

»Mistah Sloop keine Angst. Baden im Fluss mit Krokodile.« Er machte Schwimmbewegungen, wobei der Schein der Taschenlampe in den Baumkronen tanzte.

»Im Kasamanya?«, fragte Lukas ungläubig.

Tambe deutete in die Richtung, aus der sie kamen.»Nicht Kasamanya, kleiner Fluss, dort«.

Der Gedanke, zwischen Krokodilen im Fluss zu baden, machte Lukas schaudern. Vielleicht erlaubten sich Peter oder Tambe bloß einen Scherz. Obgleich für ein Greenhorn die Weltsicht eines erfahrenen Buschläufers nicht immer nachvollziehbar war. Wenn jemand die Spielregeln der Wildnis kannte, dann gewiss Peter. Er war in Tansania auf der Farm seines Vaters aufgewachsen. Er lernte räuberische Hyänen zu verjagen und die Spuren von Wildtieren zu lesen, noch ehe er bis zehn zählen konnte. Das Leben in seiner Jugend hatte ihn fast zwangsläufig auf den Weg geführt, den er später eingeschlagen hatte.

Vom Kasamanya drang das tiefe Grunzen und Seufzen der Flusspferde durch das hohe Zirpen der Zikaden. Über die Gesichter der beiden Schwarzen, die mit der Zubereitung des Abendessens beschäftigt waren, huschte der Widerschein des Feuers. Sie sahen eher wie Schmiede an der Esse als wie Köche aus.

Lukas hatte die Reisetasche neben dem Feldbett auf einem leeren Kanister abgestellt. Er kramte Shorts und ein frisches

Leibchen heraus. Auf dem kurzen Gang bis zum Uferabbruch hielt er sich getreulich an Peters Anweisungen. Kein Schritt in der Dunkelheit, ohne den Weg voraus und die Bäume oberhalb auszuleuchten.

Am Uferrand knipste er die Taschenlampe aus. Die Grunzlaute der Hippos im Fluss vermengten sich mit dem Gesang der Zikaden in den Tamarinden zu einem volltönenden Abendkonzert. Allmählich nahmen seine Augen den Zauber der Nacht auf. In der klaren Luft funkelten die Sterne am Himmel wie Diamanten auf schwarzem Samt. Ihre Spiegelbilder sprangen glitzernd über die Wellen des Kasamanya, um in der Ferne in seinen dunklen Fluten zu versinken. Während im Westen der letzte Lichtschimmer des vergangenen Tages erstarb, glühte der Horizont im Osten, als wollte die Sonne zu gleicher Zeit auf- und untergehen.

Feuer wie jenes, das den östlichen Horizont rötete, gehörten zur Trockenperiode wie Gewitter zur Regenzeit. Sie entstanden durch Blitzschlag oder Selbstentzündung, manchmal auch durch außer Kontrolle geratene Rodungsfeuer. Er verfügte über einiges Wissen in Bezug auf Busch- und Savannenbrände. Informationen über klimabedingte und anderweitige Besonderheiten an künftigen Baustellen einzuholen, fiel in seinen Aufgabenbereich. Das spielte für die Standortwahl von Materiallagern und Wohnbaracken eine mitentscheidende Rolle.

Von der Kochstelle wehte der verlockende Duft von frisch Gebratenem herüber. Im Schein einer Gaslampe, die an einem Ast über dem Tisch hing, legte Kalos eben Teller und Besteck zurecht. Peter tauchte aus dem Dunkeln mit Trinkbechern und Rotwein im Karton auf. Auch er hatte sich umgezogen. In Shorts und einem grell bunten Hemd sah er aus wie ein sonnenverbrannter Strandurlauber, der sich in den Busch verirrt hat.

»Zufrieden mit dem ersten Tag?«, fragte er, während Kalos das Essen auf den Tisch stellte. Es gab in der Pfanne gebratenes Dosenfleisch und dazu einen Berg bunten Gemüses.

»Sehr zufrieden«, antwortete Lukas, einen Bissen auf die Gabel spießend. Aus der Nähe der Dusche kam laut und deutlich das abgesetzte Jaulen einer Hyäne. Es klang schaurig, wie die klagenden Laute einer gequälten Kreatur. Als ob er daran erinnert werden sollte, wo er sich befand. Wenngleich er noch keine Muße gefunden hatte, die Fülle neuer Eindrücke zu verarbeiten, hatte er längst begriffen, dass seine ursprünglichen Vorstellungen vom unberührten Afrika der Wirklichkeit nicht standhielten. Von den gebahnten Wegen einer zivilisierten Welt abzuweichen, war eines, in zeitlose archaische Daseinsformen einzutauchen, etwas gänzlich anderes. Seine Erkenntnis aus dem ersten Tag war, dass man in dieser Arena Statist blieb, was immer man auch tat.

Peter wartete, bis die leeren Teller abgeräumt waren. Dann rückte er den Weinkarton an die Tischkante, um die Becher unter dem Auslaufhahn füllen zu können. »Wenn es dir recht ist, mache ich das Licht aus«, sagte er und griff nach der Gaslampe über dem Tisch.

Das Feuer der Kochstelle war zu schwelenden Glutresten herabgebrannt. In ihrem matten Schimmer reinigte Simon, am Boden hockend, in einem Plastikkübel Teller und Pfannen. Seine Genossen lagerten in einigem Abstand um ein eigenes Feuer. Sie hatten dicke Äste herangeschleppt und sie über einer kleinen Flamme sternförmig an einander gestoßen. Sobald die dicken Knüppel einmal brannten, musste man sie nur von Zeit zu Zeit zur Mitte nachschieben, um ein ordentliches Feuer zu unterhalten.

Peter hielt ein Streichholz an seine frisch gestopfte Pfeife.

»Wann fangt ihr mit den Bauarbeiten an?«, erkundigte er sich zwischen zwei Zügen, die sein Gesicht in die Glut aus dem Pfeifenkopf tauchten.

»Nach der Regenzeit. Sofern es bis dahin einen verantwortlichen Minister gibt.«

»Keine Angst, unser verehrungswürdiger Herr Präsident hat

mehr Vettern, als du in deinem Leben Kinder zeugen könntest. Man muss die Menschen hier nehmen, wie sie sind.«

»Wenn ich das nicht täte, hätte ich meinen Job längst an den Nagel hängen müssen. Nur hat man manchmal den Eindruck, dass sie selbst nicht mehr so genau wissen, wie sie eigentlich sind.«

Peter ließ seine Pfeife aufglühen. »Wundert dich das? Du weißt das, ich weiß das, aber das hilft dem Kontinent nicht aus der Misere. Das sind die Erfolge unseres glorreichen Wirkens. Hundert Jahre Ausbeutung, hundert Jahre kirchliche, politische, ökonomische Missionierung – welche Kultur kann das ohne Schaden überstehen? Nicht alles, was man kaputt macht, lässt sich wieder reparieren. Wir haben unsere Ideen von Leistung. Die hier verstehen etwas anderes darunter. Für sie ist Arbeit dazu da, um zu bekommen, was sie haben wollen. Ein Fahrrad, zum Beispiel. Ein Transistorradio. Dafür arbeiten sie ein Jahr in der Stadt oder auf einer Farm oder in einem Bergwerk in Südafrika. Wenn sie das Stück vom Kuchen bekommen haben, das sie wollten, kehren sie zufrieden in ihr Dorf zurück. Nur wir wollen immer den ganzen Kuchen.« Er paffte eine Rauchwolke in die Nacht. »Kürzlich hat ein spendierfreudiger Amerikaner den Trägern am Abend vor dem Aufbruch ein großzügiges Trinkgeld gegeben. Was glaubst du, ist passiert? Am Morgen sind wir ohne Träger dagestanden. Die Burschen haben das Geld für die Woche bekommen und sind zufrieden in ihr Dorf abgezogen.«

Lukas nahm einen Schluck Wein aus seinem Becher. »Meine Großmutter war davon überzeugt, dass Genügsamkeit eine der Grundtugenden des Lebens ist«, sagte er. »Wenn ich ihr erklärt hätte, dass Genügsamkeit auch Probleme schaffen kann – sie hätte die Welt nicht mehr verstanden.«

Sein Blick folgte dem lautlosen Flug eines Nachtvogels, der schnell als Schatten mit der Dunkelheit verschwamm. Das Buschfeuer im Osten hatte sich erschöpft unter den Horizont zurückgezogen und den Himmel den funkelnden Sternen überlassen. Das Seufzen und Grunzen der Flusspferde war verstummt. Die Nacht unter dem freien Himmel Afrikas war, abgesehen von gelegentlichen Tierlauten, die er nicht zuordnen konnte, viel stiller, als er erwartet hatte.

Peter klopfte die Pfeife an dem Baumstamm hinter seinem Sitz aus. »Wenn es um das Problem Afrika geht, fällt mir immer eine Geschichte ein, die ich einmal gelesen habe« sagte er. »Ob sie wahr ist oder erfunden, spielt keine Rolle. Ein paar Jahre vor dem Ersten Weltkrieg ließ sich ein weißer Mann auf einer kleinen Insel in der Südsee nieder. Er teilte das Eiland mit ein paar Hundert Bewohnern, die in kleinen Dörfern zwischen Kokospalmen ihr beschauliches Dasein fristeten. Kokoswälder bedeckten den Großteil der Insel. Der weiße Mann wurde bald gut Freund mit den Einheimischen. Er hatte eine Ladung von Weckeruhren mitgebracht, die er großzügig verschenkte. Mit den Uhrzeigern konnten die Insulaner nichts anfangen. Aber das pausenlose Ticken gefiel ihnen und erst recht das muntere Klingeln. Wenn die Uhren zu ticken aufhörten, suchten sie den weißen Mann in seinem schönen Haus auf. Der hatte ihnen zwar die Wecker geschenkt, aber die Schlüssel zum Aufziehen behalten. Sie mussten nur eine Kokosnuss mitbringen, dann konnten sie die wieder fröhlich klingelnde Wecker zu ihren Hütten tragen. Wenn das große Schiff vor der Insel ankerte, das von Zeit zu Zeit die Berge von Kokosnüssen abholte, die sich inzwischen angehäuft hatten, versammelte sich die ganze Bevölkerung am Strand. Und mitten unter ihnen stand strahlend der gütige weiße Mann, dessen Wohlstand mit jeder Schiffsladung Kokosnüsse wuchs.«

»Und wenn sie nicht gestorben sind, dann leben sie noch heute«, zitierte Lukas

»Das tun sie«, pflichtete Sloop bei. »Bloß nützt es den Insulanern heute nichts mehr, wenn man ihnen den Schlüssel gibt, weil das Aufziehen des Weckers mittlerweile so kompliziert geworden ist, dass man dazu ein Technikstudium benötigt.« Die Glut in seinem Pfeifenkopf rötete sein Gesicht. »Trotz aller reuiger Einsicht darf man eines nicht vergessen: um zu lernen, wie man sich gegenseitig möglichst grausam abschlachtet, hat uns der schwarze Kontinent wahrlich nicht gebraucht. Diese Kunst haben seine Bewohner über Jahrhunderte hinweg bis zur Perfektion entwickelt.«

Lukas wollte etwas sagen, aber die Worte erstarben ihm auf den Lippen. Aus den verhaltenen Lauten verborgenen Nachtlebens löste sich ein tiefes, anschwellendes Grollen, wie Donner aus bodennahen Gewitterwolken. Es schien aus einem Spalt zwischen Himmel und Erde zu dringen, unaufhaltsam und bedrohlich, ein elementarer Urlaut voll ungebändigter Kraft. Er lauschte mit einer Mischung aus Erstaunen und Bangigkeit in die Nacht. Es war das erste Mal, dass er die Stimme des Löwen hörte. Er konnte sich Bilder von Dingen ausmalen, die er nie gesehen hatte. Laute, die er nie gehört hatte, konnte er sich nicht richtig vorstellen. Seine Ohren hatten nicht so viel Fantasie wie seine Augen. Noch ehe das Gebrüll in tiefen, bellenden Hustenstößen versiegt war, rollte aus der entgegengesetzten Richtung wie ein Echo das ferne Donnergrollen eines anderen Löwen heran.

»Wie weit sind die entfernt?«, fragte er Peter.

»Zwei, drei Kilometer. So genau kann man das nicht sagen.«

Vom Lagerfeuer der Einheimischen loderten, angefacht durch das Nachstoßen der Äste, funkensprühende Flammengarben in die Höhe, wie ein Geysir, der in Brand geraten war. Die Männer drängten sich mit hoch gezogenen Schultern um das Feuer, als frören sie. Von Tambe, der seine Lagerstatt etwas abseits errichtet hatte, war nichts zu sehen.

»Hast du wirklich im Fluss gebadet?«, wollte Lukas wissen, als es wieder still geworden war.

»Ja, wieso nicht?«

»Na ja – da gibt's doch überall Krokodile, oder?«

»Ich tue ihnen ja nichts.«

Lukas lachte. »Bist du sicher, dass die Crocs das auch so sehen?«

»Die Crocs haben genug zu fressen. Die warten nicht auf ein altes Knochengestell. Außerdem liegt es nicht in meiner Hand, was geschieht, mein Lieber. Kismet, verstehst du? Alles im Leben ist Bestimmung.«

»Du könntest auch darauf verzichten, das Glück herauszufordern.«

»Das könnte ich. Aber das wäre bloß ein untauglicher Versuch, dem Schicksal in den Arm zu fallen.« Er stand auf und streckte sich gähnend. »Darüber könnten wir die ganze Nacht philosophieren und wären am Morgen auch nicht klüger. Jetzt rät mir die Bestimmung, schlafen zu gehen. Tagwache um halb sechs. Schlaf gut!«

Der Schein des Lagerfeuers erreichte mit einem schwachen Schimmer gerade noch das zwischen Bäumen ausgespannte Moskitonetz, unter dem Peter seinen Schlafsack ausgelegt hatte. Lukas tippte an den Lichtknopf seiner Armbanduhr. Es war knapp nach halb zehn. Zu früh für jemanden, der gewohnt war, eher spät schlafen zu gehen. Einen Augenblick dachte er daran, den Graham Greene aus der Tasche zu holen und im Licht der Stablampe zu lesen. Aber er ließ den Gedanken wieder fallen. Lesen heißt, in anderen Welten einzutauchen. Er suchte keinen Szenenwechsel. Dazu hatte er sich bereits zu tief in die aufregende neue Welt verstrickt, die ihn umgab.

Er ließ einen Schluck Wein aus dem Karton in seinen Becher laufen und zündete eine Zigarette an. Drei der Schwarzen hatten sich nahe dem Lagerfeuer auf dem Boden zusammengerollt, der Vierte hielt, aufrecht sitzend, anscheinend Wache. Irgendwo in den Bäumen zirpte in Abständen eine vereinsamte Zikade. Vereinzelt schallten Geplätscher oder grunzendes Gurgeln eines Flusspferdes vom Kasamanya herauf. In weiter Ferne stießen Hyänen ihre klagenden Fragelaute aus, unterbrochen von einer

Art höhnisch meckernden Gelächters. Ein beklemmendes Schlaflied nach der ewigen Partitur der Wildnis.

Er lag bereits eine Weile mit geschlossenen Augen auf dem Feldbett, als grollendes Löwengebrüll neuerlich die Nacht erschütterte. Diesmal schien es aus nächster Nähe zu kommen. Er spürte, wie sein Herz zu pochen begann und seine Handflächen feucht wurden. Ein Löwe im Camp! Auf diese Möglichkeit hatte ihn niemand vorbereitet. Niemand hatte ihm gesagt, wie er sich in im Fall des Falles verhalten sollte. Er wusste nicht, was tun. Angst griff ihm an die Kehle. Er fühlte sich hilflos einer Bedrohung ausgeliefert, die nur seiner überreizten Fantasie entspringen konnte. Wieso kam weder von Peter noch von Tambe ein Signal der Unterstützung? Als ginge sie all das nichts an! Als hätten sie ihn allein im Löwenland zurückgelassen, nur durch einen dünnes Netz von wilden Bestien getrennt. Was half ihm jetzt Peters Vortrag über das Verhalten von Löwen dem Menschen gegenüber? Von einem Löwen an der Bettkante, war nicht die Rede gewesen.

Er streifte mit dem Handrücken über das Moskitonetz. Angeblich scheuten wilde Tiere Berührungen mit solchem Gewebe. Falls Peters Behauptungen zutrafen. Andernfalls würde sich keine Gelegenheit mehr ergeben, darüber zu diskutieren. Obgleich das Lagerfeuer ihrer schwarzen Begleiter nicht in seinem Blickfeld lag, konnte er am flackernden Widerschein erkennen, dass es neu angefacht worden war. Er lauschte angespannt in die Nacht, aber es blieb still. Als scheuten sich selbst die letzte Zikade, ihr Versteck zu verraten. Wahrscheinlich würde er den Löwen gar nicht hören, falls er heranschlich. Wahrscheinlich würde er erst wissen, was geschah, wenn er den heißen Atem des Tieres spürte.

Er drehte sich zur Seite und zog die Knie an. Wie lang dauerte eine Minute, wenn man um sein Leben bangte? So schnell ihn der Schreck in den Griff genommen hatte, so unvermittelt verflog er und wich einer tiefen Gleichmut, die ihn erlöste von

Angstschweiß und Furcht. Seine Hände waren trocken und seine Atemzüge kehrten zum normalen Rhythmus zurück. In der anhaltenden Stille fielen ihm die Augen zu. Schon am Rand des Schlummers, entflohen seine Gedanken den Fängen der afrikanischen Nacht. Tanjas Bild erschien, wie auf einer Filmleinwand, vor seinen geschlossenen Lidern. Wie konnte es geschehen, dass er den ganzen Tag nicht an sie gedacht hatte? Er musste sie anrufen, sobald sich Gelegenheit dazu ergab. Um ihre Stimme zu hören. Um ihr zu sagen, dass er jedes Wort so meinte, wie er es geschrieben hatte. Es sei denn, der Löwe bekam Appetit auf Menschenfleisch. Dann würde sie nie erfahren, dass sein letzter Gedanke ihr gegolten hatte. Als ob irgendwer auf dieser Welt jemals erfuhr, welcher letzte Gedanke einen anderen zum Ende begleitete…

10. Kapitel

Als sie am Morgen die Augen aufschlug, musste sie gegen den übermächtigen Impuls ankämpfen, sie gleich wieder zu schließen. Die Wirklichkeit ausblenden, die Augen zumachen und weiter schlafen. Wie das kleine Mädchen, das den dunklen Wald fürchtete. Den dunklen Wald, aus dem man nur herausfand, indem man die Augen schloss.

Ihr erstes Kindheitstrauma hieß Fremdheit. Die Augen zu öffnen und Fremdem statt Vertrautem ins Antlitz zu blicken. So wie eben jetzt. Alles um sie herum war fremd. Die weiße Decke, die beige getönten Wände, die braune Borte, die rundum die beiden Mauerfarben trennte. Drei rahmenlose Drucke an der Wand gegenüber, die von Modigliani stammen mochten. Das fahle Morgenlicht, das durch die zugezogenen Vorhänge sickerte. Die Trübsal eines zu frühen Erwachens nach einer zu kurzen Nacht.

Sie fühlte sich, als wäre sie daheim zu Bett gegangen, um in einem fremden Zimmer neben einem fremden Menschen zu erwachen. Sie wagte es nicht, den Kopf zu wenden, um den Mann anzusehen, der ruhig atmend neben ihr schlief. Ein Gefühl schleichender Panik erfasste sie. Ihr Körper spannte sich unter der Bettdecke wie zum Sprung. Wie kam sie bloß hierher? Was war in dieser Nacht mit ihr geschehen?

Sie schälte sich vorsichtig unter der Bettdecke hervor, griff nach der Handtasche am Boden, über die sie fast gestolpert wäre und schlich auf bloßen Füßen aus dem Zimmer. Mit angehaltenem Atem drückte sie die Tür hinter sich ins Schloss. Sie benötigte einige Zeit, um den Lichtschalter im finsteren Zwischenkorridor zu finden. Erst dort fiel ihr ein, dass sie verabsäumt hatte, ihre Kleidung mitzunehmen. Keine günstigen Voraussetzungen für eine Flucht in aller Stille.

Sie ging fröstelnd in das Badezimmer und schlüpfte in Hausschuhe, die ihr um drei Nummern zu groß waren. Auch der Bademantel, den sie schon in der Nacht benützt hatte, passte zu einer weit kräftigeren Statur. Sie steckte die Nase in das flauschige Gewebe und atmete den frischen Waschmittelgeruch, einen Duft alltäglicher Normalität in einem fremden Raum voll fremder Gerüche. Als sie sich umwandte, begegnete sie im Spiegel dem Bild einer verstört wirkenden Fremden. Ein schmales Gesicht, umrahmt von einem Schwall schwarzen Haares, große helle Augen mit dunklen Ringen darunter, ein voller Mund, wie zu einer Frage halb geöffnet. Das kalte Licht der Neonleuchte tauchte das Gesicht in blutleere Blässe.

Sie strich mit einer flüchtigen Handbewegung ihr Haar zurecht. Auf der Ablage unter dem Spiegel stand neben einer Zahnpastatube einzig ein Fläschchen Rasierwasser, das einen Geruch nach fremdem Mann verströmte. In einer gesonderten Halterung steckten Zahnbecher und Zahnbürste.

Der Nachgeschmack der vergangenen Nacht klebte ihr bittersüß am Gaumen. Sie drückte Zahnpasta auf zwei Fingerkuppen und begann ihre Zähne zu putzen. Um den Becher nicht benützen zu müssen, spülte sie den Mund unter dem laufenden Wasserhahn aus. Auf einem Wandbrett lagen kleine Stapel von Hand- und Badetüchern. Sie nahm ein Frotteetuch und legte es auf einen Hocker neben der Badewanne. Alles in dem Raum wirkte so klinisch sauber, als wäre es nie zuvor benützt worden. Alles verriet die Hand eines Menschen, der es gewohnt war, für Übersicht und Ordnung zu sorgen.

Sie hielt vergeblich nach einem Haarföhn Ausschau. Warum sollte ein alleinstehender Mann einen Haarföhn besitzen? Ehe sie in die Badewanne stieg, steckte sie das Haar zu einem Schopf hoch. Sie brachte den Brausekopf in Stellung und ergab sich dem Genuss des warmen Wassers an ihrer Haut. Allmählich hielt das Gefühl, mit ihrem Körper in Einklang zu leben, das sie in kritischen Stunden manchmal verließ, wieder Einzug.

Klarheit des Kopfes und Bewusstheit des Körpers – das Zweigespann des inneren Gleichgewichts. Ihr Kopf sagte ihr unmissverständlich, dass ihr Gleichgewicht gestört war, weil er in der vergangenen Nacht den Einfluss auf ihren Körper verloren hatte. Ihre Erfahrung sagte ihr ebenso unmissverständlich, dass der Weg, der in ein Dilemma führte, um vieles breiter war, als jener, der herausführte.

Während sie sich abtrocknete, bemerkte sie, dass sie hungrig war. Kein Wunder, da sie seit dem ausgiebigen Essens bei Lukas' Mutter keine richtige Mahlzeit zu sich genommen hatte. Sie hüllte sich in den Bademantel und öffnete behutsam die Badezimmertür. Im Korridor verharrte sie kurz, um zu lauschen. Außer dem leisen Summen des Kühlschranks aus der offenen Küchentür war nichts zu hören. Wenn sie in aller Stille verschwinden wollte, bot sich die vielleicht letzte Gelegenheit, unbemerkt an ihre Kleidung heranzukommen. Als ob es etwas an der Situation ändern würde, wenn sie sich ohne ein klärendes Wort von der Bühne der Nacht verabschiedete!

Entschlossen ging sie in die Küche und machte geräuschlos die Tür zu. Die Küche erweckte den gleichen Eindruck von Ordnung und Sauberkeit wie die ganze Wohnung. Es gab alles, was man erwarteten konnte. Einen schmalen Hochschrank, eine Reihe geschlossener Kästchen oberhalb einer breiten Arbeitsplatte, Kochherd, Tiefkühlschrank, Mikrowellenherd und eine Espressomaschine. Wenn man dennoch eher an die Musterküche einer Möbelausstellung dachte, dann vor allem deshalb, weil jene undefinierbare Geruchsmischung fehlte, die sich in einer regelmäßig benützten Küche allen Entlüftungsversuchen trotzend festsetzt.

Sie hätte einiges für einen ordentlichen Espresso gegeben, fürchtete jedoch das Geräusch, das Espressomaschinen verursachen. Einen Augenblick stand sie zögernd vor dem Kühlschrank. Sie konnte ihre Scheu, in einer fremden Wohnung herumzustöbern nur schwer überwinden. Schließlich öffnete sie der Reihe nach die Türen der Oberkästchen. Die meisten Fächer waren zur Hälfte leer. Im letzten Kästchen fand sie Nescafé, Süßstoff und einzeln verpackte Kuchenstücke, alles Zutaten für ein schnelles Frühstück, wie sie selbst es manchmal einnahm, wenn sie in Eile war.

Sie gab Süßstoff in eine Schale mit heißem Wasser aus dem Boiler, rührte zwei gehäufte Löffel Kaffeepulver ein und trug das Getränk zusammen mit den Kuchenstücken zu einem kleinen Tisch vor dem Fenster. Wie nicht anders erwartet, gab es in der Küche keinen Aschenbecher. Sie entschied sich für eine Untertasse als Ersatz und holte die Handtasche mit den Zigaretten aus dem Vorraum.

Vom Küchenfenster an der Rückseite des Hauses reichte der Ausblick über Gärten und Dächer bis zu den herbstbunten Rücken des Wienerwaldes, die von einer grauen Nebelbank in halber Höhe gekappt wurden. Ein vertrauter Ausblick aus einem fremden Raum, ein vertrautes Frühstück in fremder Luft, dachte sie, während sie eine Zigarette anzündete. Wenngleich die Verstörung, die ihr Erwachen einleitete, abzuebben begann, blieb ein Gefühl schwelenden Unbehagen zurück, das ihrem Bestreben, Rechenschaft über die vergangene Nacht abzulegen, nicht eben förderlich war.

Sie fragte sich, wie geschehen konnte, was geschehen war, ohne dass es ihr gelang, ihre verschleierten Erinnerungen zu entwirren. Wenn es einen Schlüsselmoment gab, dann jenen, da sie einem Blick voll tiefer Zärtlichkeit nicht mit angebrachter Zurückhaltung auswich. Als sie ihren Blicken gestattete, einander festzuhalten. Sie hatte fast vergessen, wie klein der Schritt vom ersten zärtlichen Blick zur ersten zärtlichen Berührung sein konnte. Ein berechnender Verführer wäre nicht anders vorgegangen als ihr neuer Liebhaber. Aber er war kein berechnender Verführer. Es war sein sanftmütiges Werben, das sie überwältigt hatte. Seine Zärtlichkeit, die nicht atemlos drängend war, sondern aus einer tiefen, hingebungsvollen Zuwendung kam, überwältigend in ihrer verführerischen Verlockung, sich den sanften Liebkosungen zu überlassen, mit geschlossenen Augen in ihren Wogen zu versinken.

Sie drückte mit einer heftigen Bewegung die Zigarette aus. Ein Schwall frischer Luft strömte herein, als sie das Fenster öffnete. Sie atmete den Geruch von taufeuchtem Laub und Holzrauch, der aus dem Kamin einer benachbarten Villa kräuselte. Was ist bloß los mit dir? dachte sie mutlos. Was war das in der vergangenen Nacht? Ein Schlag in das eigene Spiegelbild in einem dunklen Weiher? Die Revolte einer Enttäuschten? Ein Probelauf in sexueller Freizügigkeit? Der Beginn einer Affäre mit Ablaufdatum? Wahrscheinlich war es alles zusammen, was ihre Gefühle sosehr in Aufruhr versetzte.

Den Kopf in die Hände gestützt, starrte sie bedrückt vor sich hin. Ein paar Augenblicke des Selbstvergessens und sie fand sich unversehens in einer Rolle wieder, an die sie nicht einmal im Traum gedacht hätte. Nichts war heute so wie gestern. Sie konnte sich nicht vorstellen, wie sie es zuwege brächte, Lukas in die Augen zu schauen, wenn er jetzt vor ihr stünde. Sie konnte sich seine Lippen auf ihrem Mund und seine Hände an ihrer Haut nicht vorstellen. Selbst der Gedanke, seine lang vermisste Stimme am Telefon zu hören, erfüllte sie mit Bangigkeit. Als hätte sie seine Abwesenheit dazu benützt, die Bande ihrer Liebe mit einem leichtfertigen Schwerthieb zu durchtrennen.

Sie hatte längst das Fenster geschlossen, als herber Rasierwasserduft ihre Nase erreichte. Sie wandte sich, wie ertappt, um und sah Manuel in der Türöffnung stehen. Er musste schon einige Zeit wach sein. Er hatte sich rasiert und seine wallende Mähne gebändigt. In einen blauen Bademantel gehüllt, den Ausdruck fast jungenhafter Munterkeit im Gesicht, bildete er einen leibhaftigen Widerspruch zu ihrer düsteren Stimmung. Sein Frohsinn weckte einen kalten Zorn gegen seine Ahnungslosigkeit. Sie wusste, dass es so unsinnig war, als wollte man einem

Regenschirm die Schuld am Regen geben. Aber sie konnte nicht anders. Wer nicht selbst schuldig sein wollte, musste Schuldige finden.

Er beugte sich zu ihr herab und drückte einen sanften Kuss auf ihre Lippen. Seine Augen strahlten sie mit unverhohlener Freude an.

»Ich bin so froh, dass du da bist«, sagte er. »Als ich aufgewacht bin, dachte ich schon, du wärst fort.«

Sie war seinen Lippen nicht ausgewichen. Es wäre ihr wie ein lächerlicher Versuch erschienen, die vergangenen Stunden durch eine Kopfwendung auszulöschen. Abgesehen davon, dass seine wärmende Nähe sie versöhnlich zu stimmen begann.

Sie deutete mit dem Kopf nach der leeren Tasse auf dem Tisch. »Wie du siehst, habe ich nur deine Vorräte geplündert«, sagte sie leichthin.

Er warf einen Blick auf den Tisch. »Du lieber Himmel! Das sieht ja nach meinem Notfrühstück aus, wenn ich verschlafen habe. Hättest du etwas dagegen, wenn ich ein ordentliches Frühstück zubereite?«

»Nein, ganz und gar nicht. Kann ich dir helfen?«

»Nicht heute, nächstes Mal.« Er hatte den Kühlschrank geöffnet und inspizierte dessen Inhalt.

Sie fühlte einen Stich in der Brust. Nächstes Mal! Was machte ihn so sicher, dass es ein nächstes Mal geben würde? Sie versuchte vergeblich, sein Gesicht zu sehen. Er hielt es mit einer Beharrlichkeit abgewandt, die Absicht verriet.

»Magst du Ham-and-eggs?«, fragte er in den geöffneten Kühlschrank hinein.

»Mag ich.«

»Toast mit Butter?«

»Mag ich auch.«

Er nahm Eier, Schinken und Butter aus den Kühlfächern und legte alles auf der Arbeitsplatte zurecht. Eine Sekunde lang sah er vor sich hin, als müsste er nachdenken, was er damit anfangen wollte. Dann besann er sich und kam mit drei schnellen Schritten zu ihr, um sie behutsam in die Arme zu schließen.

»Ich habe nicht mehr gewusst, wie wunderbar es ist, aus einem schönen Traum zu erwachen und im Wachsein weiterträumen zu dürfen«, sagte er an ihrem Ohr.

Sie wusste, dass sie sich wehren sollte, aber sie tat es nicht. Wohin sollte das bloß führen, wenn sie sich nicht bald zu einer Klärung aufraffte? Ein schneller Schnitt, und die Angelegenheit war vorbei. Vorbei – für wen? Für ihn, für sie? Sie fühlte sich außerstande, ihn in den düsteren Graben zurückzustoßen, aus dem er eben herausgefunden hatte. Und sie fühlte sich ebenso außerstande, sich selbst vorzumachen, die vergangene Nacht wäre an ihr vorbeigegangen, ohne Spuren zu hinterlassen.

Sie beobachtete ihn, während er mit geübten Handgriffen das Frühstück zubereitete.

»Machst du im Haushalt alles selber?«, fragte sie.

Er war eben dabei, Eier aufzuschlagen. »Nein«, sagte er. »Einmal pro Woche kommt eine Jugoslawin, um sauber zu machen. Eine verlässliche Person und eine gute Köchin obendrein. Oft kocht sie unaufgefordert für mich. Sie erinnert mich an unsere Haushälterin, als ich klein war. Die hat mich auch wie eine Glucke umsorgt.«

»Das haben alleinstehende Männer so an sich, dass sie Glucken magnetisch anziehen. Von mir hättest du nichts zu befürchten.«

Er lachte. »Warum? Kannst du nicht kochen?«

»Doch. Aber mein Ehrgeiz als Heimchen am Herd hält sich in Grenzen.«

»Ich würde dich dennoch sofort heiraten«, sagte er, angelegentlich in einem Keramikgefäß rührend.

Sie musterte ihn unsicher. Hatte er das ernst gemeint? »Gehören Heiratsanträge bei dir zum Frühstück?«, fragte sie mit scherzhaftem Unterton.

»Nur in besonderen Ausnahmefällen«, ging er auf ihren Ton

ein. »Aber es ist mir ernst. Ich würde dich schon morgen heiraten, wenn du ›Ja‹ sagtest.«

Sie war zu betroffen, um zu antworten. Wenn sie es darauf angelegt hätte, die Dinge zu komplizieren, es hätte nicht besser laufen können. Man musste nicht unbedingt fallen, wenn man stolperte. Sie verstrickte sich immer tiefer in die Gefahr, über die eigenen Beine zu fallen, wenn sie sich nicht vorsah.

Das Frühstück nahmen sie im Wohnzimmer ein. Sie redeten nicht allzu viel während des Essens. Er hatte eine ordentliche Portion Schinken mit Ei und einen Stapel Toastschnitten aufgetischt, dazu Erdbeermarmelade und eine große Kanne Tee. Manchmal sah er sie über den Teller hinweg mit einem liebevollen Blick an, der ihr unter die Haut ging. Die Veränderung, die mit ihm vorgegangen war, hätte jeden Unbeteiligten verblüfft. Aus einem gesetzten Mann reiferen Alters, den das Leid des Verlustes gezeichnet hatte, war über Nacht ein Mensch voll erfrischender Lebendigkeit geworden, dessen Körpersprache Beweglichkeit und dessen Augen den Glanz jugendlicher Lebensfreude ausstrahlten.

Er erlaubte ihr nicht, den Tisch abzuräumen. Während er mit einem vollen Tablett in der Küche verschwand, trat sie an die Bücherwand. Die Einrichtung des Wohnzimmers zeigte das gleiche Grundmuster wie die der anderen Räume. Ähnlich dem Arbeitszimmer nahmen verschieden hohe Regale eine ganze Wand ein. Der überwiegende Teil der Bücher trug spanische oder portugiesische Titel. Unter einem überbreiten Fach mit Langspielplatten und Tonbändern teilten sich Stereoanlage, Plattenspieler und Tonbandgerät eine beleuchtete Nische. Daneben stand auf einem Rollwagen ein Fernsehapparat.

Sie wandte ihre Aufmerksamkeit der Schallplattensammlung zu, die durch einen Stapel von Tonbändern zweigeteilt wurde. Der erste Teil bestand aus einer umfassenden Auswahl von Werken aus Barock, Klassik und Romantik. Im anderen, kaum weniger Umfangreichen, reihten sich Alben der Beatles und

Rolling Stones in bunter Folge an Aufnahmen von Oscar Peterson, Luis Armstrong, Ella Fitzgerald und Mahalia Jackson. Den Abschluss bildete eine Longplay von Bill Haley. Die Vorstellung, mit dem noch gestern so förmlichen Doktor Mattes Rock n Roll zu tanzen, erheiterte sie.

Ihr Blick fiel auf ein Regal mit großformatigen Bildbänden. Sie zog ein Werk mit dem Titel ›Spanischer Kolonialbarock‹ heraus und begann darin zu blättern. Beeindruckende Bilder aus fernen Ländern. Die Kathedrale von Quito, eine alte Häuserzeile in Arequipa, Peru, die gut erhaltenen Kolonnaden in einem Ort mit unaussprechlichem Namen, das farbenfrohe Gemälde eines jungen Indio, der, einen prall gefüllten Sack über der Schulter, unter Bananenblättern einen Pfad bergan stieg. Der Indio hatte den nackten linken Fuß – wie beim Treppensteigen – auf eine Stufe gesetzt. Der Fuß hatte sechs Zehen.

Sie hatte Manuel nicht kommen gehört. Sie bemerkte ihn erst, als er sie anredete.

»Gefällt dir das Bild?«

»Es ist wunderschön. Abgesehen davon, dass der arme Bursche am linken Fuß sechs Zehen hat.«

»Du musst ihn nicht bedauern. Der hatte bestimmt nur fünf Zehen an jedem Fuß, wie alle anderen Menschen auch.« Er nahm ihr den Band ab und blätterte zu einer Seite, die das Gemälde eines Indiodorfes zeigte. »Dort gibt es auch keine gelben Tauben«, sagte er, auf das Dach einer Hütte im Vordergrund deutend. »Aber du wirst auf jedem Bild dieses Malers eine gelbe Taube finden und auf jedem Gemälde des anderen einen Menschen mit sechs Zehen an einem Fuß. Diese Bilder stammen von Indios oder Mestizen. Weil ihnen die Spanier das Signieren ihrer Werke verboten haben, erfanden sie diese Form der Signatur.«

»Warst du überall dort?«, fragte sie.

»Nicht überall. Das Bild mit dem Jungen habe ich gesehen. Es hängt in einer Galerie in Arequipa.«

Er stellte den Band an seinen Platz und nahm ihren Arm, um sie zu einer Sitzbank gegenüber der Bücherwand zu führen. Sie setzte sich nicht. Sie blieb schweigend vor ihm stehen.

»Ich muss dir etwas sagen«, brachte sie schließlich mühsam hervor.

Er zog sie mit sanfter Gewalt neben sich auf die Bank.

»Ich muss dir etwas sagen«, begann sie wieder, den Blick auf den Boden geheftet.

»Du musst nichts sagen«, unterbrach er sie behutsam. »Ich weiß, dass es einen anderen Mann in deinem Leben gibt. Eine Frau wie du ist nicht allein.«

Sie hätte Erleichterung empfinden sollen, weil ihr Erklärungen erspart blieben, die sie wie eine schwere Last vor sich hergeschoben hatte. Anstatt dessen fühlte sie sich wie bei einer Lüge ertappt. Anscheinend wog es manchmal schwerer, bei der Wahrheit ertappt zu werden, als bei einer Lüge.

»Wenn du gewusst hast, dass es jemanden gibt, wieso hast du es trotzdem versucht?«

»Weil ich nicht anders kann.« Er wandte ihr mit einem kläglichen Lächeln den Blick zu. »Und weil ich alles dafür geben würde, dich glücklich machen zu dürfen.«

»Wer sagt, dass ich nicht glücklich bin?«

»Dass es einen anderen Mann gibt, heißt noch nicht, dass er dich glücklich macht. Wenn du glücklich wärest, säßest du nicht hier. Das könntest du nicht.«

»Würde es dir nichts ausmachen, wenn ich verheiratet wäre?«, fragte sie.

»Du bist nicht verheiratet. Das hab' ich schon im Spital erfahren. Die Männer haben viel von dir geredet. Du bist ihr erklärter Liebling – aber das weißt du ohnehin.«

»Großartig! Was haben sie dir sonst noch über mich erzählt?«

»Dass dein Freund beruflich etwas mit Technik zu tun hat und viel herumreist. Dass du oft im Spital übernachtest, auch wenn du keinen Dienst hast. Dass Oberarzt Pasterka einmal hinter dir her war. Dass euer Chef dich sehr schätzt, dass alle Schwestern dich mögen…«

Es war ihr in all den Jahren im Spital nicht verborgen geblieben, dass sich die Patienten für das Privatleben ihrer Ärzte interessierten. Sie fragte sich nur, woher sie ihr Wissen bezogen. Da sie keine Vertrauten im Krankenhaus hatte, redete sie dort kaum über ihr Privatleben.

Sie stand auf, um Zigaretten und Aschenbecher zu holen. »Ich bin beruhigt, dass die Männer die Herkunft meines Haarshampoos nicht diskutieren«, bemerkte sie trocken.

In einer Baumkrone vor dem Fenster hatte sich ein Specht niedergelassen. Sein emsiges Pochen klang wie ferner Trommelwirbel. Sie setzte sich wieder und zündete eine Zigarette an.

»Er heißt Lukas«, sagte sie, dem aufsteigenden Rauch nachblickend. »Derzeit ist er in Afrika unterwegs. In ein paar Tagen kommt er zurück. Was dann? Willst du mich mit ihm teilen?« Sie wunderte sich, wie locker ihr die Worte über die Lippen kamen.

Er sah sie nicht an. »Habe ich dich in der vergangenen Nacht mit jemandem geteilt? Der Augenblick lässt sich ebenso wenig teilen wie meine Gefühle. Ich hatte mit allem abgeschlossen, ehe ich dir begegnet bin. Seit gestern lebe ich wieder. An morgen will ich heute nicht denken. Du bist bei mir – das ist alles, was zählt.«

Der Specht hatte sich näher an das Fenster herangearbeitet. Sein Klopfen klang so laut, als hackte er auf den Fensterrahmen ein. Sie wusste, dass sie hätte gehen sollen. Es war bestimmt keine so gute Idee gewesen, zum Frühstück zu bleiben. Sie hätte längst fort sein müssen. Sie hätte seiner Einladung am vergangenen Abend gar nicht erst folgen dürfen. Wenn sie die Zeit hätte zurückspulen können…

Die Zeit zurückzuspulen war ein Griff nach der Vergesslichkeit. Man übersprang den Graben, den man selbst geschaufelt hatte. Sie spürte mit einem Mal, dass sie zu wenig geschlafen hatte. Es war noch nicht zu spät, zu gehen. Aber sie wollt nicht gehen. Nichts zog sie in die Leere ihrer Wohnung. Sie fühlte sich auf unsägliche Weise zerrissen. Gespalten zwischen Erinnerungen an gestern und vorgestern. Was gestern noch undenkbar war, wurde über Nacht zur Wirklichkeit. Sie war über die eigenen Beine in die Arme eines anderen Mannes gestolpert.

»Meinst du, dass das, was wir tun, vernünftig ist?«, fragte sie nach einer Weile mit brüchiger Stimme.

Er lächelte. »Nichts von allem, was ich im Zusammenhang mit dir getan habe, hat auch nur im Entferntesten mit Vernunft zu tun.«

Sie lehnte ermattet den Kopf an seine Schulter. Er war ein so liebenswerter Mensch, dass der bloße Gedanke, ihn zu verletzen, sie schmerzte. Seine Nähe erfüllte sie mit einem Empfinden, von dem sie nicht gewusst hatte, wie sehr sie es vermisste – dem Gefühl liebevoll umsorgt zu werden. Sie fühlte sich auf ungekannte Weise gelöst und entspannt. Seine berührende Fürsorglichkeit hatte sie von Anbeginn bewegt. Sie fühlte Schauer kribbelnder Erregung auf der Haut, wenn sie an die Stunden der vergangenen Nacht dachte, in denen seine überwältigende Gabe, Einfühlsamkeit mit Leidenschaftlichkeit zu verbinden, sie in ein Reich neuer Erfahrungen entführt hatte.

Als erriete er ihre Gedanken, legte er einen Arm um sie. Sie spürte, wie der viel zu weite Bademantel zur Seite glitt und zwei Lippen zärtlich ihre Schulter suchten.

»Muchacha, Muchachita, ich habe so lang auf dich gewartet«, hörte sie ihn murmeln. Einen Wimpernschlag lang stand Lukas' Bild vor ihrem inneren Auge, um zu verblassen, noch ehe es Farbe annehmen konnte. Dann ließ sie sich in einen tiefen See unerschöpflicher Zärtlichkeit fallen.

Manuel hatte es sich nicht nehmen lassen, sie heimzubringen. Als sie die Haustür aufsperrte, war im Fernsehen bereits das Abendprogramm im Gange. Aus Frau Lisyaks Wohnung dröhnte der Apparat mit voller Lautstärke. Sie nahm die Post von der Truhe im Vorraum und blätterte sie durch, während sie die Treppe hinaufstieg. Ein Packen von Zeitschriften und Werbematerial. Werbung für Autos und Dampfkochtöpfe, vor allem aber für Arzneien. Neue Salben, neue Tabletten, neue Spritzen – neue Namen ohne Ende. Alles für das Wohl der Patienten und der Aktionäre der Heilmittelkonzerne.

Im Wohnzimmer legte sie den Packen auf einen Stoß abgelegter Drucksachen, der geduldig darauf wartete, abgetragen zu werden. Sie sah sich im Zimmer um, als argwöhnte sie Veränderungen zu entdecken, die von fremder Hand stammten. Es gab keine Veränderungen. Die weißen Lilien, die Manuel am Samstag abgegeben hatte, strahlten in unverminderter Frische auf dem Tisch. Neben der Vase lag das Billett, das er beschrieben hatte. Das Telefon, der Fernseher, das Tonbandgerät, die Stühle – das gesamte Mobiliar, alles an seinem gewohnten Platz. Es gab keine Veränderungen. Abgesehen von jenen, die ihr verwirrtes Gemüt betrafen.

Das Zimmer roch nach Zigarettenrauch von gestern. Sie öffnete ein Fenster und blickte fröstelnd in den Nebel, der sich mit der Abenddämmerung in den Bäumen eingenistet hatte. In der grauen Brühe zerflossen Lichter und Geräusche zu einer Scheinwelt unergründlichen Ursprungs. Eine Nacht ohne Hoffnung, eine Nacht ohne Sterne.

Sie schloss die Fenster und zog die Vorhänge zu. Der Radiator der Etagenheizung strahlte Wärme ab, die nicht bis zu ihr drang. Sie drehte den Regler bis zum Anschlag und zog einen Stuhl heran. Wenn sie es recht überlegte, hätte es eine Menge zu tun gegeben. Post sichten, Schmutzwäsche sortieren, den Beitrag über eine neue Therapie bei myeloischer Leukämie in einer Fachzeitschrift studieren. Bloß war ihr der Betätigungsdrang abhanden gekommen. Der Tag war gelaufen, wenngleich anders, als sie beim Erwachen gedacht hatte. Man konnte auch sagen, er war aus dem Ruder gelaufen.

Klarheit des Kopfes und Bewusstheit des Körpers – das Zweigespann, das sie für ihr inneres Gleichgewicht brauchte! In Ruhe betrachtet, führte kein Weg an der Tatsache vorbei, dass alle Fragen, die sie sich am Morgen beim Erwachen gestellte hatte, am Abend noch ebenso brennend waren. Es war sinnlos, daran zu rütteln. Von der Klarheit des Kopfes war nicht viel übergeblieben. Irgendwann hatte ihr Körper das Kommando übernommen. Die theoretische Gestern-Frage – was würde ich aus heutiger Sicht anders machen als gestern? – mündete in die lapidare Antwort: weiß nicht. Keine befriedigende Rechtfertigung vor sich selbst, eher eine schmerzliche Erkenntnis, die an ihr altes Problem rührte. Was ihr fehlte, war die leichte Hand für das Leben – und im Besonderen für die Liebe.

Der Heizkörper, dessen Wärme sie gesucht hatte, hatte sich in einen Hitzepol im Blechkleid verwandelt. Sie stellte den Sessel an seinen Platz zurück und füllte an der Anrichte aus einer angebrochene Flasche Valpolicella in ein Kelchglas. Sie nahm die Zigaretten aus ihrer Handtasche, setzte das Glas auf dem Beistelltisch ab und ließ sich in den Fauteuil unter der Stehlampe fallen. Das Lampenlicht brach sich im Wein und malte einen zitternden rubinroten Kringel auf das Tischchen.

Sie zündete sich eine Zigarette an und sah gedankenverloren vor sich hin. Den Wein hatte Lukas aufgemacht, ehe er nach Afrika flog. Da es der letzte gemeinsame Abend für ein paar Tage sein würde, hatten sie beschlossen, ihn daheim zu verbringen. Sie hatte aus vorhandenen Vorräten ein einfaches Abendessen zusammengestellt. Dazu hatten sie vom Valpolicella getrunken. Es war ein ruhiger, trauter Abend geworden, Stunden der Entspannung, die im Gedächtnis verweht wurden von der Erinnerung an nachher, als sie in Lukas' Armen lag.

Sie strich sich mit der Hand über das Gesicht. War das wirklich sie gewesen? Die gleiche Frau, die sich eben aus den Armen eines anderen Mannes gelöst hatte? Die noch dem Geschmack einer anderen Liebe nachhing?

Es dauerte einige Sekunden bis das Läuten des Telefons in ihr Bewusstsein drang. Sie betrachtete starr den Apparat. Der Gedanke, jetzt womöglich mit Lukas sprechen zu müssen, versetzte sie in Panik. Was sollte sie sagen, wenn er fragte, was sie tat, wie es ihr ging? Sie hätte die Wahrheit nicht über die Lippen gebracht und noch weniger den Ozean von Lügen, um die Wahrheit zu verschleiern.

Der Apparat klingelte unerbittlich weiter. Für einen Augenblick erwog sie, das Läuten einfach zu ignorieren. Aber das wäre eine Art von Flucht gewesen. Es brachte nichts, sich der Realität zu verweigern. Wenn man ihr heute auswich, wurde man morgen von ihr eingeholt. Sie hob ab und meldete sich. Ihr fiel ein Stein vom Herzen, als sie Ernas Stimme hörte.

»Wie geht es dir?«

»Danke, danke. Ich bin noch immer satt von dem guten Essen bei dir.«

Erna lachte. »Du musst es nur sagen, wenn du wieder kommen willst. Ich freue mich immer. Was ich fragen wollte – hat Lukas sich bei dir gemeldet?«

»Nein.«

»Nein!« Aus Ernas Stimme klang Ärger. »Irgendwas muss ich bei seiner Erziehung falsch gemacht haben. Er könnte sich wenigstens ab und zu rühren, findest du nicht?«

»Vielleicht ist er in einer Gegend unterwegs, wo es keine Telefone gibt.«

»Vielleicht.« Erna machte eine kleine Pause. »Hast du etwas?«

»Nein – wieso?«

»Ich weiß nicht, du klingst ein bisschen – wie soll ich sagen – mitgenommen.«

»Ich habe einen ziemlich anstrengenden Tag hinter mir«, sagte sie.

Ist nicht einmal gelogen, dachte sie voll Selbstironie, nachdem Erna sich verabschiedet hatte. Es war unzweifelhaft ein anstrengender Tag gewesen, wenn auch in anderem Sinn, als

Erna vermutlich annahm. Sie fragte sich, was sie dazu sagen würde, wenn sie die Wahrheit wüsste. Wie reagierte eine Mutter, die erfuhr, dass ihr Sohn betrogen wurde?

Sie sank bedrückt in den Polstersessel. Sie fühlte sich ohne Unterlass hin- und hergerissen zwischen widersprüchlichen Gefühlen. War das jetzt der Anfang eines Endes oder das Ende eines Anfangs? Die Vorstellung, sich von Lukas zu trennen, alles aufzugeben, was sie über Jahre hinweg mit ihm verband, erschien ihr als düstere Vision eines Sprungs aus einem gesicherten Bereich in ein Abenteuer mit offenem Ende. Sie hatte im Spital oft genug mit den Opfern von Beziehungstragödien zu tun. Männer, die den Verlust bis zur Bewusstlosigkeit in Alkohol ertränkten, Frauen, die Schlaftabletten schluckten, um ihrer Verzweiflung zu entfliehen. Trennung bedeutete Verlust und Verlust brachte den kalten Atem der Endlichkeit mit sich.

Sie trank einen Schluck Wein und zündete eine neue Zigarette an. Sie fühlte sich ausgelaugt wie nach einer schlaflosen Arbeitswoche. Sie musste Abstand gewinnen von den Ereignissen der letzten vierundzwanzig Stunden. Wohin all das auch noch führen mochte, zunächst musste sie Abstand gewinnen.

Von gegenüber glotzte sie der Fernseher mit seinem stumpfen Riesenauge an. Sie schaltete das Gerät ein und geriet in eine lärmende Komödie. Nach drei Minuten hatte sie genug von dem Klamauk. An jedem anderen Abend hätte sie wieder abgeschaltet. Aber dies war kein Abend wie jeder andere.

Sie versuchte es mit dem zweiten Programm, das eine Diskussion zwischen bekannten Politikern brachte. Sie lauschte eine Weile, ohne dass es ihr gelang, dem Gespräch zu folgen. Zurück bei der Komödie, blendete sie, genervt vom Gekreische durchdringender Stimmen, den Ton aus. Die stummen Bilder erinnerten sie an ihre Kindheit. Die alten Stummfilme mit Charlie Chaplin, Stan Laurel und Oliver Hardy, Pat und

Patachon hatten zu ihren Lieblingssendungen gehört. Manchmal war ihr Vater daneben gesessen und hatte mit ihr gelacht. Das war damals gewesen, als Mutter noch lebte.

Sie schaltete den Fernseher ab und ging ins Badezimmer, um Wasser in die Wanne laufen zu lassen. Vor dem Spiegel blieb sie stehen. Ihr Spiegelbild hatte sich seit dem Morgen nicht wesentlich verändert. Es war noch immer das einer Fremden, die zu wenig geschlafen hatte.

In der Badewanne überfiel sie eine nahezu unüberwindliche Müdigkeit. Sie hatte Mühe, die Augen offen zu halten. Der Wunsch nach einem traumlosen Schlaf drohte sie zu überwältigen. Sie schloss die Augen und glitt allmählich in einen zeitlosen Dämmerzustand.

Zunächst wusste sie nicht, ob sie wachte oder schlief, als das Klingeln des Telefons in ihren Dämmerschlaf brach. Benommen stieg sie aus der Wanne und zog den Bademantel über. Sie beeilte sich nicht. Wenn sie Glück hatte, hörte das Klingeln auf, ehe sie abhob. Um diese späte Stunde kamen nur zwei Menschen als Anrufer in Frage: Lukas oder Manuel. Wenn es Lukas war – es machte ihr nichts mehr aus. Sie gähnte mit weit geöffnetem Mund. Wer auch immer so spät anrief – sie fühlte sich gewappnet. Sie musste ihre Stimme nicht erst verstellen, um müde zu klingen. Zu müde, für ein Gespräch mit Inhalt.

Es war Manuel. »Muchacha, habe ich dich aus der Badewanne geholt?«, kam seine wohlklingende Stimme aus dem Hörer.

»Woher weißt du, dass ich in der Badewanne war?«, fragte sie verblüfft.

Er lachte leise. »Das war nur so ein Gefühl. Ich bin bei dir, auch wenn du nicht bei mir bist. Denk an mich, wenn du die Augen schließt. Ich streichle dich in den Schlaf, Muchachita.«

Im Bett, in der Dunkelheit des Zimmers, fielen ihr unverzüglich die Augen zu. Muchachita! Seine sanfte Stimme klang ihr in den Ohren, seine Hände berührten kosend ihre Haut, ein warmer Hauch strich über sie hin und nahm sie mit in die Welt des Vergessens.

11. Kapitel

Das erste, was er am Morgen hörte, war das sanfte Gurren der Buschtauben, vermischt mit leisen Stimmen und dem Geklapper von Geschirr. Im Küchenbereich loderte das Feuer auf Sparflamme. Eine dünne Rauchfahne kroch durch die graue Dämmerung in Richtung Fluss. Rötlicher Morgenschimmer am östlichen Horizont kündigte den Tagesanbruch an.

Sofern ihn die Erinnerung nicht trog, hatte er die ganze Nacht tief und traumlos geschlafen. Sicher konnte er sich dessen nicht sein. Oftmals meldeten sich Traumbilder erst Stunden nach dem Erwachen zurück. Dann tauchten unvermittelt Szenen aus dem Nichts hervor, wie Erinnerungen an ein anderes Leben. Viele seiner Träume waren so wirklichkeitsnah, dass ihm manchmal schwer fiel, sie von realen Erlebnissen zu trennen. Vergebliches Warten auf das nächste Flugzeug, der lockende Atem einer begehrenswerten Frau, Verlorenheit in einer grauen Einöde. Man konnte sich die Träume nicht aussuchen.

Er öffnete den Reißverschluss des Moskitonetzes und tastete nach den Clarks. Wenn Sloop nicht übertrieb, zeigten besonders Skorpione Interesse an leeren Schuhen, wogegen die spannenlangen, fingerdicken Tausendfüßler gern in nackte Zehen bissen. Er klopfte die Schuhe aus und zog sie an, ehe er die Füße auf den Boden setzte.

Im Küchenbereich waren Jakob und Simon mit der Zubereitung des Frühstücks beschäftigt. Sie hatten einen Teekessel in das Feuer gestellt und hantierten mit Dosenöffner und Messern. Tambe und die beiden anderen Männer tranken, abseits unter einer Tamarinde stehend, aus Blechnäpfen Tee. Unweit des Feuers hockte Peter wie ein brütendes Huhn am Boden, in das eingehende Studium im Sand verteilter tierischer Fährten vertieft.

»Gut geschlafen?«, erkundigte er sich, ohne den Blick zu heben. »Wir hatten Besuch heute Nacht.«

»Das war nicht zu überhören«, sagte Lukas.

»Du meinst den Löwen? Der war ein ganzes Ende weit weg. Schau her.« Er deutete auf einen Abdruck im Sand. »Unser Leopard hat uns den üblichen Protestbesuch abgestattet. Dem passt es nicht, wenn wir in sein Revier eindringen. Und das war eine Hyäne«, fügte er, auf eine andere Spur weisend, hinzu.

Lukas konnte keinen Unterschied zwischen den Abdrücken erkennen.

»Du musst genau hinschauen. Die beiden Spuren unterscheiden sich nur durch diese kleine Delle hinter den Zehen.«

Währen Lukas sich rasierte, versuchte er sich einen Leoparden vorzustellen, der missmutig an dem Moskitonetz schnüffelte, unter dem er ahnungslos schlief. Hyänen und Leoparden am Bettrand – eine hübsche Idee für einen TV-Thriller, bei dem die Zuseher, den Mund voll Popcorn, unter wohligen Schauern die Sicherheit ihrer vier Wände genoßen.

War er überhaupt in Gefahr gewesen? Aus zeitlicher Nähe betrachtet, schrumpften Gefahren zusammen. Mit zunehmendem Abstand neigten sie zu unkontrolliertem Wachstum.

Er musste an eine Bergtour im Venediger-Gebiet denken, als in der Türkischen Zeltstadt eine Schneebrücke unter ihm wegbrach und er, am Seil über einer Gletscherspalte hängend, in die grün schillernde Tiefe blickte, die sich nach unten verjüngte, begierig ihn aufzunehmen und zu verschlingen. Seine beiden Bergkameraden hatten ihn herausgezogen und danach hatten sie eine kurze Rast eingelegt und jeder hatte einen Schluck aus der Schnapsflasche genommen und keiner hatte viele Worte verloren über eine Panne, mit der jeder rechnen musste, der sich ins Eis wagte. Erst nachts, in der Geborgenheit der Berghütte und in manchen Nächten nachher hatte ihn der Schreck aus dem Schlaf gerissen, als hinge er eben jetzt über dem dämmerigen grünen Abgrund, aus dem kein Weg heraus führte.

Als er sich zu Peter an den Frühstückstisch setzte, vergoldeten die ersten Sonnenstrahlen die Savanne. Unter dem dunklen Dach der Tamarinden sitzend, blickten sie wie aus einem abgedunkelten Zuschauerraum auf die riesige, hell beleuchtete Arena der Savanne. Eine Herde von Gnus hielt eben Einzug. Sie trafen in kleinen Grüppchen ein, lässig einher schlendernd, manchmal kurz verharrend, um zu grasen, langsam weiterziehend, schließlich zu einer Herde zusammenrückend, als sammelten sie sich zu einem gemeinsamen Vorhaben. Ein paar Außenseiter lösten sich aus der Menge und begannen in wilder Jagd im Kreis zu galoppieren. Zwischendurch hielten sie an, vollführten groteske Bocksprünge oder drehten sich wie betrunken um die eigene Achse, wobei ihre weißen Bärte wie Wimpel im Wind flatterten. Mit dem großen Kopf und dem kurzen Hals, der fließend in den nach hinten abfallenden Rücken überging, sahen sie aus wie eine mutwillige Kreuzung zwischen Rind und Esel.

Peter, der sich mit sichtlichem Genuss dem ausgiebigen Frühstück widmete, hielt plötzlich inne, um mit der Gabel nach dem Waldrand zu deuten. »Schau mal, wer da kommt«, sagte er. »Charly und seine Damen.«

Lukas wandte sich um und erblickte ein Löwenrudel, das der Schattengrenze am Waldrand folgend, näher kam. Vorneweg schritt der Herr des Rudels, ein gewaltiger Bursche mit einer dichten, dunklen Mähne. Vier Löwinnen kamen in kurzem Abstand hinterher.

»Die wissen längst, dass wir hier sind«, sagte Peter kauend. »Sonst würden sie nicht ständig herüberlinsen. Aber im Schatten können sie auch nicht viel mehr erkennen als unsereins. Das macht sie unsicher.«

Tatsächlich hielten die Löwen den Kopf beharrlich dem Camp zugekehrt. Für die Gnuherde zeigten sie keinerlei Interesse. Desto größer war die Aufmerksamkeit, welche die Gnus den Löwen schenkten. Die herumtollenden Tiere hatten sich wieder in die Herde eingegliedert. Hunderte von blaugrauen Gesichtern mit weißen Bärten starrten regungslos in die Richtung der nahenden Gefahr. Mit einem Mal geriet die graue Masse in Bewegung und setzte zu einem gemäßigten Trab in die offene Savanne an.

»Wenn die Löwen hungrig wären, hätten die Gnus längst die Flucht ergriffen«, sagte Peter, mit Blicken der davon trabenden Herde folgend. »Um deine Frage vorwegzunehmen: woran sie erkennen, ob die Löwen hungrig sind oder nicht, weiß keiner so genau. Bei Leoparden kennt man sich gleich aus. Schwanzquaste hoch bedeutet Gefahr, Schwanz unten Entwarnung.«

Tambe lehnte, das Gewehr in der Hand, an einem Baumstamm und beobachtete aufmerksam das abziehende Löwenrudel. Auch die vier anderen Männer, die bereits mit dem Abbruch des Camps begonnen hatten, schenkten den Löwen mehr Beachtung als ihrer Beschäftigung. Man merkte ihnen an, dass sie lieber anderswo gewesen wären.

»Wir brechen in zehn Minuten auf, okay?« Peter schob seinen leeren Teller zurück. »Du musst deine Tasche packen. Wir verbringen die Mittagszeit in einem Zwischenlager.«

Lukas brauchte nicht lang zum Packen. Er legte den Toilettenbeutel obenauf und schloss den Reißverschluss. Vom Fluss her schlug der laute Schrei eines Fischadlers an sein Ohr. Er hängte das Feldglas um den Hals und trat an den Steilabbruch, eben als sich der große schwarz-weiße Vogel nach einem neuerlichen Schrei mit rauschenden Schwingen in die Lüfte hob.

Während das Schwemmland am jenseitigen Ufer in hellem Sonnenschein leuchtete, lag der Fluss selbst noch in tiefem Schatten. Das saftig Grün der Bäume und Sträucher von drüben spiegelte sich auf dem träg dahin fließenden schwarzen Wasser in den unscharfen Konturen eines von leichter Hand hingemalten Aquarells. Von Flusspferden oder Krokodilen war weit und breit nichts zu sehen. Einzig eine kleine Herde von Büffeln, die drüben in Ufernähe im graste, belebte das Bild.

Die Atmosphäre tiefen Friedens umfing ihn wie wärmende Sonnenstrahlen. Der ewige Traum von einer Welt in Ruhe und Gleichklang schien vor seinen Augen zum Leben erwacht. Ein Paradies ohne Dornen, eine Szene aus dem Reich unerfüllbarer Wünsche. Er musste sich nicht umwenden, um in die herbe Realität zurückzufinden. Die Kehrseite des Paradieses, das war der Ruf des Fischadlers und das Brüllen der Löwen in dunkler Nacht. Die Kehrseite, das waren die unabänderlichen Gesetze allen Ursprungs, die keinen Freund kennen und keinen Feind, nur den Überlebenskampf, der mit dem ersten Atemzug beginnt und mit dem letzten Schrei endet.

Das Camp war nahezu abgetragen, als sie aufbrachen. Kalos trat eben die letzte Glut des Feuers aus, nicht ohne misstrauische Blicke in die Richtung, wo das Löwenrudel verschwunden war. Sie zogen zunächst durch den Tamarindenwald stromaufwärts bis zu jenem Flüsschen, welches das Wasser für das Lager geliefert hatte. Selbst die Bezeichnung Flüsschen war für das dürftige Gerinne in dem breiten, trockenen Flussbett eine Übertreibung. Die Wassertiefe reichte gerade aus, dass zwei ausgewachsenen Krokodile, die sich auf einer Sandbank gesonnt hatten, untertauchen konnten.

»Ich hätte nicht geglaubt, dass es in diesem seichten Rinnsal Krokodile gibt«, sagte Lukas, während sie dem Flussbett folgten.

Peter deutete nach vorn, wo auf einer Sandbank eine kleinere Echse mit weit geöffnetem Rachen ein Sonnenbad nahm. »Wo es Wasser gibt, gibt's Crocs, davon kannst du ausgehen. Viel oder wenig Wasser – das spielt keine Rolle. Im Gegenteil. Je weniger Wasser, desto reicher die Beute. Da brauchen sie nur zu warten, bis sich ihre durstigen Opfer an der Tränke drängen.«

Der knirschende Sand unter ihren Sohlen deutete darauf hin, dass der Uferbereich während der Regenzeit überflutet wurde. Nach etwa einer halben Stunde kamen sie zu einer Stelle, wo ein quer im Flussbett liegender angeschwemmter Baumstamm ihnen ermöglichte, trockenen Fußes das jenseitige Ufer zu erreichen.

Sie rutschten die steile Uferböschung hinunter und balancierten auf dem Stamm über das Rinnsal. Das andere Ufer lag um einiges höher, sodass sie von dem Anblick, der sich ihnen bot, überrascht wurden. So weit der Blick reichte, dehnte sich eine kahle, kohlschwarze Fläche vor ihnen aus. Der Steppenbrand, der kürzlich hier wütete, hatte keinen Halm verschont. Eine dünne Schicht von Ruß und Asche auf dem verbrannten Boden erstickte jede Hoffnung auf Spuren von Überleben.

Sie gingen nebeneinander einher, mit jedem Schritt kleine Aschewolken aufwirbelnd. Peter hielt auf zwei Affenbrotbäume zu, die in einiger Entfernung in das Himmelsblau ragten.

»War das ein gelegter Brand?«, erkundigte sich Lukas.

Peter schüttelte den Kopf. »Bestimmt nicht. In dieser Gegend war seit mehr als zwei Wochen niemand unterwegs. Entweder war es Selbstentzündung oder Blitzschlag. Vor ein paar Tagen hat uns eine Gewitterfront gestreift. Das würde hinkommen, wenn man sich die Brandreste anschaut.«

»Wieso kannst du so sicher sein, dass niemand hier war?«

»Weil ich über die Routen unserer Safarigruppen Bescheid weiß. Und für Einheimische gibt's keinen Grund, meilenweit von ihren Dörfern im Reservat herumzulaufen.«

Sie kamen an einem angekohlten Tiergerippe vorbei. Die Rippen des fast intakt gebliebenen Brustkorbs stachen mit weißen Spitzen aus dem schwarzen Boden hervor wie die Finger beschwörender Hände.

»Das war wahrscheinlich ein junges Wasserbockweibchen«, sagte Peter, die verstreut liegenden Knochen musternd. »Die Knochen lagen jedenfalls schon da, als das Feuer ausbrach.«

»Vorhin im Camp hast du den vorbeiziehenden Löwen Charly genannt. War das ein Scherz, oder tauft ihr die Tiere wirklich?«, fragte Lukas im Weitergehen

»Wir geben den Löwen Namen. Das erleichtert die Kontrolle. Einerseits müssen wir jederzeit über den aktuellen Bestand Auskunft geben können, andrerseits helfen die Namen beim

Informationsaustausch innerhalb unserer Mannschaft. Wenn von Charlys oder Tonis Revier die Rede ist, weiß jeder im Basislager, um welche Gegend es sich handelt.«

Lukas blickte um sich. »Ich könnte damit nicht viel anfangen. Wenn du mich jetzt hier allein zurückließest – ich hätte keine Ahnung, wie ich zum Basecamp finde. Es muss von, hier aus gesehen, im Osten liegen – oder?«

»Ziemlich genau im Osten«, bestätigte Peter.

»Und wie lang würde man brauchen?«

»Vier, fünf Stunden, wenn man es eilig hat. Wir haben einen weiten Bogen geschlagen. Wenn wir den Halbkreis morgen abends schließen, sind wir im Basislager.«

Ein breiter Streifen Schwemmsand, der zu einem flachen, ausgetrockneten Gerinne gehörte, beendete den schwarzen Spuk so unvermittelt, wie er begonnen hatte. Tambe, der die ganze Zeit schweigend neben ihnen hertrabte, meldete sich zu Wort.

»Rhinos«, sagte er.

Man benötigte seinen Adlerblick, um die Tiere nicht zu übersehen. Lukas setzte das Fernglas an und entdeckte zwei Nashörner am Fuß einer mit lockerem Busch bewachsenen Bodenwelle. Sie standen einander reglos wie Statuen gegenüber, Horn an Horn, als wären sie mitten in einem Gedankenaustausch eingeschlafen. Ihre Haltung erinnerte an die aus Holz geschnitzten Nashornpaare, die man in jedem Souvenirladen um ein paar Dollar kaufen konnte.

Zwei nahe dem Kamm eines flachen Hügels aus dem Boden ragende Affenbrotbäume entpuppten sich, aus der Nähe betrachtet, als Ehrfurcht gebietende Riesen. Mit Stämmen von gut zwei Metern Durchmesser und ihren bizarren Verzweigungen, schlossen sie jede Verwechslung mit anderen Gewächsen in Busch und Wald aus.

Während Tambe Vorbereitungen für den obligaten Tee traf, machten es sich Lukas und Peter im Halbschatten der Baobabs bequem. Den Rücken an einen Stamm gelehnt, blickte Lukas nach oben. Die untersten Äste hätten sich mit dem Stamm einer hundert Jahre alten Tanne in einem Tiroler Hochwald messen können.

»Wie kommt das zustande,« fragte er, auf einen entrindeten Ast weisend, der an der Unterseite spiegelblank poliert war.

Ein gelber Vogel, der aussah wie ein Kanarie mit gekrümmtem Langschnabel, hatte sich im Geäst niedergelassen und trällerte seinen melodischen Gesang in den Himmel.

»Elefanten«, sagte Peter. »Alle reiben ihre Rücken an dem gleichen Ast. Sie könnten sich auch an diesen oder an dem da reiben«, er deutete auf andere Äste. »Aber nein – es muss der eine sein. Bis er so dünn wird, dass sie sich einen anderen suchen müssen.«

Sie hielten die Teepause kurz. Peter klopfte seine Pfeife in den Rest des Feuers aus, das Tambe zum Teekochen angefacht hatte und trat die Glut sorgsam bis zum letzten Funken aus. Vom Kamm des Hügels reichte der Blick über welliges Gelände bis zu einem fernen dunklen Streifen am Horizont, der den Saum eines ausgedehnten Waldgebietes ankündigte. Direkt vor ihnen dehnte sich im Sonnenlicht nach allen Seiten gelbe Steppe aus, da und dort durchsetzt von graugrünen Buschinseln. Etwa auf halbem Weg zum Wald wurde das Gelb an einer wie mit dem Lineal gezogenen Linie von frischem Grün abgelöst.

»Da ist das Gewitter niedergegangen«, sagte Peter. »Ziemlich früh heuer, die Vorboten der Regenzeit. Ihr werdet Schwierigkeiten bekommen mit den Brückenbauten.«

»Zum Glück ist das nicht mein Problem«, sagte Lukas.

Peter sah ihn von der Seite an. »Kennst du überhaupt Probleme?«

Lukas widerstand der Versuchung, die unerwartete Frage postwendend zurückzugeben.

»Wie meinst du das? Wer keine Probleme hat, ist blöd oder tot«, sagte er.

Peter gab ein kehliges Lachen von sich. »So kann man es auch sehen. Du machst den Eindruck, als könntest du alles wegstecken, ohne mit der Wimper zu zucken.«

»Tue ich das? Das liegt wahrscheinlich an meinen Wimpern.«

»Nein – im Ernst. Ich hatte schon Kunden, die ziemlich blass geworden sind, wenn ein Löwe vor ihnen auftauchte.«

»Vielleicht bin ich auch blass geworden. Ich hab' nicht in den Spiegel geschaut.«

Sie waren an einer terrassenähnlichen, von Büschen durchsetzten Geländestufe angelangt. Bisher war es nahezu windstill gewesen. Ein plötzlicher Windstoß brachte Bewegung in die Landschaft. Unweit von ihnen löste sich eine Spirale aus Staub und Sand vom Boden, um in immer schnelleren Drehungen zu einem braunen, turmhohen Kegel anzuwachsen, der, Blätter und Grasbüschel mit sich reißend, leichtfüßig auf der Spitze bergan tanzte.

»Matata«, sagte Peter, während sich zwei kleinere Windhosen vom Boden lösten und der ersten nacheilten

»Was heißt Matata?«

»Frag Tambe«, sagte Sloop.

Tambe rückte verlegen sein Käppchen zurecht. »Matata – das ist böser Geist aus der Erde. Ahnen sagen, das ist schlimmes Zeichen.« Er verzog das Gesicht zu einem verlegenen Grinsen.

Sie ließen Tambe voran schreiten. Als er außer Hörweite war, sagte Peter: »Schau ihn dir an! Er kann mit dem Funktelefon umgehen und einen Jeep fahren. Vom Aberglauben kommt er nicht los. Böse Geister, der Fluch der Ahnen – das spukt in ihren Köpfen herum, selbst wenn sie vor dem Fernseher sitzen.«

Es war heiß geworden. Die Glut schien aus allen Richtungen zu kommen, nicht allein vom wolkenlosen Himmel, von dem eine gnadenlose Sonne ihre Strahlen herabschoss. Peter schob die Hand unter die Hutkrempe, um sich an der Stirn zu kratzen.

»Weißt du«, sagte er nachdenklich, »das Merkwürdige ist, dass dir auf diesem Kontinent Dinge begegnen, für die du keine vernünftige Erklärung findest. Ein Freund in Togo hat mich vor

Jahren zu einer Voodoomesse mitgenommen. Das ganze fand am Stadtrand von Lome statt, unter einer kahlen Laube aus verkrüppelten Hölzern, die zu einem ebenerdigen Häuschen gehörte. In dem Häuschen waren zwei Räume beleuchtet. Im ersten stand eine Art Altar, voll gestopft mit allem möglichen Ramsch – Bilder, Stoffpuppen, bunte Gipsfiguren. Draußen baumelten ein paar nackte Glühbirnen vom Laubendach, darunter machten fünf Männer Musik. Sie trommelten auf leeren Ölfässern und schlugen Eisenstangen aneinander. Du ahnst nicht, was da an Klängen und Rhythmen herauskommt. Im Vordergrund stampften ein paar zumeist ältere Frauen unter ekstatischen Schreien mit bloßen Füßen den Takt in den Staub. Was weiter im Hintergrund vorging, konnte man nicht sehen. Ein Großteil der Laube lag im Dunkeln. Nach den vielstimmigen Rufen und den im Finstern aufglimmenden Zigaretten denk ich, dass sich dort an die hundert Menschen aufgehalten haben.«

Der Wind war so plötzlich eingeschlafen, wie er erwacht war. Das Krachen berstender Äste unterbrach Sloops Erzählung. Rechter Hand stieg das Gelände zu einem spitzen Kegel an. In einer grauen Insel von Buschwerk und Schirmakazien auf halber Höhe hielt eine kleine Elefantenfamilie Brotzeit. Einer der Dickhäuter brach eben einen armdicken Ast von einem Akazienbaum.

»Für drei maulvoll Blätter reißen sie ganze Bäume nieder«, bemerkte Peter, hinauf blickend. »Wenn wir ihnen beibringen könnten, mit dem Futter ökonomischer umzugehen, fänden doppelt so viele von ihnen hier ausreichend Nahrung. Aber weshalb sollten sie klüger sein als wir Menschen?«

Sie hatten sich einer Bodenwelle genähert, die den Blick in die Ferne abschnitt. »Wo war ich stehen geblieben?«, fing Peter wieder an. »Ach ja. Diese Voodoomesse hatte nichts mit den Veranstaltungen zu tun, die du in Lome an jedem Sonntag im Fußballstadion besuchen kannst. Das ist Show für die Touristen.

Hier waren Freund Sascha und ich die einzigen Weißen unter lauter Schwarzen. Dass wir geduldet wurden, hatten wir Marielle zu verdanken, Saschas einheimischer Freundin. Als wir hinkamen, stand die Voodoopriesterin in der Tür des Häuschens. Eine imposante Erscheinung, sicher zwei Meter groß und gut hundertdreißig Kilo schwer. Sie war ganz in weiß gekleidet. Auch der hohe Turban auf ihrem Kopf war weiß. Als sie aus dem Haus trat, musste sie sich bücken, um nicht gegen den Türrahmen zu stoßen. Marielle hatte mir geraten, eine Flasche Gin als Gastgeschenk mitzubringen. Nach der Begrüßung überreichte ich der Priesterin die Flasche. Sie öffnete den Schraubverschluss, spritzte einen Schuss Gin in die Gegend und nahm dann selber einen kräftigen Schluck. Der verspritzte Gin war für die Ahnen, wie Marielle uns später erklärt hat.«

Tambe war auf dem Kamm der Bodenwelle stehen geblieben. Er wechselte ein paar Worte in seiner Sprache mit Peter und setzte sich wieder in Bewegung.

»Er wollte wissen, ob wir den direkten Weg zum Lager nehmen«, sagte Sloop. »Wir machen einen kleinen Umweg. In dieser Gegend bin ich kürzlich auf die größte geschlossene Elefantenherde gestoßen, die mir jemals untergekommen ist. Mehr als hundert Stück. Gut möglich, dass sie nach dem Regen noch nicht weitergezogen sind.«

Von der Höhe der Bodenwelle betrachtet, schien die grüne Savanne zum Greifen nahe. »Du darfst mir glauben, dass ich schon einige Rituale im Kreis meiner schwarzen Freunde miterlebt habe«, fuhr Peter fort. »Aber diese Voodoomesse hatte es in sich. Wir sind zwischen den Einheimischen auf umgedrehten Kisten gesessen und haben den Frauen bei ihrem ekstatischen Tanz zugesehen. Warst du schon einmal dabei, wenn ein Mensch in Trance fällt? Nein? Wenn du das zum ersten Mal siehst, kriegst du die Gänsehaut. Ein verzerrtes, schweißüberströmtes Gesicht, das blanke Weiß verdrehter Augen, Schaum vor den Lippen, wilde Zuckungen eines außer Kontrolle geratenen

Körpers, unartikulierte Schreie… Zwei der Tanzenden sind fast zur gleichen Zeit in Trance verfallen. Andere Frauen sind hingelaufen, um die Wankenden aufzufangen. Als erstes nehmen sie ihnen Ringe, Armreifen und Halsketten ab. Angeblich droht von jedem Stück Metall am Körper Gefahr, wenn man in Trance fällt. Ich hab mich vor allem für die Tanzenden interessiert. Wie ich mich im Hof umschau, sehe ich einen Sandhaufen in einer halbdunklen Ecke. Und aus dem Sand ragen reglos zwei menschliche Beine. Das musst du dir einmal vorstellen! Die schwüle Nachtluft, das trübe Licht, diese mitreißenden, metallischen Rhythmen, der Geruch von Schweiß, billigem Parfum und billigen Zigaretten, und dann das! ›Liegt da eine Leiche?‹ frage ich Marielle leise. Die wendet sich ungerührt an einen zahnlosen Alten neben ihr. ›Das ist meine Freundin Natina‹ sagt sie, nachdem sie ein paar Worte mit ihrem Nachbarn gewechselt hat. ›Ist sie tot?‹ frage ich entsetzt. Marielle schaut mich mit großen Augen an. ›Tot? Sie hat sich eben mit dem Schlangengott vermählt. Morgen sitzt sie wieder hinter der Kassa im Supermarkt von Mako. Sie hat übrigens eine wunderschöne Stimme. Wenn du sonntags in die Messe gehst, kannst du sie im Kirchenchor singen hören.‹«

»Gibt's das wirklich?«, fragte Lukas kopfschüttelnd. »Ich hab solche Erzählungen immer für Märchen gehalten. Wie lang ist sie unter dem Sand gelegen?«

»Ich weiß nicht, mindesten zwanzig Minuten. So wie sie die Beine zu bewegen begonnen hat, haben ihr zwei ältere Frauen geholfen, aus dem Sandhaufen herauszukriechen. Die beiden mussten sie die paar Schritte bis zum Haus stützen, sonst wäre sie hingefallen. Ich sag dir – ein bejammernswerter Anblick. Halb geschlossene Augen, schweißverklebtes Haar, der ganze Körper mit Sandkörnern bedeckt. Eine Weile später kommt ein hübsches, junges Ding aus dem Haus. Rot geschminkte Lippen, Wimperntusche, ein duftiges buntes Kleid. Sie marschiert geradewegs auf Marielle zu, um ihr einen Kuss auf die Wange zu drücken. ›Natina, darf ich dir meine Freunde vorstellen ?‹ sagt Marielle und deutet auf uns.«

»Wenn mir daheim jemand diese Geschichte erzählt, hätte ich Schwierigkeiten, ihn ernst zu nehmen«, sagte Lukas.

»Damit bliebst du nicht allein. Ich hab' eine Menge nachgelesen über Voodoo. Viel konnte ich nicht anfangen mit den gescheiten Erläuterungen und Deutungen. Eine Erklärung dafür, wie jemand, unter Sand vergraben, eine halbe Stunde überleben kann, fand ich nicht. Aber wo steht geschrieben, dass es für alles Erklärungen geben muss? Wer weiß, vielleicht fange ich in zwanzig Jahren an, mich zu fragen, ob ich das alles erlebt oder nur geträumt habe.«

Tambe, der voranging, nahm das Gewehr von der Schulter, als sie die frische Grünfläche erreichten. Die breiten Grashalme reichten Lukas fast bis zu den Knien. Überall streckten bunte Blüten ihre Köpfe aus dem saftigen Grün. Manche sahen wie Krokus aus, andere wie Zyklamen, wieder andere wie heimische Hyazinthen. An Büschen und Sträuchern sprossen Blattknospen, bereit aufzuspringen und sich zu entfalten. Wie daheim im Frühling, dachte Lukas, wenn man von den Zebras und Topiantilopen absah, die in sicherer Entfernung in der grünen Flut grasten.

Peters letzte Bemerkungen hingen ihm nach. Es gab sicher genug Unerklärliches, n o c h Unerklärliches. Das heute noch Mystische, das morgen schon Binsenweisheit sein mochte. Der Schritt vom Nichtwissen zum Wissen war nie kleiner gewesen als in der Gegenwart. Das Streben, das Unerforschte bis an die Grenzen des Unerforschlichen zu verfolgen, bestimmte den Geist der Zeit.

Sie näherten sich einem ausgetrockneten Flussbett, das sich in weitem Bogen durch die Savanne schwang. Der Regen hatte schlammige Pfützen am Schottergrund hinterlassen. Auch das Buschwerk, das da und dort zwischen dem Geröll aus dem Boden wuchs, trug frisches Grün. Tambe blieb abrupt stehen und duckte sich. Aber es war zu spät. Die beiden Löwen im Flussbett hatten sie bereits bemerkt. Im Schatten eines Busches hingestreckt, waren sie zunächst selbst Tambes Adleraugen entgangen. Nun hatten sich die beiden Tiere erhoben und blickten unverwandt zu den Menschen herüber.

Durch das Fernglas betrachtet, schrumpfte der Abstand von ihnen auf Reichweite. Lukas presste die Lippen aufeinander. Die Löwen waren von atemberaubender Schönheit. Dichte, haselnussbraune Mähnen, ein wachsamer Blick aus Bernsteinaugen, ein schimmerndes glattes Fell, unter dem sich die gespannten Muskel abzeichneten – jeder Zentimeter Ausdruck von Kraft und Wildheit.

»Dürften Brüder sein«, sagte Peter, durch das Fernglas blickend. »Um bei ihrer Mutter zu bleiben, sind sie schon zu alt, für ein eigenes Rudel noch zu jung. Also ziehen sie rastlos im Land herum und machen Ärger. Vor denen nimmt man sich besser in acht. Sind höchst unberechenbar, diese Halbstarken.«

Die Halbstarken schienen es darauf angelegt zu haben, Peter zu widerlegen. Sie wandten sich gleichmütig ab und entfernten sich im Flussbett in langsamen Trab, ohne einen Blick zurück.

Der Weg bis zum Saum des Waldes zog sich in die Länge, ähnlich den letzten hundert Metern vor einem Berggipfel. Einmal scheuchten sie ein Dikdikpärchen auf, das Haken schlagend in Panik davonjagte. Diese Kleinsten aller Antilopen sahen aus wie zu groß gewachsene Hasen mit zu klein geratenen Ohren. Ein andermal stelzte ein Sekretärvogel gravitätisch zur Seite, wobei der Federschopf, dem der Vogel seinen Namen verdankt, lustig im Takt der Schritte wippte. Dass sich hinter der Maske der Biederkeit ein gnadenloser Räuber verbarg, war die wohl letzte Erfahrung seiner Opfer.

Zartes Grün überzog die Gewächse des Buschwaldes wie ein feiner Nebelschleier. Lukas stand staunend vor einem entwurzelten Baumriesen. Das gewaltige Wurzelgeflecht, in dem sich allerlei Krabbelgetier eingenistet hatte, war von der Sonne weiß gebrannt. Tiefe Risse im Holz wiesen auf die fortgeschrittene Austrocknung hin. Aus den verbliebenen Aststummeln wucherten in ungezügeltem Wachstum pralle Blätterknospen.

Peter redete mit Tambe, während beide Savanne und Waldrand mit dem Fernglas absuchten.

»Kein Elefantenrüssel weit und breit«, sagte Peter verdrießlich. »Vielleicht haben wir am Nachmittag mehr Glück.«

Zu den wenigen afrikanischen Raubtieren, von denen Peter behauptete, dass sie Menschen niemals angreifen, gehörten neben Geparden, die Hyänenhunde. Es war ein Rudel von vierzehn Stück, auf das sie in einer Einbuchtung des Waldsaumes stießen. Dass Lukas den Anblick der hochbeinigen, kräftigen Tiere mit dem braun-schwarz gefleckten Fell nicht eben als Vertrauen erweckend empfand, mochte an dem Umstand liegen, dass sie keinerlei Scheu vor den Menschen zeigten. Sie standen reglos da, die breiten Köpfe mit den stumpfen Schnauzen und den runden Hyänenohren nach den Eindringlingen ausgerichtet, ohne Anstalten zum Rückzug zu machen.

Tambe, der ein paar Schritte voraus war, legte die Hände um den Mund und brachte ein kläffendes Bellen hervor, das die Tiere nicht einmal veranlasste, mit den Ohren zu wackeln. Er versuchte es ein zweites Mal mit demselben Misserfolg.

»Sie werden dich beißen«, lachte Peter.

»Hunde beißen mich nicht«, grinste Tambe. »Hunde mögen mich, weil ich kann bellen in jede Hundesprache.« Er lachte so laut, dass die Hyänenhunde ihre großen Lauscher wölbten.

Die Sonne näherte sich dem Zenit, als sie nach einem Hürdenlauf zwischen mannshohen Termitenbauten im Camp eintrafen. Es lag im Schatten eines Wäldchens aus Merula- und Mopamibäumen am Ufer des Kasamanya, eben dort, wo das ausgetrocknete Flussbett einmündete, das sie durchquert hatten. Obwohl es sich um ein Zwischenlager handelte, unterschied es sich nur wenig vom Nachtlager. Was fehlte, waren das Moskitonetz über dem aufgeschlagenen Feldbett und der große

Küchentisch neben dem Feuer. Sonst befand sich alles, einem offenbar festen Plan entsprechend, an seinem gewohnten Platz.

Die vier Männer im Camp schienen auf Tambe gewartet zu haben. Sie umringten ihn bei seinem Eintreffen und redeten alle zugleich auf ihn ein. So als wäre ein Problem aufgetaucht, das dringend gelöst werden musste. Nach einer Weile trat Peter, der sich angelegentlich mit seiner Pfeife beschäftigt hatte, zu der Gruppe.

Lukas, der ohnedies kein Wort von der Diskussion verstand, schlenderte zu seinem Feldbett. Im Gras neben dem Bett stand seine Reisetasche. Eine spannenlange Agame – eckiger orangeroter Kopf, grafitgrauer Schuppenleib mit hellgrauem Schwanz – hatte es sich zwischen den Traggriffen gemütlich gemacht. Sie glitt von der Tasche und schoss pfeilschnell davon, als er näher kam.

Er setzte sich auf das Bett und zündete sich eine Zigarette an. Das schläfrige Gurren der Buschtauben hing in den Baumkronen wie daheim das Summen honigschwerer Bienen über einer blühenden Sommerwiese. Er blickte über den Fluss nach dem jenseitigen Ufer. Der Charakter der Flusslandschaft hatte sich gewandelt. Eingezwängt zwischen grünen Steilufern, hatte die Strömung des Kasamanya zugelegt. Dichter Buschwald säumte drüben einen schmalen Uferstreifen, aus dem eine blank geschliffene Felsnase ragte. Man konnte mit freiem Auge Tiere erkennen, die im Schatten ufernaher Bäume Mittagsrast hielten. Eine Impala-Herde, einige kleinere Antilopen, die nur undeutlich zu sehen waren, die gestreiften Hinterteile grasender Zebras, ein einzelner Büffel, der in seiner Reglosigkeit an eine Statue aus Basalt erinnerte.

Die Versammlung um Tambe hatte sich aufgelöst. Die Männer wandten sich wieder ihren Aufgaben zu. Kalos hackte auf einem Küchenbrett an Fleisch und Zwiebeln herum. Der Älteste der dienstbaren Geister, dessen Namen Lukas sich nicht merken konnte, stand daneben und achtete auf das Feuer. Peter trat, in eine Rauchwolke aus seiner Pfeife gehüllt, an das Feldbett.

»Worum ging es bei dem Aufruhr?«, fragte Lukas.

Sloop nahm die Pfeife aus dem Mund. »Die beiden halbstarken Katzen haben zwischen den Termitenbauten eine Show abgezogen. Unseren schwarzen Freunden ist das Herz in die Hose gerutscht. Jetzt wollen sie, dass Tambe sie begleitet, wenn sie am Nachmittag weiterziehen. Es hat wenig Sinn, ihnen das ausreden zu wollen. Da steckt einer den anderen mit seiner Angst an.«

Eine Schar zwitschernder schwarzer Vögel war in die Baumkronen eingefallen. Lukas schaute zu den roten Termitenkegeln im Buschwald hinüber. Er fragte sich, wie er sich fühlen würde, wenn dort, keine fünfzig Schritte entfernt, zwei Löwen erschienen.

12. Kapitel

Ein Schwall feuchtkalter Luft schlug ihr entgegen, als sie das Haus verließ. Sie zog fröstelnd die Tür hinter sich ins Schloss und stapfte über nasses Laub durch den Vorgarten. Ihr Wagen stand auf der gegenüberliegenden Straßenseite. Die Scheiben waren rundum mit perlenden Tropfenvorhängen beschlagen. Bunte Herbstblätter klebten an Glas und Lack wie gestrandete Zierfische.

Es kostete sie einige Zeit, Motorhaube und Scheiben vom Laub zu säubern. Sie war mit dem Gefühl erwacht, dass der Tag mit Ärger beginnen würde. Es gab so etwas wie dunkle Vorahnungen. Wenn sie daran gezweifelt hätte, wäre sie spätestens mit dem vierten vergeblichen Startversuch davon überzeugt worden. Sie ließ den Zündschlüssel los, um der Batterie eine Erholungspause zu gönnen, und lehnte sich gereizt im Sitz zurück. Ein eisiger Morgen im vergangenen Winter fiel ihr ein. Sie hatte den Wagen mit klammen Fingern von frisch gefallenem Schnee befreit und war froh, endlich hinter dem Lenkrad zu sitzen. Nach etlichen erfolglosen Startversuchen war sie wütend wieder ausgestiegen. Den älteren Herren, der auf sie zu trat, hatte sie vordem nicht bemerkt.

»Derf i amol probieren, Fräulein?«, fragte er, die Hand nach dem Wagenschlüssel ausstreckend. Sie war zu wütend gewesen, um sich zu widersetzen. Der Mann stieg ein, drehte einmal den Zündschlüssel – und der Motor sprang an. Sie konnte sich die Kommentare ihres Retters bei der nächsten Herrenrunde lebhaft ausmalen.

Wenn sie nicht beabsichtigt hätte, nach Dienstschluss in die Stadt zu fahren, hätte sie das Fahrzeug stehen gelassen und wäre zu Fuß ins Spital gegangen. Sie drehte neuerlich am Zündschlüssel. Der Motor sprang so willig an, als hätte er nur auf diese Gelegenheit gewartet. Sie trat ein paar Mal verärgert das Gaspedal durch. Wenn ihr etwas ein Gräuel war, dann Unzuverlässigkeit, egal in welcher Form. Sie hatte bei ihrem letzten Besuch in der Werkstatt eine Liste dringend auszutauschender Teile erhalten. Es war eine sehr lange Liste, mit einer fünfstelligen Summe als Kostenvoranschlag am Ende. Wahrscheinlich hatte Lukas recht, wenn er ihr schon seit längerem riet, sich von der Rostschüssel, wie er ihren Wagen abfällig nannte, zu trennen und ein neues Auto zu kaufen.

Lukas, immer wieder Lukas! Gab es überhaupt einen Winkel ihres Lebens, in dem er sich nicht eingenistet hatte? Sie hatte sich vorgenommen, jede Möglichkeit zu nützen, um den Kreisel anzuhalten, in dem ihre Gedanken sich drehten. Dass Manuel bis Mittwochabend in Graz zu tun hatte, kam ihren Absichten jedenfalls entgegen. Mehr nicht. Sie gab sich keinen falschen Illusionen hin. Sie würde sich vermutlich auch morgen noch wie ein Schachspieler fühlen, der sich nicht zwischen großer und kleiner Rochade entscheiden kann.

Gegen halb acht begann sie, von Schwester Roswina begleitet, mit dem Rundgang auf ihrer Station. Sie fand nicht nur sämtliche Betten belegt vor, sondern zusätzlich ein Notbett in Saalmitte. Obwohl mehrere Lüftungsklappen offen standen, herrschte jene vielschichtige dumpfe Spitalsatmosphäre vor, die man kaum mehr wahrnahm, wenn man sie täglich atmete. Da es keine akuten Probleme gab, benötigte sie nicht allzu viel Zeit für einen ausreichenden Überblick, um sich bei der Chefbesprechung die Peinlichkeit zu ersparen, mit Neuigkeiten aus ihrem eigenen Verantwortungsbereich überrascht zu werden.

Das routinemäßige Morgengespräch im Chefzimmer verlief kurz und ohne Besonderheiten. Sie war verwundert, als Professor Wegent sie am Ende des Gespräches bat, Platz zu behalten. Wie stets, wenn er mit ihr allein sprach, ging eine kaum merkliche Veränderung mit ihm vor. Als wollte er die

Gelegenheit nützen, die Krawatte zu lockern und den Chef abzulegen. Es war kein Geheimnis, dass er nicht nur ihre Arbeit schätzte, sondern sie darüber hinaus nicht ungern sah, was das Lästermaul Pasterka dazu veranlasste, sie als ›Jungbrunnen des Alten‹ zu bezeichnen.

Professor Wegent betrachtete sie eine Sekunde lang mit einem prüfenden Blick. Sie hatte das unbehagliche Gefühl, dass er eine Frage unterdrückte, die zu stellen, wie er sich bewusst war, ihm nicht zustand. Er zog ein Blatt Papier aus der Brusttasche seines weißen Mantels und reichte es ihr.

»Ich möchte Sie um einen persönlichen Gefallen bitten«, sagte er. »Wenn ich mich nicht täusche, waren sie einige Zeit an der Gynäkologie tätig.« Er deutete auf den Zettel in seiner Hand. »Die beste Freundin meiner jüngeren Tochter liegt seit einer Woche drüben auf der Station. Ich wäre Ihnen sehr verbunden, wenn sie nachschauen würden, was mit dem Mädel los ist.«

Sie verließ das Chefzimmer in dem zwiespältigen Bewusstsein, ja gesagt zu haben, wo ihr nach einem deutlichen Nein gewesen wäre. Natürlich konnte sie dem Alten die Bitte nicht abschlagen. Sie hatte tatsächlich auf der Gynäkologie gearbeitet, obwohl Frauenheilkunde nicht zu den obligaten Gegenfächern der internistischen Ausbildung gehörte. Der Grund, weshalb sie sich dazu entschlossen hatte, war der Wunsch, Erfahrungen in Geburtshilfe zu sammeln. Einfach, um für einen Notfall auf der Straße gewappnet zu sein.

Sie hatte sich für drei Monate gemeldet. Dass sie diese Entscheidung schon nach drei Tagen bereute, lag an dem an der Abteilung herrschenden Arbeitsklima. Sie hatte die bedingungslose Abhängigkeit der ärztlichen Mitarbeiter vom jeweiligen Abteilungschef stets als üble Fehlentwicklung betrachtet. Primarius Professor Sommerfeld galt unumstrittene als international anerkannte Autorität in Fragen der Fertilität. In seiner Funktion als Abteilungsvorstand war er ein Despot – launenhaft, nachtragend und unberechenbar. Obgleich ihr als Kurzzeitgast bestenfalls eine Komparsenrolle im Hintergrund zukam, fühlte sie sich permanent auf unangenehme Weise in die abteilungsinternen Intrigen und Machtkämpfe hineingezogen.

Ein weiterer Grund, weshalb sie Kontakte mit der Abteilung nach Möglichkeit mied, hieß Stiller. Stiller war dienstältester Oberarzt und Sommerfelds einziger Vertrauter. Eingeweihte sagten ihm nach, dass er ein skrupelloser Intrigant wäre. Sie hatte gegen Ende ihrer Tätigkeit an der Gynäkologie ein paar Mal mit ihm Tennis gespielt. Er war ein ausgezeichneter Tennisspieler. Vor allem die Taktik, sein Gegenüber auf dem falschen Fuß zu erwischen, beherrschte er perfekt – und dies nicht nur auf dem Tennisplatz. Dass sich aus einem Tennismatch die kürzeste und überflüssigste Affäre ihrer an Abenteuern nicht eben reichen Liebeschronik ergab, trug sie nicht ihm nach. Aber mit sich selbst haderte sie noch immer, sooft sie Stiller begegnete.

Ehe sie die Interne Abteilung am späteren Mittag verließ, konnte sie Professor Wegent berichten, was sie in Erfahrung gebracht hatte. Die Freundin seiner Tochter stand nach der Behandlung einer Endometriose kurz vor der Entlassung.

Unterwegs zu ihrem Zimmer stellte sie erfreut fest, dass sich das Wetter während der vergangenen Stunde gebessert hatte. Vereinzelt schaute blauer Himmel zwischen den grauen Wolken hervor und ließ schüchterne Sonnenstrahlen durchsickern. Vor einiger Zeit hatte sie ein neues ›Handbuch der klinischen Diagnostik‹ in einer Buchhandlung im 9. Bezirk bestellt. Sie hatte beschlossen, das Abholen des Buches mit einem Stadtbummel zu verbinden. Früher hatte sie sich das Vergnügen, allein durch die Innere Stadt zu flanieren und das Flair der Großstadt zu genießen, öfter vergönnt. Aber mit der zunehmenden beruflichen Beanspruchung hatte sich die Gelegenheit dazu immer seltener ergeben.

Sie belegte zwei Brote mit Wurst und Käse aus dem Kühlschrank und begann lustlos zu essen. Anscheinend schlug sich ihr labiler Gemütszustand auch auf den Magen. Anders ließ sich ihr reduzierter Appetit nicht erklären. Während sie noch kaute, griff sie nach einer Sammelmappe medizinischer Zeitschriften. Sie hatte sich aus gegebenem Anlass an einen einschlägigen Beitrag erinnert, den sie nachlesen wollte. Als sie die Mappe öffnete, fiel eine Grußkarte heraus. Von einem kitschigen Herz aus Rosen umrahmt, stand in Kursivschrift ein Reim gedruckt:

Wo ich bin,
bist auch du,
denk an dich
immerzu.

Die Karte hatte ihr Lukas vor zwei oder drei Jahren aus Deutschland geschickt. Er wusste, wie man sie zum Lachen brachte. Manchmal dachte sie, dass sie erst durch ihn richtig zu lachen gelernt hatte. Es machte einen Teil seines Charmes aus, dass er sich eine ordentliche Portion jugendlicher Heiterkeit bewahrt hatte. Sie mochte sein unbeschwertes Lachen, dem zu widerstehen ihr nicht einmal gelang, wenn sie zornig war.

Hatte sie sich nicht vorgenommen, ihre Gedanken in andere Bahnen zu lenken? Sie blätterte verbissen die Zeitschriften durch, ohne auf den gesuchten Beitrag zu stoßen. So wichtig war die Angelegenheit gar nicht. Aber da sie nun einmal mit der Suche begonnen hatte, wollte sie weitermachen.

Sie blickt irritiert auf, als an die Tür geklopft wurde. Es kam nicht oft vor, dass sie unangemeldeten Besuch erhielt. Sie klappte die Mappe zu und ging zur Tür. Draußen stand Horvath. Er war etwas größer als sie und von behäbiger Statur. Rundliche Backen, streng gescheiteltes blondes Haar, dunkle Hornbrille – der Eindruck einer grundsoliden Erscheinung war nicht zu überbieten. Obwohl sie einander vom Studium kannten, pflegten sie über das Dienstliche hinaus kaum persönliche Kontakte.

»Hast du ein paar Minuten Zeit für mich?«, fragte er. »Es dauert nicht lang.«

»Aber sicher. Komm rein.« Sie führte ihn zum Tisch und deutete auf einen Stuhl. »Was kann ich für dich tun?«

Er räusperte sich. »Ich würde ein Bett für eine Bekannte brauchen.«

»Heute?«

»Nein – nein. Morgen oder übermorgen. Derzeit liegt sie bei Bittmann auf der Intensivstation.«

Sie dachte einen Augenblick nach. »Übermorgen ließe sich machen. Warum liegt sie auf der Intensivstation?«

Horvath schluckte hörbar. »Sie hat Schlaftabletten genommen.«

Tanja musterte ihn neugierig. »Weiß man, weshalb sie die Tabletten geschluckt hat?«

Er hatte beide Hände auf den Tisch gelegt und knetete sie unaufhörlich.

»Ich komme zu dir, weil du der einzige Mensch hier bist, dem ich vertrauen kann«, sagte er mit gesenktem Kopf. »Es ist nämlich so – sie hat die Tabletten meinetwegen geschluckt. Sie will, dass ich mich scheiden lasse. Aber – aber das kann ich nicht.«

Tanja betrachtete ungläubig seinen exakt gezogenen Scheitel. Helmut Horvath als Ehebrecher! Das passte zusammen wie Salz und Zucker. Sie musste an sich halten, um nicht herauszuplatzen. Sie hatte in Horvath stets nur den verlässlichen Kollegen gesehen, den Mann noch nie.

»Gibt es schon ein Gutachten von den Neurologen?«, erkundigte sie sich in sachlichem Ton.

Er nickte niedergeschlagen.

»Eben darum geht es. Du kennst ja unsere Herren Neurologen. Ein Suizidversuch landet routinemäßig in der Psychiatrie. Die machen sich nicht erst die Mühe, nach den Hintergründen zu fragen. Bei ihr – bei Maria – war das eine einmalige

Kurzschlusshandlung, nichts sonst. Die ist kein Selbstmordtyp. Die macht das bestimmt nie wieder... Ich möchte ihr die Psychiatrie ersparen, verstehst du? Das ist das mindeste, was ich für sie tun kann.« Er war sichtlich den Tränen nahe.

»Du weißt, wie ich dastehe, wenn ich sie an meiner Station übernehme und sie versucht es noch einmal«, sagte sie.

»Ich weiß.« Er schüttelte den Kopf. »Aber sie macht das bestimmt nicht wieder. Sie hat es mir versprochen.« Er sah sie mit feuchten Augen beschwörend an. »Lass mich nicht hängen, bitte.«

»Beruhige dich. Ich besuche sie morgen und sage Bittmann, dass ich sie übernehme, okay?« Sie schob ihm einen Schreiblock hin. »Schreib mir ihren Namen auf.«

Als er gegangen war, blieb sie noch einen Moment sitzen. Man wusste wirklich nie, woran man bei einem Menschen war, nicht einmal wenn man ihn seit Jahren kannte. Horvath als Liebhaber – eine eher komische Vorstellung. Dennoch steckte er jetzt mitten in einer filmreifen Liebestragödie, die ihm über den Kopf gewachsen war.

Sie stand auf und schlüpfte in den weißen Mantel. Wenn sie das Spital bald verlassen wollte, musste sie sich auf den Weg zur Abteilung machen. Man konnte nie vorhersagen, wie viel Zeit die Auskünfte für die Angehörigen der Patienten beanspruchen würde. Es wurden immer mehr Fragen von immer mehr Leuten gestellt. Das ewige Gerede vom mündigen Patienten machte die Sache nicht einfacher. Jeder verantwortungsbewusste Arzt versorgte Patienten und Angehörige mit den nötigen Informationen, um eine Krankheit verstehen und sich entsprechend verhalten zu können. Was sollte man sonst noch erklären? Dass die Medizin keine exakte Wissenschaft war? Dass es Todesfälle gab, die nicht einmal der Pathologe aufklären konnte, ebenso wie an Wunder grenzende Spontanheilungen als unheilbar geltender Krankheiten? Dass jeder Fortschritt mit einem Schritt in die nächste Zone unbekannten Wissens verbunden war? Warum sagte den Patienten niemand, dass auch ein gebildeter Laie von der Medizin nicht mehr verstehen konnte, als ein Fünfjähriger von den Widrigkeiten des Erwachsenenlebens?

Vor dem Ärztewohngebäude geriet sie in den Strom der Besucher, die eben Einlass gefunden hatten. Frauen und Männer mit Blumensträußen und bunten Päckchen in den Händen, eiliges Drängen und Schieben, als gälte es, einen Zug in letzter Minute zu erreichen. Sie wählte einen schmalen Weg, der am Rand des Parks zwischen Sträuchern zum Hintereingang der Abteilung führte. An den Zweigen zitterten vereinzelt gelbe Blätter in der leichten Brise. Der uralte Ahornbaum, der schon stand, bevor das Spital erbaut wurde, hatte sich bis zum letzten Blatt seines Sommerkleides entledigt.

Das Recht des Patienten auf Wahrheit – auch so eine forsche Forderung der neuen Weisen. Als ob sie nicht wüssten, dass Wahrheit und Lüge Geschwister sind, oft nur durch ein Wort getrennt. Als ob es nicht schmerzhafter sein konnte, ein Recht in Anspruch zu nehmen, als darauf zu verzichten. Sie hatte sich jedenfalls einmal mehr für das Verschweigen der Wahrheit entschieden. Wenn sich die alte Frau Riedmüller heute nach den Untersuchungsergebnissen ihres Mannes erkundigte, würde sie von einer hartnäckigen Blutarmut reden, was schließlich auch stimmte. Das liebe alte Paar hatte ihr, Hände haltend, vom bevorstehenden fünfzigsten Hochzeitstag erzählt. Die beiden wussten nicht, dass der Mann an einer unheilbaren Blutkrankheit litt, die ihm höchstens noch ein Jahr ließ. Die Frau – das erkannte ein geübtes Auge auch ohne Untersuchung – litt an Herzschwäche. Wem nützte es, wenn man den beiden alten Leuten die letzten Monate gemeinsamen Glücks stahl, indem man sie mit einem Schicksal konfrontierte, dem sie nicht entgehen konnten?

Vor dem Sekretariat saß Frau Riedmüller neben zwei jungen Frauen wartend auf einer Bank. Sie war blass und atmete schwer nach der Anstrengung des Stiegensteigens. Wenn Tanja ein Bett frei gehabt hätte, sie hätte der alten Dame dringend zur Aufnahme geraten.

Aber es gab kein freies Bett und wahrscheinlich hätte Frau Riedmüller das Angebot gar nicht angenommen. Die hatte schon letztes Mal nur von den Vorbereitungen zur für ihre Jubiläumsfeier gesprochen. Tanja konnte sich nicht vorstellen, den beiden lieben alten Leuten auch nur eine Stunde ihres Glücks zu rauben.

13. Kapitel

Sie hatten das Zwischenlager kurz nach dem letzten Schluck vom Nachmittagstee verlassen. Von Sloops Hüftgürtel baumelte links eine Feldflasche, rechts ein Achtung gebietendes Seitenmesser, das in einer abgegriffenen Lederscheide steckte. Die Umhängetasche aus Zelttuch, von der Lukas nur wusste, dass sie Peters Pfeife samt Tabakdose enthielt, wölbte sich an seiner Hüfte wie ein Kürbis.

Nach einem halbstündigen Marsch durch dichten Hochwald, wo ihnen außer ein paar Dutzend aufgeregt schnatternder Paviane und lautlos aufflatternder Vögel kein Tier begegnete, erreichten sie eine ausgedehnte Zone lockeren Buschwaldes. Seit ihm Peter am Vormittag eine grobe Vorstellung von ihrem Standort gegeben hatte, versuchte Lukas auf dem Laufenden zu bleiben, was sich allerdings als ziemlich schwierig erwies. Wer das Gelände nicht kannte, musste sich auf die Sonne als Orientierungshilfe verlassen. Eine nur bedingt taugliche Hilfe in den Stunden, in denen die Sonne nahe dem Zenit stand.

»Tambe hat nicht sehr glücklich ausgesehen, als wir losgezogen sind«, bemerkte Lukas halblaut.

»Der Arme steckt in einer Zwickmühle«, sagte Peter über die Schulter zurück. »Den Bestimmungen nach, ist er für deine Sicherheit verantwortlich und dürfte dir nicht von der Seite weichen. Das ist natürlich Blödsinn, weil das so gar nicht geht. Aber wen kümmert das? Irgendwer verfasst Regeln, und wenn du die siehst, denkst du, auf solche Ideen kann nur ein Idiot kommen. Vielleicht ist das bei euch anders…«

»Im Gegenteil«, unterbrach ihn Lukas. »Bei uns wird diese Tradition mit Hingabe gepflegt.«

Peter lachte. »Ehrlich gestanden – ich bin auch nicht immer

fair zu Tambe. Der offiziellen Lesart entsprechend darf ich ihm keine Aufträge erteilen. Natürlich funktioniert auch das nicht. Einer muss das Sagen haben, wenn's darauf ankommt. Unabhängigkeit hin oder her – letztlich betrachtet dich dein schwarzer Begleiter noch immer als Boss. Daran wird sich auch so bald nichts ändern.«

Als sie hinter hohem Buschwerk eine sonnendurchflutete Lichtung betraten, blieb Lukas abrupt stehen. »Schau einmal, ist das ein Leopard?«, fragte er leise, auf einen Baum in hundert Schritten Entfernung deutend.

Peter, der nach der anderen Seite geblickt hatte, wandte schnell den Kopf und stieß einen lautlosen Pfiff aus.

»Eine Katze«, sagte er.

Eine Katze! Die aus dem Jargon der Weißen Jäger stammende Bezeichnung für Löwen erheiterte ihn noch immer, weil er reflexartig an ein schnurrendes Schoßkätzchen denken musste. Noch ehe er sein Fernglas fokussieren konnte, sagte Peter: »Das ist ein anderes Kaliber als unsere zwei Halbstarken.«

Der Löwe lag auf dem untersten Ast eines schütter belaubten, weit ausladenden Baumes. Er war ein außergewöhnlich großes Tier mit einer dichten, hellbraunen Mähne. Er hatte sich auf dem dicken Ast ausgestreckt, den Schädel auf eine Vorderpranke gelegt, die Augen geschlossen. Die andere vordere Pranke hing lässig herab, als wollte er seine Unbekümmertheit demonstrieren.

»Wir wecken den Burschen besser nicht auf«, flüsterte Peter nach einer Weile. Sie umgingen den Baum in einem großen Bogen, Büsche als Blickschutz nützend. »Wir haben Glück mit dem Wind, sonst hätte er uns längst gewittert. Du darfst nicht vergessen, dass die Katzen einen vierhundertmal schärferen Geruchssinn haben als wir.«

»Was wäre passiert, wenn wir ihn nicht bemerkt hätten?«

»Das will ich lieber nicht wissen. Wir haben hier noch kaum Erfahrung mit Katzen, die auf Bäume klettern. Bis vor ein paar

Jahren galt das Lake Manyara Reservat in Tansania als einziges Gebiet, wo Löwen auf Bäume klettern.«

»Was suchen die eigentlich dort oben?«

»Ist auch nicht ganz klar. Sicher haben sie es droben luftiger als auf dem Boden. Außerdem könne sie die Gegend bequem überblicken. Vielleicht suchen sie auch nur Ruhe von ihrer Mischpoche. Stell dir vor, du müsstest die ganze Zeit mit vier Weibern und drei Kindern herumziehen – das bringt einen doch auf die Palme, oder nicht?«

»Bist du schon einmal einem Löwen gegenübergestanden – ich meine so direkt, von Angesicht zu Angesicht?«

Peter nickte. »Vier- oder fünf Mal.«

Lukas blickte unwillkürlich über die Schulter zurück. »Und? Was macht man da?«

»Stehen bleiben und beten. Auf keinen Fall weglaufen. Wenn du rennst, wirst du automatisch zur Beute. Du musst stehen bleiben und ihnen in die Augen schauen, wenn du genug Mumm dazu hast. Katzen mögen es nicht, wenn man ihnen in die Augen schaut.«

Lukas verspürte kein besonderes Verlangen, es Peter nachzumachen. Durch das Fernglas in bernsteinfarbene Löwenaugen zu blicken, war aufregend genug. Auf den Nervenkitzel, aus wenigen Metern Abstand Augenkontakt mit einem Löwen aufzunehmen, konnte er leichten Herzens verzichten.

Ein paar hundert Meter weiter stolperten sie fast über eine Schar von Perlhühnern, die unter aufgeregtem Gackern davonstoben. Peter legte ihm einen Arm vor die Brust, um ihn am Weitergehen zu hindern.

»Büffel«, raunte er ihm zu.

Im Schatten einer Gruppe von Schirmakazien hatten sich an die zwei Dutzend Büffel versammelt. Einige lagen wie große, schwarze Klötze auf dem Boden und schliefen, andere fraßen vom gelben Gras. Ein allein in vorderster Front stehendes Tier starrte aus blutunterlaufenen Augen zu ihnen herüber, den Kopf mit den kräftigen Hörnern leicht gesenkt. Einzelne Sonnestrahlen spiegelten sich in der massigen Stirnplatte zwischen den Hörnern.

Peter begann langsam rückwärts zu gehen.

»Weshalb hast du vom White Hunter zum Safariguide gewechselt?«, fragte Lukas, als sie außer Sichtweite der Büffel waren.

Peter antwortete nicht gleich. »Der Mensch ändert sich eben«, sagte er schließlich obenhin. »Ich bekam es satt, unbedarften Geldsäcken zu ihrer Jagdbeute zu verhelfen. Der ungleiche Kampf hat mich genervt. Hier das Tier, das vom Menschen nichts will, dort der Mensch, der über alle technischen Finessen verfügt, um das Tier um einer Trophäe willen zu töten.« Er strich mit einer automatischen Handbewegung über die Narbe an der Schläfe. »Das ist damals bei der Jagd auf einen Leoparden wie eine Erleuchtung über mich gekommen. Mein Klient hatte einen Leoparden angeschossen. Ich hab mich vor ihn gestellt, um ihn vor dem verwundeten Tier zu schützen. Danach lag ich neben dem toten Leoparden, den mein treuer Mingu mit dem Messer erledigt hatte, in meinem Blut, das sich mit dem Blut des toten Tieres vermengte. Da ging mir ein Licht auf. Der Leopard hatte alles Recht auf seiner Seite. Auf unserer Seite stand nur das Unrecht der Willkür.«

»Hat es dir schon einmal leid getan, dass du die Seiten gewechselt hast?«

»Die Seiten gewechselt – wie das klingt! Es lag eben in meiner Bestimmung, verstehst du?«

Sie ließen den Buschwald hinter sich und hielten, einem schmalen Wildpfad folgend, auf einen Hügelkamm zu. Das frische Grünland hatte mit einer ebenso scharfen Trennlinie geendet wie es begonnen hatte. Es schien bloß eine schmale Regenfront gewesen zu sein, die ihren Segen über das trockene Land ausschüttete. Von der Anhöhe blickten sie auf eine weite Savanne, die im Westen von einem sonnenglitzernden Flusslauf begrenzt wurde, ein gewundenes Band aus gebürstetem Aluminium. Nachdem sie die ärgste Tageshitze im Schatten der Wälder verbracht hatten, bevölkerten jetzt Tausende hungriger Steppenbewohner die Ebene. Mitten unter ihnen ragte eine Giraffensippe aus einer Buschinsel wie biegsame Schilfhalme aus einem stillen Weiher. Auf einem Termitenbau hockte ein Gepard und hielt nach Beute Ausschau.

Lukas gab sich hingerissen dem faszinierenden Anblick hin. Einmal mehr breitete sich vor seinen Augen die karge Schönheit Afrikas aus, die unendliche Ausdehnung von Himmel und Erde, das Farbenspiel der gelb leuchtenden Steppe, in deren Weite sich die wilden Tiere verloren wie hingestreute Punkte und Beistriche auf einer riesigen Leinwand. Der übermächtige Wunsch überkam ihn, Teil dieser einzigartigen Welt zu werde, mit ihr zu verschmelzen als ein Lebewesen unter Tausenden von anderen.

Peter schirmte die Augen mit der Hand ab. »Kein verdammter Elefantenrüssel«, brummte er. Er versetzte der Krempe seines Schlapphutes einen Klaps, als wollte er den Hut dafür bestrafen, und wandte sich zum Gehen. Sie folgten dem abfallenden Kamm der Anhöhe zu einem ausgedehnten Streifen dichten Buschwalds, in dem sich der glitzernde Flusslauf verlor.

»Wieso sind wir auf dem ganzen Weg noch auf keine Fahrspuren getroffen?«, erkundigte sich Lukas.

»Diese Gegenden meiden wir mit dem Wagen. Das Reservat ist so riesengroß, dass wir es uns leisten können, Teile des Terrains von Fahrzeugen freizuhalten.« Er blieb einen Moment stehen, um einen Haufen von Tierlosungen zu prüfen. »Du musst noch einmal herkommen, wenn du mehr über das Reservat und die Tiere wissen willst. Mit dem Wagen kommst du an Löwen oder Elefanten auf Armlänge heran. Du kannst sie stundenlang gefahrlos beobachten, wenn du willst. Dafür kriegst du zu Fuß mit, was dir im Wagen entgeht. Du hast den unverfälschten Geruch des Busches in der Nase, ganz ohne Beimengung von Benzingestank und Auspuffgasen, du kannst

Erde und Pflanzen anfassen, du musst selbst aufpassen, wohin du trittst… Du bist einfach an allem näher dran, auch wenn du weiter entfernt bist.«

Kurz ehe sie in den Wald eintauchten, begegnete ihnen eine Warzenschweinmutter mit fünf Frischlingen. Die Muttersau, ein graubrauner Koloss auf dünnen Stelzen, mit mächtigen Hauern zu beiden Seiten des spitzen Mauls, senkte den Schädel und grunzte drohend. Den quirligen Nachwuchs kümmerte das wenig. Die Kleinen, kaum größer als Hauskatzen, wirbelten übermütig im kurzen Gras herum.

»Beruhige dich, Dickerchen«, sagte Peter. »Wir tun deinen Sprösslingen nichts.«

»Wovon ernähren sich die eigentlich?«, fragte Lukas.

»Sie sind nicht wählerisch. Fressen alles, was ihnen unterkommt – Wurzeln, Grünzeug, Buschratten, Eidechsen, Aas. Selber gefressen werden sie meist von Löwen. Sind so etwas wie ein Sonntagsbraten für die Katzen.«

Der Buschwald wurde immer dichter, der Wildpfad immer schmäler. Sie kamen langsamer voran, als Lukas angenommen hatte. Nicht zuletzt deshalb, weil sie ständig auf dorniges Gestrüpp achten mussten. Nach etwa zwanzig Minuten lichtete sich der Wald. Zwischen den Sträuchern schimmerten Sonnenkringel durch, die auf einer braunen Wasserfläche tanzten. Ein paar Schritte weiter verlor sich der Buschwald zur Gänze in einem breiten Streifen erfrischend grüner Wiese, die bis an das Flussufer reichte.

»Ist das der Kasamanya?«

Peter schüttelte den Kopf. »Nee, einer seiner wenigen Zuflüsse, die ganzjährig Wasser führen.«

Sie schritten das Ufer entlang stromaufwärts durch das weiche, saftige Gras. Der lehmfarbene Fluss mochte etwa vierzig Meter breit sein. Dichter Buschwald säumte, an einen Grasstreifen anschließend, auch das jenseitige Ufer. Auf einer Sandbank lauerten zwei Silberreiher auf Fische. Weiter oben stocherten Ibisse mit ihren Sichelschnäbeln zwischen Schilfrohr in einer Pfütze emsig nach Nahrung.

Bei einer U-förmigen Sandbucht hielt Peter an und warf einen Blick zum Himmel.

»Eineinhalb Stunden bis Sonnenuntergang«, stellte er fest. »Bis dahin sind wir leicht im Lager. Da bleiben noch zehn Minuten für ein Erfrischungsbad.« Er legte Umhängbeutel, Hüftgurt und Hut auf einem Felsen ab, der wie ein Riesenpilz aus dem Gras ragte, und begann sich zu entkleiden. »Kommst du mit?«, fragte er, während er aus der Hose schlüpfte.

Lukas betrachtete das trübe, träge dahinströmende Wasser. Ihm stand der Sinn nicht nach einem Bad in der lehmigen Brühe. »Besten Dank«, sagte er. »Ich schau dir lieber zu.«

Peter faltete die Hose zusammen und legte das Hemd ordentlich obenauf. »Komm schon!«, ermunterte er ihn. »Unsere Crocs fressen keine Deutschen.«

»Du könntest dir endlich merken, dass ich Österreicher bin«, sagte Lukas.

Peter nickte. »Okay, okay – Österreicher fressen sie auch nicht.« Er sah ziemlich komisch aus mit seinem alabasterweißen Körper und den sonngebräunten Armen und Beinen, die aussahen, als hätte er seine Gliedmaßen zur Hälfte in Kaffee getaucht.

»Meinetwegen kannst du auch die Unterhose ausziehen«, grinste Lukas.

»Das könnte dir so passen«, sagte Peter, vorsichtig die glitschige Uferböschung hinabsteigend.

Von seinem Standort konnte Lukas einen weiten Bereich des Flusses überblicken. Er zündete sich eine Zigarette an und beobachtete, wie Peter in die braune Brühe tauchte und zur Flussmitte schwamm. Die träge Strömung reichte eben aus, um die Wasseroberfläche zaghaft zu kräuseln. Ein Rauschen in der Luft ließ ihn aufblicken. Eine Schar von Wildgänsen zog in Pfeilformation über den Baumkronen dahin. Als er den Blick wieder senkte, fiel ihm eine Bewegung in einem nahen Strauch auf. An einem der unteren Zweige regten sich die giftig grünen, lanzettenförmigen Blätter, ohne dass er die Ursache der Bewegung hätte erkennen können. Er trat näher und entdeckte ein Chamäleon, dessen Farbe so perfekt mit jener des Blattgrün übereinstimmte, dass man kaum unterscheiden konnte, wo das Tier endete und die Blätter anfingen. Aus der Nähe betrachtet, lösten sich die Konturen des bizarren Zwergdrachen aus seinem Umfeld. Die hervorquellenden Äuglein rollten wie an Stielen, unabhängig von einander, nach allen Seiten.

Lukas hob einen dürren Halm auf und strich dem Tier sachte über den gezackten Rückenkamm. Der spitze Kopf des Chamäleons geriet in eckige Zuckungen. In Sekundenschnelle traten aus dem giftigen Grün des Körpers rote und schwarze Flecken hervor, die sich rasch ausbreiteten.

Vom Fluss kamen heftiges Geplätscher und ein Laut wie eine Mischung aus einem Jubelruf und dem Schrei eines Vogels. Er drehte sich um, konnte Sloop aber nirgends entdecken. Er wollte seine Aufmerksamkeit eben wieder dem Chamäleon zuwenden, als er Peter erblickte, der einen Arm aus dem Wasser streckte wie um zu winken. Im nächsten Augenblick verschwand der Arm und an seiner Stelle hob sich der schuppige Rücken eines großen Krokodils aus dem Fluss. Daneben schäumte der gezackte Schwanz einer zweiten Panzerechse das Wasser auf. In einem Umkreis von einigen Metern begann der Fluss unter den peitschenden Schlägen der Krokodilschwänze wild zu brodeln. Plötzlich legte sich der Tumult. Ein lang gezogener roter Fleck breitete sich auf der Oberfläche aus und vermischte sich langsam mit dem träge fließenden braunen Wasser.

Seine Knie wurden weich. Er hörte, wie jemand mit krächzender Stimme rief: »Peter, Sloop, Peter«, und begriff erst langsam, dass er selbst es war, der da rief. Er begann wie im Schüttelfrost am ganzen Leib zu zittern. Seine Knie knickten ein. Er sank kraftlos auf eine Grasnarbe. Die Glut der heruntergebrannten Zigarette streifte seine Hand. Er merkte es kaum. Er war zu entsetzt, um sein Bewusstsein mit der Realität des Augenblicks in Einklang zu bringen. Das Unfassbare, das Schreckliche, das sich unter seinen Blicken abgespielt hatte, konnte nur ein Spuk gewesen sein, eine Ausgeburt seiner überreizten Fantasie.

Er klammerte sich mit aller Kraft an diese Vorstellung. Es gelang ihm, angetrieben von der Willenskraft der Verzweiflung, wieder auf die Beine zu kommen. Ein paar schwerfällige Schritte führten ihn zu einem halb verwachsenen Termitenhügel, der den Überblick auf einen größeren Flussabschnitt ausdehnte. Die Silberreiher drüben waren verschwunden, nur die Ibisse setzten ihre emsige Futtersuche fort.

Er suchte mit brennenden Augen den Flusslauf ab und fand nichts als die träge dahinfließende Brühe, auf der Sonnenstrahlen tanzten, und die rote Erde der Uferböschung und das drohende Dunkel des Buschwaldes auf der anderen Seite des Flusses. Er fand nichts, was Schrecken oder Angst oder Furcht zu erregen vermochte. Es konnte nicht sein, dass Peter tatsächlich verschwunden war, dass er von einem Augenblick zum nächsten in einen grausamen Tod gerissen wurde. Es musste ein Spuk gewesen, eine Fata Morgana des Schreckens.

Er kehrte an die Stelle zurück, von der aus er Zeuge des entsetzlichen Geschehens geworden war. Große schwarze Ameisen zeigten lebhaftes Interesse an den Kleidungsstücke, die Peter fein säuberlich übereinander gefaltet hatte. Sie liefen ruckartig hin und her, immer wieder kurz verharrend, wie Hunde auf Spurensuche. Er beugte sich hinunter und wischte sie mit einer Handbewegung fort. Von den Kleidern stieg ihm säuerlicher Schweißgeruch in die Nase.

Er richtete sich auf und starrte unverwandt nach dem Fluss, der gleichmütig seinem Lauf folgte, ein Bild zeitloser Gelassenheit. Langsam, ganz langsam fing sein Verstand an, in die niederschmetternde Wirklichkeit zurückzufinden. Sein Bewusstsein begann eine Situation zu erfassen, die ihm zuvor nicht einmal in Angstträumen begegnet war. Er verspürte ein Würgen in der Kehle. Ein Mensch war vor seinen Augen zu Tode gekommen. Der Tod hatte auf grausamste Weise vor seinen Augen zugeschlagen. Etwas Unfassbares, Unvorstellbares war geschehen. Der Mann, dem er sein Wohlergehen anvertraut hatte, war von seiner Bestimmung abberufen worden. Schattenhaft dämmerte ihm, dass er von einem Augenblick zum nächsten allein da stand, schutzlos den Gefahren der Wildnis ausgeliefert.

Er hörte ein Geräusch hinter seinem Rücken. Am Waldrand hatten sich zwei Paviane niedergelassen und beobachteten ihn neugierig aus sicherer Entfernung. Er erinnerte sich an eine Afrikakarte, die er kurz vor seiner Abreise aus Wien in der Hand gehalten hatte. Die Karte stammte aus dem Jahr 1828. Farbige Markierungen mit den Namen damals bekannter Landstriche umrahmten die Küstenlinien des Kontinents. Das Zentrum wurde von einem großen, sandfarbenen Fleck eingenommen, dessen Bedeutung eine in altertümlichem Druck abgefasste Erklärung mit den schlichten Worten abtat: ›Hier ist unbekanntes Land.‹ Unbekanntes Land – das genau war es, wo er sich befand. Im Herzen Afrikas. Im Mittelpunkt von nirgendwo.

Er nestelte eine Zigarette aus dem zerknitterten Päckchen und stellte fest, dass es bald leer sein würde. Es kostete ihn unsägliche Mühe, seine Gedanken von den lähmenden Schrecken der vergangenen Minuten zu lösen und in geordnete Bahnen zu lenken. Er musste sich bald zusammenraffen, wenn er nicht ein ähnliches Schicksal erleiden wollte wie der unglückliche Peter Sloop. Es war an der Zeit, sich der Gegebenheiten bewusst zu werden. Es war an der Zeit, die Situation methodisch zu überdenken und Konsequenzen daraus zu ziehen.

Dass er mit fremder Hilfe nicht rechnen konnte, lag auf der Hand. Tambe und seine Gefährten würden sich keine Gedanken machen, ehe die Dunkelheit anbrach, und dann war es für eine Suchaktion zu spät. Abgesehen davon, dass sie vermutlich ebenso wenig wüssten, wo sie mit der Suche hätten beginnen sollen, wie er, wo er das Camp hätte suchen müssen. Sie hatten es mit Sicherheit nahe einem fließenden Gewässer eingerichtet. Selbst wenn es der namenlose Fluss war, an dessen Ufer er stand, hätte er nicht einmal entscheiden können, ob er sich flussaufwärts oder flussabwärts halten sollte.

An seiner Lage gab es nichts zu deuten. Er war allein, völlig allein, ausschließlich auf sich selbst gestellt. Als erstes musste er sich für eine Nacht unter dem freien Himmel Afrikas einrichten, wofür er so gut gerüstet war wie für alles Unvorhersehbare, das ihm noch bevorstand. Viel Zeit für Überlegungen blieb nicht mehr. In einer Stunde, wenn es dunkel wurde, musste er einen sicheren Ort für die Nacht gefunden haben. Oder jedenfalls einen Platz, der ihm sicher erschien. Offenes Gelände wie hier, wo aus dem Wald Wildspuren zum Wasser führten, schied von vornherein aus. Das saftige Gras zog nicht nur Antilopen an, sondern auch weniger harmlose Tiere. Nicht mehr Schutz bot der Busch, den zu jeder Tages- und Nachtzeit Raubtiere und Dickhäuter durchstreiften. Das Nächstliegende wäre gewesen, auf einer Waldlichtung ein Feuer anzuzünden und daneben das Nachtlager aufzuschlagen.

Wäre da nicht in seiner Erinnerung Sloops beiläufige Bemerkung hängen geblieben, dass im Gegensatz zur weithin verbreiteten Meinung gerade Löwen nur wenig Respekt vor Feuer zeigten.

Er merkte plötzlich, dass ihm die Zunge wie ein Fremdkörper am Gaumen klebte. Er bückte sich und löste den Karabiner, an dem die Feldflasche an Sloops Hüftgurt hing. Über den Schraubverschluss war ein verbeulter Becher mit doppeltem Klappgriff gestülpt.

Er füllte den Becher zur Hälfte und trank in kleinen Schlucken den bitteren, abgestandenen Tee. Sein Blick blieb an Sloops Tasche hängen. So sehr es ihm widerstrebte, er würde nicht darum herumkommen, ihren Inhalt auf Brauchbares zu durchsuchen.

Er verschloss die Feldflasche und entriegelte mit klammen Fingern die beiden Drehverschlüsse an der überlappenden Schutzkappe des Umhängbeutels. Er fühlte sich elend, während er die Tasche durchwühlte. Als dränge er gewaltsam in das Privatleben eines Wehrlosen ein. Als missbrauchte er das Vertrauen eines Freundes, den er nie um Vergebung würde bitten können.

Eine Lederbörse mit abgestoßenen Ecken schob er umgehend wieder in den Beutel zurück, ebenso Pfeife samt Tabakdose und Erste-Hilfe-Täschchen. Neben einem Feuerzeug, einem Klappmesser und einer handlichen Taschenlampe, fand er zwei Dosen Klub-Soda, eine Packung Kekse und zwei in wasserdichte Folie verpackte Blöcke, mit der Aufschrift ›Notration für vierundzwanzig Stunden.‹ Er nahm die Zigaretten an sich, die er Sloop vor dem Verlassen des Lagers zur Aufbewahrung übergeben hatte und verriegelte die Tasche.

Obwohl er wusste, dass es sinnlos war, setzte er das Fernglas an, um den Ort des Schreckens ein letztes Mal abzusuchen. Die Überlebenschancen eines Menschen, der von einem ausgewachsenen Krokodil angefallen wurde, waren praktisch null. Krokodile pflegten ihre Beute zu ertränken und sie, soferne sie diese nicht gleich auffraßen, in Höhlen unter Wasser zu lagern. Um Sloop hatten noch dazu zwei dieser Tiere gekämpft. Das einzige, was er entdeckte, war ein junges Krokodil, das mit weit geöffnetem Rachen auf einer Sandbank flussabwärts an der Sonne schlief.

Er schaute auf seine Armbanduhr und stellte verwirrt fest, dass er jegliches Zeitgefühl verloren hatte. Nach seinem Empfinden lag es Ewigkeiten zurück, seit Sloop im Fluss verschwunden war. In Wahrheit waren seither keine zwanzig Minuten vergangen. Zwanzig Minuten, die ein Leben auslöschten und ein anderes in eine ungewisse Zukunft stießen. Unvermittelt entsann er sich einer einzelnen Felsenklippe, die ihm in der Ferne aufgefallen war, als sie am Flussufer entlang gingen. Das war vielleicht eine Möglichkeit. Die Nacht hoch oben über dem Busch zu verbringen, erschien ihm vor allen anderen Wegen als sicherste Lösung.

Um einigermaßen für die nächste Zeit gerüstet zu sein, musste er Sloops Hüftgürtel mit Feldflasche und Messer ebenso mitnehmen, wie den Umhängebeutel mit seinem nützlichen Inhalt. Das Kleiderbündel, auf das er Sloops Schlapphut gelegt hatte, würde zurückbleiben.

Ein erster Versuch, Peters Gürtel anzulegen scheiterte, weil er um die Hüften schmäler war als Sloop. Er zog das Messer aus der Scheide und stieß die Spitze an der markierten Stelle in das Leder. Die mehr als zwei Spannen lange Klinge war scharf wie ein Rasiermesser. Ihr massiver Rücken war, ähnlich den Seitengewehren des Bundesheeres, zu einer groben Säge ausgearbeitet.

Den Gürtel umgeschnallt und den Beutel übergehängt, machte er sich auf den Weg. Es schnürte ihm die Kehle zu, als er einen letzten Blick auf das Kleiderbündel warf, das als einzige Spur von Sloops Existenz an der Stätte des Unheils verblieb. Wenn sich die Hyänen darüber hermachten wie über alles, was ihre unstillbare Neugier weckte, würde nichts zurückbleiben als im Gras verstreute Stoffreste.

Das vergilbende Schilfgras schlang sich bei jedem Schritt um seine Beine. Er brauchte wesentlich länger, als er gehofft hatte. Die Felsenklippe ragte nahe dem Flussufer wie der gekappte Turm einer Burgruine aus einer lehmigen Mulde, die sich zu einer ausgedehnten Lichtung im umgebenden Buschwald weitete.

Drei Seiten der Klippe waren so steil und so glatt, dass sie für den Aufstieg nicht in Frage kamen. Dafür bot sich allein die weniger steile westliche Flanke mit ihren Rissen und stufenförmigen Querspalten im Felsen an. Er kletterte mühelos bis zum Ende der Klippe, einer Plattform in annähernd gleicher Höhe mit den Kronen der höchsten Bäume am Rand der Lichtung. Die Fläche hätte ausgereicht, um mehreren Personen

Platz zu bieten. In der Mitte des von Wind und Wetter blank polierten Gesteins wucherte eine Kolonie bunter Flechten.

Unter anderen Umständen hätte er sich ganz dem einmaligen Blick auf die vom Licht der untergehenden Sonne vergoldete Flusslandschaft gewidmet. Aber vor seinem inneren Auge hatten sich Szenen festgebrannt, die keinen Platz für Stimmungsbilder ließen.

Er prüfte mit einer Hand das Bett aus federnden Flechten. Es war dick und weich genug, um als Nachtlager zu dienen. Er klinkte die Feldflasche aus und legte sie zusammen mit dem Umhängbeutel neben den Flechten ab. Soweit er beurteilen konnte, durfte er sich für die kommende Nacht sicher fühlen. Jedenfalls sicher vor Gefahren, die von Raubtieren oder Dickhäutern drohten.

Er setzte sich nieder und zündete sich eine Zigarette an. Es sah so aus, als wäre vor ihm noch nie jemand hier heroben gewesen. Eine Novelle fiel ihm ein, die er vor Jahren gelesen und nie vergessen hatte. Sie handelte von einem Mann, dem der Wunsch zum Lebensinhalt geworden war, einen Berg im Ruwenzorigebirge zu besteigen, dessen Gipfel noch keines Menschen Fuß betreten hatte. Nach zahllosen gescheiterten Versuchen erreichte der Mann schließlich eines Tages das Ziel seiner Besessenheit. Noch während er den Triumph seines Sieges auskostete, fiel sein Blick auf einen kleinen Gegenstand zu seinen Füssen. Er bückte sich und nahm das Ding in die Hand. Es war eine Pfeilspitze.

Am gegenüberliegenden Ufer lösten sich drei Elefanten aus dem Busch. Sie stapften rüsselschwingend und ohrenklappend mit behäbigen Schritten zum Fluss hinab. Unten angekommen, spritzten sie sich mit dem Rüssel kübelweise Wasser in den Rachen, um anschließend ein lärmendes Bad zu nehmen. Eine Überlegung ging Lukas durch den Sinn. Wenn Sloops letzter Hinweis stimmte, musste das Camp in einem Umkreis von etwa einer Stunde Wegzeit liegen. Falls überhaupt eine Möglichkeit bestand, sich bemerkbar zu machen, dann nur durch ein Signalfeuer. Die Chance war nicht groß, aber den Versuch allemal wert.

Um unliebsamen Überraschungen vorzubeugen, ließ er den Blick über das Terrain schweifen, ehe er hinunter kletterte. Abgesehen von einigen inmitten der Lichtung grasenden Antilopen und den Elefanten drüben im Fluss ließ sich kein Tier blicken. Er musste nicht lange nach Brennholz für einen ordentlichen Scheiterhaufen suchen. Am Rand des Buschs fand sich jede Menge davon. Er schleppte die dicksten Äste heran und schichtete sie zu einer übermannshohen Pyramide auf.

Während er die letzten Äste holte, tauchte die sinkende Sonne Busch und Fluss in flammendes Abendrot. Wenn er sichergehen wollte, dass der Feuerschein auf weite Entfernung zu sehen war, musste er sich bis zur völligen Dunkelheit gedulden. Er beschloss, die Finsternis in seinem Adlerhorst abzuwarten und kletterte wieder hinauf. Oben ließ er sich an der flussseitigen Kante der Bastion nieder. Seine Füße baumelten frei in der Luft wie bei einem Kind, das auf eine zu hohe Bank gesetzt wurde. Während er niedergeschlagen seinen Gedanken nachhing, blind für die Schönheit und taub für die Stille des versiegenden Tages, drohte ihn ein Gefühl gleichgültiger Erschöpfung zu übermannen. Lähmende Müdigkeit begann sich in seinem Körper auszubreiten wie ein zerstörendes Gift. Wenn er sich zurücklegte und die Lider schloss, würde er augenblicklich einschlafen.

Er rieb sich die Augen und stand auf, um einen Schluck Tee aus der Feldflasche zu nehmen. Die Augen zu schließen und zu schlafen – das hieße nichts anderes als Flucht vor klaren Entscheidungen. Und das wollte er – verdammt noch einmal! – bestimmt nicht. Er dachte nicht daran, sich fallen zu lassen. Er war kein Fatalist, wie der unglückliche Sloop, der an die Unabänderlichkeit der Bestimmung glaubte. Aus jeder Falle führte ein Weg. Man musste ihn bloß finden.

Er kehrte zu seinem Platz an der Felsenkante zurück. Die Elefanten drüben waren verschwunden. Eine leichte Brise trug das keuchende Husten eines Leoparden über den Fluss, begleitet vom hysterischen Kreischen in die Baumkronen geflohener Paviansippen. Obgleich er den Leoparden nicht sehen konnte, ließ sich sein Weg am Gezeter der Affen verfolgen, das den gefleckten Räuber flussabwärts begleitete wie ein Fliegenschwarm eine wandernde Rinderherde.

Es bestand keine Notwendigkeit für übereilte Entscheidungen. Er hatte mehr Zeit als ihm lieb war, um sich eine Strategie für sein weiteres Vorgehen zurechtzulegen. Groß war die Auswahl an Möglichkeiten ohnehin nicht. Er konnte entweder abwarten und auf Hilfe hoffen, oder die Sache selbst in die Hand nehmen. Beides keine verlockenden Aspekte.

Er versuchte sich in Tambes Lage zu versetzen. Was würde er an seiner Stelle tun? Warten, ob die Vermissten am Morgen nicht doch noch im Camp eintrafen? In dem riesigen, unübersichtlichen Territorium zusammen mit seinen Gefährten die Suche aufnehmen? Auf kürzestem Weg zum Basislager zurückkehren, um Hilfe zu holen und damit einen Teil der Verantwortung abgeben?

An Tambes Stelle würde er sich für Letzteres entscheiden. Eine koordinierte motorisierte Suche bot sicher die beste Aussicht auf Erfolg. Eine andere Frage war allerdings, ob sich seine Überlegungen mit denen des schwarzen Rangers deckten. Seine Erfahrungen im Umgang mit den Farbigen hatten ihn gelehrt, dass Entschlussfreude und Eigeninitiative nicht unbedingt zu ihren herausragenden Eigenschaften gehörten. Dennoch war nicht auszuschließen, dass Tambe wie ein Kind, das sich nicht nach Hause traut, weil es etwas angestellt hat, die Suche auf eigene Faust aufnahm.

Auch eine Suchaktion mit allen verfügbaren Fahrzeugen, stieß an unüberwindliche Grenzen. Sie bedeutete im günstigsten Fall einen endlosen Tag untätigen Wartens, weil selbst

Geländewagen aufgeben mussten, wenn der Busch so dicht wurde, dass ein Mann sich gerade noch zu Fuß durchwinden konnte. Alles in allem keine sonderlich beruhigenden Perspektiven.

Die rasch fortschreitende Dunkelheit ließ Fluss und Wald in gleichförmigen Schatten versinken. Im Busch setzte in rascher Folge das klagende Jaulen streunender Hyänen ein, ein düsterer Rundgesang hungriger Seelen.

Er ließ seinen Blick über das in nächtlichem Dunkel versinkende Flusstal gleiten. Es entsprach seinem Selbstverständnis, sein Schicksal selbst in die Hand zu nehmen. Er war sich nicht einmal sicher, ob dieses Wagnis mit größeren Gefahren verbunden wäre, als das Warten in Ungewissheit. Die Risiken gegeneinander abzuwiegen war so gut wie unmöglich. Auf jeden Fall würde er am Morgen die schattenlose Felsklippe verlassen und im Busch Schutz vor der sengenden Sonne suchen müssen. Kein verlockender Gedanke, angesichts der vielen Fährten im Lehm, von denen er nicht wusste, ob sie von Jägern oder von Gejagten stammten.

Vernünftiger Weise musste er sich als erstes mit dem größten Hindernis auseinandersetzen – mit seinem Mangel an Ortskenntnis. Nach dem Gespräch mit Sloop am Vormittag wusste er, dass man das Basislager in etwa vier Stunden Fußmarsch in östlicher Richtung erreichen konnte. Das war nicht sonderlich hilfreich, wenn es darum ging, ein bestimmtes Ziel in der Weite der Landschaft ohne Orientierungshilfe anzupeilen. Er war diesbezüglich dennoch guten Mutes. Seiner Berechnung nach, musste er sich in südöstlicher Richtung bewegen, um den Kasamanya zu erreichen. Da das Basecamp nicht allzu weit vom Flussufer entfernt lag, musste er früher oder später unweigerlich auf Hinweise stoßen, wenn er dem Fluss stromabwärts folgte. Das war, alles zusammengefasst, zwar kein überzeugendes Erfolgsrezept, aber allemal besser, als tatenlos auf eine imaginäre Hilfe zu warten.

Im Westen versank der letzte Schimmer des verblichenen Tages hinter dem Horizont. Am Himmel funkelten die ersten Sterne. Wenn er das Feuer abbrennen wollte, war der Zeitpunkt dafür gekommen. Er knipste die Taschenlampe an und schnallte den Hüftgurt um, den er abgelegt hatte, weil ihm das lange Messer beim Sitzen stets in die Quere kam. Wenn er sich gegen einen Löwen verteidigen wollte, würde ihm auch eine Stahlklinge nicht viel helfen. Aber ein trügerisches Gefühl von Sicherheit war noch immer besser, als sich der Gewissheit totaler Wehrlosigkeit auszuliefern.

Es bereitete ihm wenig Mühe, im Schein der Taschenlampe den Abstieg zu finden. Auf dem letzten Absatz blieb er stehen und leuchtete die Umgebung ab. Das scharfe Lichtbündel wanderte langsam durch die Nacht, helle Segmente aus der Dunkelheit schneidend. Er hätte den stumpfen Hyänenschädel fast übersehen, wenn nicht sein Augenpaar im Lichtschein glutrot aufgeleuchtet hätte. Zugleich stieg ihm der durchdringende Aasgestank aus dem Maul der Hyäne in die Nase.

»Verschwinde, du Stinker!«, rief er halblaut. Die Hyäne machte mit einem Schreckenslaut kehrt, der wie boshaftes Gelächter klang und verschwand in wilder Flucht im Busch, begleitet vom Krachen brechender Zweige. Ehe er vom letzten Absatz hinunter sprang, vergewisserte er sich neuerlich, ob die Luft rein war. Er konnte nichts Verdächtiges entdecken. Um sich nicht selbst auszuräuchern hatte er den Scheiterhaufen in einigem Abstand von der Felsenklippe angelegt. Er zündete einen kleinen Zweig an und stieß ihn in die Mitte der Pyramide. Das angehäufte dürre Reisig fing explosionsartig Feuer. Binnen Sekunden schoss eine lodernde Flammensäule in die schwarze Nacht.

Die Hitze, die das knisternde, Funken sprühende Feuer verbreitete, trieb ihn in die Flucht. Diesmal brauchte er die Taschenlampe nicht, um sicheren Tritt im Felsen zu finden. Oben angekommen, schnallte er den Gürtel ab und setzte sich an der vorderen Kante nieder. Im hellen Feuerschein, der noch den Waldessaum des jenseitigen Ufers rötete, konnte er schattenhaft Tiere erkennen, die unbeirrt zur Tränke zogen.

Ein Leeregefühl im Magen erinnerte ihn daran, dass er seit Mittag keinen Bissen zu sich genommen hatte. Er kramte die Kekse aus Sloops Beutel und knabberte lustlos an dem trockenen Zeug herum. Aus dem Feuer stoben unter Zischen und Knacken Funkengarben in die Höhe. Der Rauch und lähmende Müdigkeit trieben ihm Tränen in die Augen. Er legte sich ermattet zurück. Was hinderte ihn daran, die Augen für ein paar Minuten zu schließen?

Als er die Augen wieder öffnete, umgab ihn tiefe Dunkelheit. Er war offenbar eingenickt. Das Feuer unten hatte sich bis auf einige Glutreste erschöpft. Tief am östlichen Himmel hing, wie einer billigen Bühnendekoration entlehnt, inmitten hell funkelnder Sterne eine dünne, bleiche Mondsichel. Er drehte sich auf den Rücken und blinzelte in den Himmel. Eine ausgedehnte, hell schimmernde Wolke nahm fast sein gesamtes Blickfeld ein. Sie sah aus wie jene Himmelsgebilde, die nachts das Licht aus den Städten aufsaugen und selbst zu leuchten scheinen. Es dauerte eine Weile, ehe er begriff, was seine Augen sahen. Er blickte in eine Sternenwolke, in eine leuchtende Wolke aus Myriaden von Sternen, so dicht bei einander, dass dazwischen kein Platz für Dunkelheit blieb.

Der Anblick war atemberaubend. Das konnte nur die Milchstraße sein. Die Heimatgalaxie des Planeten Erde. Ein kosmisches Gebilde, von dessen Ausdehnung er keine Vorstellung gehabt hatte. Er fühlte sich wie jemand, dem die Gnade zuteil wird, zu erblicken, was noch keines Menschen Auge je gesehen. Der Tag hatte ihm auf dramatische Weise die Endlichkeit allen Seins vor Augen geführt. Nun öffnete sich vor ihm ein Fenster in die Tiefen des Universums, in die Endlosigkeit von Zeit und Raum.

Aus weiter Ferne drang Löwengebrüll durch die Stille. Trotz

der Tageswärme, die der Felsen abstrahlte, fröstelte ihn. Ein Gefühl namenloser Einsamkeit ergriff von ihm Besitz. Schmerzhaftes Verlangen nach wärmender, menschlicher Nähe erfasste ihn wie der Durst einer verdorrten Kehle nach Wasser. Er vermisste Tanja. Er wünschte voll Sehnsucht, sie wäre an seiner Seite, um das Wunder mit ihm zu teilen, dessen Anblick ihm beschieden wurde. Wie konnte er ihr jemals das Unbeschreibliche beschreiben? Wie konnte er ihr jemals erklären, dass ihm für eine Nacht ein Blick in die Unendlichkeit gewährt wurde?

14. Kapitel

Nachdem sie das Fachbuch in der Medizinischen Buchhandlung im 9. Bezirk abgeholt hatte, fuhr sie in Richtung Innere Stadt. In letzter Zeit überschlugen sich weltweit Neuerungen in Diagnostik und Therapie. Ein richtiger Boom hatte eingesetzt. Fachzeitschriften und Bücher häuften sich auf den Regalen. Man musste sich ordentlich dranhängen, wenn man mit den Entwicklungen Schritt halten wollte. Noch vor fünf Jahren Unmögliches gehörte auf einmal zur Routine. Fast kein Tag verging ohne neue Erkenntnisse, die einer kritischen Beurteilung auf ihre praktischen Auswirkungen bedurften, wollte man nicht blindem Fortschrittsglauben erliegen.

Sie fand einen Parkplatz nahe der Oper in der Nebenfahrbahn der Ringstraße. Ein früher Herbstabend, den selbst das grelle Neonlicht kaum aufzuhellen vermochten, hatte sich auf die Stadt gesenkt. Sie wich einer Menschentraube aus, die sich vor dem Schaufenster eines Autohauses angesammelt hatte. Vorwiegend Männer diskutierten fachkundig über ein schnittiges Sportcoupé, vor dem eine Tafel neben technischen Daten verkündete, dass es eben neu eingetroffen war.

Sie blieb hinter zwei kleinen Buben stehen, deren Augen fasziniert an dem Prachtstück hingen. Der Wagen, in freundlichem Dottergelb, sah richtig hübsch aus. Besonders gefielen ihr die kühne Schnauze und das knackige Heck. Ein Schub prickelnder Unternehmungslust überkam sie. Was hinderte sie daran, das Fahrzeug näher in Augenschein zu nehmen?

Unter den neugierigen Blicken der Schaulustigen betrat sie kurz entschlossen den Verkaufsraum. Zwischen Ficus und anderen Grüngewächsen warteten vier biedere Limousinen auf Interessenten. Ein junger Mann löste sich im Hintergrund des

Lokals von einem Schreibtisch und kam eilfertig näher. Er stellte sich mit einer kleinen Verbeugung vor, die perfekt seiner gepflegten Erscheinung entsprach.

»Womit kann ich dienen, gnädige Frau?«, fragte er in leicht näselndem Ton.

Sie deutete auf den Wagen. »Mich interessiert das Coupé. Darf ich mich hineinsetzen?«

»Ich bitte darum.« Er riss den Wagenschlag auf und wies mit einer einladenden Bewegung auf den Fahrersitz.

Sie musste den Kopf einziehen, um nicht gegen das Dach zu stoßen. Sie ließ sich in den straff gepolsterten Sitz fallen und sah sich um. Das Wageninnere, in warmen Brauntönen gehalten, erweckte auf Anhieb Sympathie. Ein Geruch wie von frisch gebohnertem Parkettboden und blank poliertem Metall hing im Innenraum. Sie hörte nur mit halbem Ohr hin, während der Verkäufer die technischen Vorzüge des Wagens mit jener Behutsamkeit pries, mit der ein Lehrer einen begriffsstützigen Schüler an das Kleine Einmaleins heranführt. Sie legte beide Hände auf das Lenkrad aus dunklem gemasertem Holz. Das Holz fühlte sich angenehm kühl an.

»Servolenkung und Bremshydraulik sind serienmäßig«, hörte sie den Verkäufer sagen. »Der ideale Wagen für eine Dame mit hohen Ansprüchen…«

»Kann ich unter die Motorhaube schauen?«, unterbrach sie ihn, während sie sich hinter dem Lenkrad hervorschälte.

»Unter die Motorhaube?« Der Jüngling griff sich verdutzt an die Krawatte.

»Oder lässt sich die nicht öffnen?«, fragte sie mit einem unschuldigen Augenaufschlag.

»Aber selbstverständlich.« Er fingerte über dem Kühlergrill nach dem Verschluss und klappte die Haube hoch.

»Wie steht's mit der Lieferfrist?«, erkundigte sie sich, während sie sachkundig den Motorraum musterte, in dem sie eben noch Zündkerzen, Batterie und Kühler erkannte.

»Sechs bis acht Wochen«, erklärte der verunsicherte Jüngling. »Darf ich Ihnen einen Prospekt mitgeben?«

Als sie draußen die Broschüre in ihrem Wagen deponierte, vernahm sie hinter ihrem Rücken eine Männerstimme aus der Reihe der Schaulustigen: »Mit der wüßat' i ma wos Besseres als Autofohrn.«

Sie unterdrückte einen Lachreiz und schlug den Weg in Richtung Oper ein. In der Kärntnerstraße schillerten Leuchtreklamen in allen Farben des Spektrums. Strahlende Schaufenster boten erste dezente Hinweise auf das nicht mehr allzu ferne Weihnachtsfest. Es war nicht zu übersehen, wo die elegante Welt einkaufte. Die Wirtschaft blühte, der Schilling rollte. Jung und alt füllte die Flaniermeile, um zu schauen und zu kaufen. Neues Leben lag in der Luft. Man spürte allenthalben den Anbruch einer neuen Ära. Kaufen und genießen, lachen und lieben – ohne Reue.

Sie hielt kurz vor einer Plakatwand, die noch mit Gesichtern und Parolen zur letzten Nationalratswahl gepflastert war. Die Suche nach Erklärungen für das unbegreifliche Verhalten ihres Vaters hatte ihre Aufmerksamkeit schon früh auf die jüngere Zeitgeschichte gelenkt. Das Ergebnis war, dass sie ihren Vater noch weniger verstand als vordem. Hingegen belebte die Beschäftigung mit der jüngsten Vergangenheit ihr Interesse für die Politik der Gegenwart.

Man mochte zu dieser Regierung stehen, wie man wollte – wenn sie nichts anderes getan hätte, als den Schwangerschaftsabbruch in Form der Fristenlösung zu legalisieren, hatte sie es verdient, wiedergewählt zu werden. Es hätte nicht erst ihrer schlimmen Erfahrungen im Krankenhaus bedurft, um sie von der Fristenregelung zu überzeugen. Sie konnte nicht verstehen, dass jemand, der die Tragödien verzweifelter Frauen kannte, diese Lösung ablehnte. Aber was wussten die vorgestrigen Sittenhüter vom Elend einer Frau am Ende ihrer physischen und psychischen Kräfte schon? Vom goldenen Podest aus ließ sich leicht Moral predigen. Allein, eine Moral, die sich nicht jeder leisten konnte, verdiente diese Bezeichnung erst gar nicht.

Sie bemühte sich, Erinnerungen fortzuwischen, die ihre Stimmung zu trüben drohten. Schließlich hatte sie beschlossen, ein paar Stunden Urlaub von all ihren Problemen zu nehmen. Sie blieb vor einer eleganten Boutique stehen und sah sich Kostüme und Hosenanzüge an. Keines der ausgestellten Stücke war unerschwinglich. Sie musste an Zeiten zurückdenken, da sie ein Luxusgeschäft nicht zu betreten gewagt hätte. Heute konnte sie sich von der Auslage in dem befriedigenden Bewusstsein trennen, dass ihr Kreditkarten jederzeit die Erfüllung jedes Wunsches ermöglichten.

Zwischen gestern und heute lagen tatsächlich Welten – in jeder Hinsicht. Noch vor kurzem hätte sie nicht daran gedacht, ein Auto zu kaufen, ohne sich vorher mit Lukas zu beraten. Jetzt reizte es sie geradezu, sich seine Verblüffung auszumalen, wenn sie ihn vor vollendete Tatsachen stellte. Aber sie würde es natürlich bleiben lassen. Es wäre unsinnig gewesen, auf sein technisches Wissen und seine Erfahrung zu verzichten. Es wäre eben so unsinnig wie überflüssig, ihn vor den Kopf zu stoßen. Um mit sich selber ins Reine zukommen, waren Nadelstiche gegen andere wenig hilfreich.

Großartig, wie sie es verstand, Urlaub von ihren Problemen zu nehmen! Der geringste Anlass, und sie steckte wieder mitten drin in ihrem Schlamassel. Obwohl sie versuchte, Manuel aus ihren Gedanken auszuklammern, gelang ihr auch das nur bedingt. In Wahrheit wurde sie auf Schritt und Tritt von der Erinnerung an seine hingebungsvolle Fürsorge begleitet, die sie eingehüllt hatte wie ein weiches Tuch, an seine unerschöpfliche Zärtlichkeit, an seine leidenschaftlichen Umarmungen, an seine Gabe, Ruhe ohne Langeweile zu verbreiten. Sie durfte sich keiner Selbsttäuschung hingeben. Zufall oder schicksalhafte Fügung – er trat zu einem Zeitpunkt in ihr Leben, an dem sich eine endgültige Entscheidung nicht unbegrenzt aufschieben ließ. Wenn sie ein Kind haben wollte, blieb ihr nicht mehr sehr viel Zeit.

Sie verzog den Mund zu einem bitteren Lächeln. Wenn sie so weiter machte, konnte sie ebenso gut heimfahren und innerhalb ihrer vier Wände Trübsal blasen. Im Espresso, auf das sie zuhielt, war ein Tisch mit Blick auf den Graben frei. Das Lokal präsentierte sich nach einer Totalrenovierung in zeitgemäßem Look. Viel Holz, viel Glas, Sitzpolster aus rotem Kunststoff.

In der gegenüberliegenden Spiegelwand sah sie eine Kellnerin heraneilen. Das Mädchen trug ein Minikleid in der Farbe der Sitzpolsterung. Sie bestellte einen doppelten Espresso und schaute auf das bunte Treiben vor den Fenstern. Das unfreundliche Wetter konnte die Touristen offenkundig nicht aufhalten. Sie hatten den Graben fest in der Hand. Bei der Pestsäule hatte sich eine Schar Jugendlicher versammelt, um in historischer Umgebung Coladosen zu leeren. Eine Gruppe japanischer Besucher setzte, angeführt von einer Fähnchen schwingenden Reiseleiterin, zum Sturm auf den Stephansplatz an.

»Ach – du bist's also wirklich«, riss sie eine bekannte Stimme aus ihren Betrachtungen.

Sie blickte auf und sah in Lisbeth Kremers Gesicht. »Habe ich mich seit Freitag sosehr verändert, dass man mich nicht erkennt?«, fragte sie.

»Das nicht«, sagte Lisbeth. »Aber von hinten sehen alle Esel gleich aus.«

»Sehr schmeichelhaft!« Tanja musterte Lisbeths Erscheinung. Der saloppe Hosenanzug, der ihre schlanke Figur betonte, perfekt abgestimmte Accessoires vom Feinsten, dezentes Make-up – Lisbeth hatte schon als Teenager einen sicheren Geschmack bewiesen.

»Wartest du auf jemanden, oder bist du auf Männerfang?«, erkundigte sich Lisbeth.

»Weder noch. Ich warte auf einen Espresso, der hoffentlich bald kommt.«

»Fein. Dann kann ich mich ja zu dir setzen." Lisbeth stellte ihre Päckchen auf dem bodennahen Fenstersims ab. »Ist schon witzig, nicht? Da sieht man sich Ewigkeiten nicht und läuft sich dann desto öfter über den Weg.«

»Du siehst blendend aus«, stellte Tanja fest, als sie einander gegenübersaßen.

»Findest du? Vielleicht interessiert sich mein Mann deshalb derzeit mehr für mich als für seine Freundin.«

Tanja zog die Augenbrauen hoch. »Hat dein Mann eine Freundin?«

»Keine Ahnung. Unter uns gesagt – soll er sein Vergnügen haben, so lang ich davon nichts merke.«

Die Kellnerin brachte den Espresso und ersparte damit Tanja einen Kommentar zu Lisbeths Philosophie. Lisbeth bestellte einen Sherry und nahm ein Zigarettenpäckchen aus der Handtasche.

»Was ist mit dir los?«, fragte sie, das Päckchen über dem Tisch haltend.

Tanja nahm eine Zigarette und griff in die Handtasche nach dem Feuerzeug. »Was soll los sein mit mir?«

»Ich weiß nicht. Am Freitag bist du mir vergnügter vorgekommen. Du hast doch nicht etwa Liebeskummer?«

»Liebeskummer? So könnte man es auch nennen«, entfuhr es Tanja.

Lisbeth sah sie durch den Zigarettenrauch forschend an. »Das klingt spannend. Hat sich dein Herzblatt in Afrika eine kleine Schwarze zugelegt?«

Tanja fixierte die Glut ihrer Zigarette. Die Scheu, ihr Herz auszuschütten, hinderte sie normalerweise daran, über ihre Probleme mit anderen zu reden. Im Augenblick jedoch empfand sie das drängende Bedürfnis, mit jemandem zu sprechen, von dem sie Verständnis erwarten konnte. Dafür war Lisbeth genau die Richtige. Ihr offenes, unkompliziertes Wesen machte einem das Reden leicht.

»Wenn er sich wirklich eine kleine Schwarze geangelt hat,

werde ich es vermutlich nie erfahren«, sagte sie. »Die Sache ist die...« Sie stockte. »Na ja – es gibt da einen anderen Mann.«

Lisbeth pfiff leise durch die Zähne. »Schau, schau! Seit wann gibt es den denn?«

»Seit dem vergangenen Wochenende.«

»Ach! Am Freitag war das offenbar noch kein Problem für dich.«

»Am Freitag wusste ich auch noch nichts davon.«

»Das muss ja ein flotter Bursche sein. Wie hast du ihn kennen gelernt?«

Tanja fühlte sich, als entledigte sie sich Schicht um Schicht einer schützenden Hülle. »Du kennst ihn«, sagte sie zögernd. »Der Herr mit der Zeitung. Im Raucherzimmer, erinnerst du dich?«

»Natürlich.« Lisbeth musterte sie so aufmerksam, als säßen sie einander zum ersten Mal gegenüber. »Keine schlechte Wahl. Ist er verheiratet?«

»Nein. Wie kommst du darauf?«

»Ein gut aussehender Mann dieses Alters ist entweder verheiratet oder sonst irgendwie vergeben.«

»Er ist Witwer. Seine Frau kam auf tragische Weise ums Leben. Aber das ist eine lange Geschichte, die nichts zur Sache tut.«

Lisbeth drückte ihre Zigarette aus. »Und wo ist das Problem?«

Tanja sah sie verständnislos an.

»Worin mein Problem besteht? In den nächsten Tagen kommt Lukas zurück. Ich war noch nie in so einer Situation. Ich weiß einfach nicht, was ich machen soll.«

»Nichts, wenn du mich fragst«, sagte Lisbeth sachlich. »Lass dir Zeit mit einer Entscheidung. Und halte dir vorerst beide warm. Das kann nie schaden.«

Tanja schüttelte bedrückt den Kopf. »Du hast leicht reden. Ich glaube nicht, dass ich das überhaupt könnte.«

»Was man kann oder nicht kann, weiß man erst, wenn man es probiert hat.«

»Die beiden sind so verschieden wie Tag und Nacht«, sagte

Tanja. Sie wunderte sich, wie leicht ihr die Worte über die Lippen kamen. Als hätte sie nur auf die Gelegenheit gewartet, sich aussprechen zu können. »Wenn ich ein Kind will, bleibt mir in unserem Alter nicht mehr viel Zeit. Lukas als Vater – das kann ich mir gar nicht so recht vorstellen.«

»Und der andere?«

»Manuel? Den könnte ich mir schon eher als Vater meines Kindes vorstellen.« Sie warf abwesend einen Blick aus dem Fenster, vor dem zwei junge Männer in eine lautstarke Auseinandersetzung verwickelt waren. »Aber so einfach ist das alles nicht. Ich bin mit Lukas seit sieben Jahren zusammen. Das wirft man nicht so leicht weg.«

Lisbeth nahm einen Schluck von dem Sherry, den die Kellnerin vor sie hingestellte hatte.

»Du hast deine Probeläufe gehabt und kannst dir den Vater deines Kindes aussuchen. Was willst du mehr?«

Tanja brachte ein mühsames Lächeln zustande. »Du bist ein frivoles Ding«, sagte sie.

»Ich bin nicht frivol, ich bin nur realistisch. Nimm dir, was du bekommen kannst, sonst nehmen es sich andere.« Sie blickte auf die Wanduhr über der Theke und leerte ihr Sherryglas. »Ich muss mich auf die Beine machen, sonst verhungern meine beiden Rangen.« Sie griff nach den Päckchen auf dem Fenstersims, nahm sie jedoch nicht auf. »Übrigens – ich habe mich entschlossen, an der Uni zu inskribieren. Das habe ich deinem ansteckenden Ehrgeiz zu verdanken.«

»Du willst Medizin studieren?«, fragte Tanja ungläubig.

»Um Himmels Willen – nicht Medizin! Publizistik und Politikwissenschaft. Damit kann man heute eine Menge anfangen. Vielleicht versuche ich es bei einer Zeitung oder mit Politik, sobald die Kinder in der Oberstufe sind. Politikerinnen werden bald mehr gefragt sein als Kindermädchen.«

»Und was versprichst du dir von einer Laufbahn als Politikerin?«

»Die Möglichkeit, in Bastionen einzudringen, welche die Herren der Schöpfung in Erbpacht zu halten versuchen.« Sie winkte der Kellnerin. »Da ich mich an deinen Tisch eingeladen habe, lade ich dich zum Espresso ein.«

»Was sagt denn dein Mann zu deinen Plänen?«, fragte Tanja.

»Gar nichts. Der weiß noch nichts davon und wird auch nicht gefragt.«

Vor dem Café verabschiedeten sie sich. Lisbeth drehte sich im Fortgehen um. »Rufst du mich an, wenn die Würfel gefallen sind? Ich bin schrecklich neugierig. Aber das weißt du ja längst.«

Tanja machte sich ohne Eile auf den Weg zu ihrem Wagen. Was hatte es gebracht, Lisbeth alles zu beichten? Im Grunde genommen, nicht viel. Höchstens einmal mehr die Bestätigung, dass man sich das Leben auch leichter machen konnte, als sie es tat. Dennoch fühlte sie sich irgendwie entspannter. Sie hätte weder gewünscht, noch erwartet, dass Lisbeth ihr weise Ratschläge erteilte. Es hatte einfach gut getan, sich auszusprechen und die Meinung einer Unbeteiligten zu hören. Wenngleich sich Lisbeths Lebensphilosophie nicht unwesentlich von ihrer eigenen unterschied.

Obwohl ihr Magen vor Hunger zu knurren begann, widerstand sie der Versuchung, dem appetitanregenden Speisenduft aus einem Gasthaus zu folgen. Wenn sie ohne Begleitung in ein Restaurant ging, nahm sie üblicherweise etwas zu lesen mit. Ein Buch oder eine Zeitschrift waren bewährte Mittel gegen Singlephobie und unerwünschte Blickkontakte.

Auf der Heimfahrt kam sie zügig voran. Der Berufsverkehr war längst verebbt, Theater und Kinovorstellungen hatten bereits begonnen. Unterwegs waren um diese Stunde nur mehr diejenigen, die es bis zum Beginn des Abendprogramms im Fernsehen nicht geschafft hatten. Sie parkte den Wagen auf ihrem Stammplatz gegenüber der Villa. Schon beim Aussteigen konnte sie den Fernseher aus der Wohnung der alten Frau Lisyak hören. Vor dem Gartentor hatte der Wind eine Wechte aus trockenem Laub zusammengeweht. Die Blätter raschelten aufgebracht unter ihren Sohlen, als wollten sie gegen die rücksichtslosen Tritte protestieren.

Im Vorraum fiel ihr erster Blick auf einen üppigen Strauss roter Rosen. Er stand auf der Truhe in einer Vase neben dem unvermeidlichen Stapel Tagespost. An der Vase lehnte ein Kuvert, das Lukas' unverkennbare Handschrift trug.

Sie betrachtete verstört den Rosenstrauß. Der Boden unter ihren Füßen drohte nachzugeben. Sie lehnte sich mit dem Rücken an die Tür und holte tief Luft. Woher kamen die Blumen? War Lukas zurück und hatte sie während ihrer Abwesenheit gesucht? Wieso hatte sie die Möglichkeit, ihm schon heute zu begegnen, nicht in Betracht gezogen? Die Vorstellung, dass er jeden Augenblick überraschend auftauchen könnte, brachte sie völlig aus der Fassung. Sie versuchte krampfhaft ihre Gedanken zu ordnen. Wenn er hier gewesen wäre, hätte er Blumen und Brief wohl kaum im Vorraum hinterlassen. Dann hätte er oben auf sie gewartet. Außerdem – er würde nicht unangemeldet zu ihr kommen. Das hätte den Bruch einer stillschweigenden Übereinkunft bedeutet, an die sie sich beide stets gehalten hatten.

Sie atmete auf, als sie den Anhänger eines Zustelldienstes in den Rosen entdeckte. Sie klemmte die Post unter den Arm und stieg, die Vase in der Hand, zu ihrer Wohnung hinauf. Auf halber Treppe fiel ihr ein, dass sie das Buch und den Autoprospekt im Wagen vergessen hatte. Sie hatte keine Lust, deshalb umzukehren. Im Zimmer stellte sie die Vase auf den Tisch und legte Lukas' Brief daneben. Die restliche Post warf sie auf den Stapel ungelesener Werbebroschüren.

In der Küche stellte sie eine Portion Hühnerreis, die Erna vor einigen Wochen spendiert hatte, aus der Gefrierbox in den Mikrowellenherd und schaltete das Gerät auf ›Auftauen‹.

Seit sie den Vorraum betreten hatte, war ihr Appetit ebenso verflogen wie die Hoffnung auf einen entspannten Abend. Sie streifte die Kleider ab und schlüpfte in einen Hausanzug.

Sie setzte sich an den Tisch und nahm Lukas' Brief zur Hand. Keine Briefmarke, kein Absender. Er musste jemanden beauftragt haben, Brief und Rosen zuzustellen. Noch vor vier Tagen hätte sie das Kuvert schon auf der Treppe geöffnet. Jetzt zögerte sie damit, als rechnete sie mit einem unheilvollen Inhalt, von dem sie lieber nichts wissen wollte.

Es war still geworden im Haus, seit unten der Fernseher nicht mehr lief. Sie lehnte sich zurück und betrachtete mutlos die beiden Vasen auf dem Tisch. Manuels Lilien zeigten erste Anzeichen des Welkens. Braune Ränder an erschlafften, weit geöffneten Blütenkelchen, traurig herabhängende Blätter am Ende jeder Hoffnung. Daneben prangten Lukas' Rosen in voller Blütenpracht. Der Rosenkavalier und sein Rivale, dachte sie bitter. Als wollte er gezielt einen Finger auf ihre offene Wunde legen. Als ahnte er, was in ihr vorging. Sie senkte den Blick auf den Briefumschlag. Er konnte nicht wissen, wie es um sie stand. Sie wusste es selber nicht. Sie fühlte sich so fremd in ihrem eigenen Leben, als ob es das einer anderen wäre.

Als sie nach dem Brieföffner griff, begann das Telefon zu läuten. Sie legte den Öffner zur Seite und schaute gereizt den klingelnden Apparat an. Wer immer jetzt anrief, tat es zur Unzeit. Sie hatte mehr als genug mit sich selbst zu tun.

Sie hob ab und meldete sich. Ihre Anspannung löste sich ein wenig, als sie Manuels Bass am anderen Ende der Leitung erkannte.

»Muchachita, ich muss deine Stimme hören, sonst mache ich heute Nacht kein Auge zu«, sagte er zärtlich.

Seine sonore Stimme versetzte eine Saite in ihrem Inneren in sanfte Schwingungen. »Wie hast du geschlafen, ehe wir uns kannten?«, fragte sie, um einen leichten Tonfall bemüht.

»Schlecht«, sagte er. »Sehr schlecht.« Er stockte. »Bist du nicht allein?«

»Doch. Wie kommst du darauf?«

»Du klingst so reserviert.« Er schwieg wieder. »Ich fürchte

den Tag, an dem du mir sagen wirst, dass du nicht mehr allein bist.«

Sie schluckte die Antwort, die ihr auf der Zunge lag, hinunter. Er brauchte nichts von ihrem Schock zu wissen. Es würde weder ihm noch ihr helfen, wenn sie die Rosen und Lukas' Brief erwähnte.

»Denk nicht daran«, sagte sie liebevoller als beabsichtigt. »Und träume schön.«

»Ich werde von dir träumen«, sagte er leise. »Von der wunderbarsten Frau der Welt.«

Sie legte langsam den Hörer auf die Gabel. Seine Worte hallten ihr wie ein Echo in den Ohren. Sie war keinem Mann zuvor begegnet, der Liebesbeteuerungen ohne Pathos in solch berührender Form vorzubringen verstand. Er konnte allein mit seiner Stimme mehr bewegen als andere mit suchenden Händen. Für ihn bedeuteten Worte, anders als für viele andere Männer, kein Wagnis. Für ihn schien der schmale Grat zwischen Ernsthaftigkeit und Lächerlichkeit nicht zu existieren.

Während sie sich auf der Anrichte ein Glas Wein eingoss, fiel ihr Blick auf das Tonbandgerät. Das Band mit Vivaldis ›Vier Jahreszeiten‹ hielt noch dort, wo sie die Wiedergabe am Samstag abgebrochen hatte. Am Samstag, nach Manuels Anruf, da sie noch nicht geahnt hatte, was geschehen würde.

Sie schaltete das Gerät ein und kehrte an ihren Tisch zurück. Die ersten Takte des ›Sommers‹ begannen den Raum zu füllen. Sie lehnte sich mit geschlossen Augen zurück und ließ sich von der Musik gefangen nehmen, die sie forttrug in eine wohltuende Sphäre des Schwebens, in Gefilde ohne Grenzen, in die niemand ihr folgen konnte.

Das Schrillen des Telefons schreckte sie auf. Sie riss wütend den Hörer von der Gabel und meldete sich.

»Wer?«, fragte gedehnt eine fremde Frauenstimme. »Verzeihung, falsch verbunden«, und noch ehe die Verbindung unterbrochen wurde: »Du hast mir eine falsche Nummer gegeben.«

Man konnte Lukas nicht eben als schreibwütig bezeichnen. In den sieben Jahren ihrer Beziehung hatte sie kaum ein Dutzend Briefe von ihm erhalten. Desto mehr überraschte sie, dass er während einer kurzen Reise schrieb. Sie öffnete das Kuvert und zog ein gefaltetes Blatt Briefpapier mit dem Aufdruck ›Hotel Independence‹ heraus.

Lukas hatte eine gut lesbare, sichere Handschrift. Sie überflog den Brief und las ihn danach ein zweites Mal so langsam, als müsste sie jedes Wort einzeln buchstabieren. Wie sie erwartet hatte, bestand das Schreiben nur aus wenigen Zeilen. Aus sehr liebevollen Zeilen, vor allem wenn man bedachte, dass sie von einem kamen, dem Gefühlsäußerungen nicht gerade leicht fielen.

Vivaldis Musik hatte vom Sommer zum Herbst gewechselt, ohne dass sie den Übergang wahrgenommen hatte. Ihr Blick hing unverwandt an den letzten Worten des Briefes. »Falls du keinen Besseren gefunden hast – könntest du dir vorstellen, mich zu heiraten?«

Die Schrift begann vor ihren Augen zu verschwimmen. Dieser verdammte Kerl! Er hatte Jahre Zeit gehabt, sich diese Worte abzuringen. Jahre, in denen sie mit der Antwort nicht gezögert hätte. Jetzt machte er ihr aus einem Hotel am anderen Ende der Welt einen Heiratsantrag. Als ob er ahnte, dass sich eine Wende anbahnte, dass ihre gemeinsame Zeit abzulaufen drohte.

Sie ließ erschöpft den Kopf in die Hände sinken. Wie lang konnte man durchhalten im Wechselbad der Gefühle, ohne die Orientierung zu verlieren? Wie erreichte man das rettende Ufer, ohne vorher zu ertrinken?

Ihre Augen füllten sich mit Tränen. Sie konnte nicht an sich halten. Sie schluchzte so haltlos wie seit dem Tod ihrer Mutter nicht mehr. Die Tränen tropften zwischen ihren Fingern auf den Brief und begannen die liebvollen Worte zu ertränken.

15. Kapitel

Er hatte eine elende Nacht hinter sich, gefangen in einem zermürbenden Zustand zwischen Wachen und Albträumen. Schreckensszenen der Tragödie im Fluss flammten in Abständen vor seinen geschlossenen Augen auf wie Momentaufnahmen des Grauens. Einmal hatte er von einem zugefrorenen Kasamanya zwischen verschneiten Ufern geträumt. Aus dem Eis ragte ein menschlicher Arm, um den sich Krokodile balgten. Er war schweißgebadet aufgewacht, um bald erschöpft und frierend wieder einzunicken. Irgendwann trug Löwengebrüll, vermischt mit hysterischem Hyänengekreisch, Furcht erregende Visionen in seinen Halbschlaf.

Als ihn der durchdringende Schrei eines Fischadlers endgültig aus dem Schlaf riss, strichen die ersten Sonnenstrahlen über die Baumkronen hin. Das vielstimmige Gurren der Buschtauben hing in der Luft wie ein besänftigender Chorgesang himmlischer Geister. Er richtete sich mühsam auf und blickte schläfrig um sich. Das Morgenlicht brannte schmerzhaft in seinen Augen. Eine leichte Brise trug den säuerlichen Geruch von Erblühen und Verwesen heran. Er fühlte sich ausgelaugt und abgeschlagen. Seine Glieder bewegten sich kraftlos wie nach einem eben überstandenen Fieberanfall.

Die freundliche Morgensonne breitete eine Stimmung friedlicher Besinnlichkeit über die Landschaft. Ein sanft dahinströmender Fluss, ein Märchenwald voll rehäugiger Antilopen, Vogelgesang aus leuchtenden Baumkronen – ein Paradies bunten Lebens. Keine Spur von der kalten Gnadenlosigkeit, mit der vor seinen Augen ein Mensch in den Tod gerissen wurde. Keine Anzeichen von den Gefahren, die überall lauerten.

Er hatte gehofft, dass Tambe das Signalfeuer bemerkt hatte.

Wirklich gerechnet hatte er damit nicht. Daher enttäuschte es ihn auch nicht, dass sich weit und breit keine Menschenseele blicken ließ. Er legte den Hüftgurt an, warf die Umhängetasche über die Schulter und machte sich an den Abstieg. Unten stellte er die Tasche ab und ging zum Fluss hinunter. Trotz seiner bescheidenen Erfahrung im Spurenlesen konnte er

unter einer Unzahl neuer Spuren im Lehm, die nächtliche Besucher der Tränke hinterlassen hatten, die Abdrücke von Löwentatzen erkennen.

Er musterte argwöhnisch die Wasseroberfläche, ehe er es wagte, seine Hände einzutauchen, um sich den Schlaf aus den Augen zu waschen. Mit einem Schluck bitter schmeckenden Wassers, das er sogleich wieder ausspuckte, versuchte er den schalen Geschmack der vergangenen Nacht aus dem Mund zu spülen. Ein Schwarm winziger Fische machte sich gierig über seinen Speichel her.

Was er jetzt am dringendsten brauchte, waren heißer Tee und ein fester Bissen im Magen. Mit einem nassen Ast stocherte er in der weißen Asche der abgebrannten Feuerpyramide, bis er auf Glutreste stieß. Er schob sie zu einem Häuflein zusammen, füllte den Alubecher mit Tee aus der Feldflasche und stellte ihn in die Glut.

Während er darauf wartete, dass der Tee heiß wurde, schob sich lautlos der Kopf einer Antilope aus dem Gestrüpp. Das Tier sah ihn aus großen Augen erschreckt an und verschwand so schnell wieder im Busch, wie es aufgetaucht war. Er trug den Becher mit dem warmen Tee zum Fuß der Felsklippe und kramte die Kekse aus der Tasche. Auf einem knochenweißen Baumskelett hinter der Felsenklippe landete kreischend eine Schar von Geiern.

Early-morning-tea zwischen Geiern und Krokodilen, dachte er. Die Kekse zusammen mit dem Tee wirkten belebend auf seine morgenträgen Sinne, ohne jedoch sein Hungergefühl zu stillen. Wenn er seinen knurrenden Magen beruhigen wollte, musste er, wohl oder übel, zur Notverpflegung greifen. Er schnitt mit dem Messer einen der beiden Blöcke entzwei und begann an einer Hälfte zu kauen. Das Zeug hatte die zähe Konsistenz von Knetwachs und erinnerte im Geschmack an eine würzige chinesische Speise, die er einmal in einem Spezialitätenrestaurant gegessen hatte. Zu seiner Überraschung stellte sich bereits nach wenigen Bissen ein angenehmes Gefühl der Sättigung ein, das in ihm das Bedürfnis nach einer Zigarette weckte.

Bevor er zum Feuerzeug griff, zählte er die restlichen Zigaretten in der Packung. Wenn er haushielt, musste er bis zum Abend das Auslangen finden. Anders der Tee. Der würde niemals für einen Tag unter lodernder Sonne reichen. Er würde nicht umhinkommen, den Flüssigkeitsvorrat zu ergänzen, wenn er nicht im Busch verdursten wollte.

Die glimmende Zigarette zwischen den Lippen, machte er sich an die Arbeit. Er schnitzte an einer Astgabel, bis sie sich mit den aufgeklappten Griffen des Alubechers verkeilen ließ. Dann öffnete er den Schraubverschluss der Feldflasche, stülpte mehrere Lagen Verbandmull aus der Erste-Hilfe-Packung als Filter über die Öffnung und lehnte die Flasche gegen einen Stein. Ehe er zum Fluss hinunter ging, häufte er trockenes Reisig auf die Glutreste. Das Reisig brannte lichterloh, als er mit dem vollen Becher zurückkehrte. Er hielt das Gefäß an der Astgabel in die Flammen, bis das Wasser zu kochen begann.

Es war eine aufwendige und zeitraubende Prozedur. Ein Teil des abgekochten Wasser floss jedes Mal am Filter vorbei in den Sand. Er musste den Vorgang sechsmal wiederholen, um die Flasche anzufüllen. Inzwischen war es acht Uhr geworden. Er sah keinen Sinn darin, länger auf Tambe zu warten. Selbst wenn der Ranger den Feuerschein bemerkt haben sollte, hatte er sich nicht auf die Suche gemacht. Sonst hätte er schon längst hier sein müssen.

Nachdem er das Feuer mit Sand gelöscht hatte, machte er sich auf den Weg. Ganz wie unter Sloops Führung, hielt er sich, wo immer möglich, an ausgetretene Wildpfade. Schon nach den ersten Schritten zwischen mannshohen Dornbüschen und zügellos wucherndem Gestrüpp wurde er sich der eigenen Unzulänglichkeit nur allzu klar bewusst. Seine Augen waren nicht dafür geschult, Verborgenes zu enttarnen, seine Ohren nicht darin geübt, den Ursprung fremder Laute zu entschlüsseln. Er gab sich keinen falschen Hoffnungen hin. Seine Chancen, dieses Abenteuer heil zu überstehen, standen bestenfalls fifty-fifty. Er war in einer Welt unterwegs, die allein den Regeln des Kampfes ums Überleben gehorchte. Er drang in ein Reich ein, in dem die Starken um ihre Stärke und die Schwachen um ihre Schwäche wussten. Kein günstiger Boden für einen einsamen Menschen, der den Starken nicht entgegenzutreten und den Schwachen nicht beizustehen vermochte.

Das Bestreben, so rasch wie möglich in offenes Terrain zu gelangen, trieb ihn voran. Das wirre Muster der Wildpfade, die sich kreuzten, verzweigten oder im Dickicht verloren, behinderte das Vorankommen. Zudem musste er auf die Marschrichtung achten. Jede Abweichung kostete Zeit, die ihm fehlen würde, wenn er vor Einbruch der Dunkelheit das Basislager erreichen wollte.

Als er eine breite Schneise im Busch verließ, veranlasste ihn lautes Rauschen im Baumschatten jenseits einer sonnendurchfluteten Lichtung, jäh stehen zu bleiben. Es hörte sich an, als fiele eine wütende Sturmbö über den Wald her. Er spähte angestrengt hinüber, konnte jedoch die Ursache der Turbulenzen nicht ausmachen. Da ihm das Fernglas beim Abstieg von der Felsenklippe hinderlich gewesen wäre, hatte er es im Umhängebeutel verstaut. Er holte das Glas hervor und richtete es auf den schattigen Rand der Lichtung, wo ein Baum hin und her wippte wie ein Schilfhalm im Abendwind.

Seinen Augen bot sich ein einzigartiges Schauspiel. Ein Elefant hatte sich, wie für eine Zirkusnummer, auf den Hinterbeinen zu voller Größe aufgerichtet. Die Vorderbeine oben gegen den Baumstamm gestützt, den Rüssel um einen großen Ast geschlungen, bildete er eine Zange, die es ihm ermöglichte, den Baum so kräftig zu schütteln, dass ein Regen gelbgrüner Früchte auf ihn niederprasselte. Danach setzte er mit der den Dickhäutern eigenen Behäbigkeit die Vorderbeine auf den Boden und machte sich gemächlich über seine Beute her. Er sammelte die herunter geschüttelten Früchte, die wie halbreife Marillen aussahen, einzeln mit dem Rüssel ein und beförderte sie schwungvoll ins Maul.

Da es völlig windstill war, sah er keinen Grund, einen allzu großen Umweg einzuschlagen. Es genügte, wenn er sich außerhalb der Seh- und Hörweite des Elefanten hielt Er hängte das Fernglas um den Hals und überquerte in einem knappen Bogen die Lichtung. Drüben fand er zwischen Dornenbüschen einen breiten, in östliche Richtung führenden Pfad, auf dem frische Elefantenlosung verteilt lag. Die Anhäufung des Dungs deutete darauf hin, dass sich mehrere der Tiere in der Nähe aufhielten. Wenig später stieg er über Büffellosung hinweg, die gleichfalls ziemlich frisch zu sein schien.

Als ob ihm nicht heiß genug gewesen wäre, brach ihm der Angstschweiß aus den Poren. Genau das war es, was er gefürchtet hatte. Begegnungen mit Elefanten, Büffeln oder Nashörnern. Büffel wie Dickhäuter konnten ein für Menschen undurchdringliches Dorngestrüpp mühelos durchbrechen, was jede Hoffnung auf Entkommen zur Illusion machte.

Als er bereits offenes Land zwischen Bäumen und Sträuchern durchschimmern sah, erschreckte ihn das laute Knacken berstender Äste zu seiner Linken. Aber es waren nur zwei Kudus, die mindestens ebenso erschrocken wie er mit weiten Sprüngen ihr Heil in der Flucht suchten.

Am Ende des Buschwalds ließ er sich erleichtert für eine Verschnaufpause im Schatten einer Schirmakazie nieder. Vor ihm dehnte sich endlos eine sonnverbrannte Ebene aus, durchsetzt von spärlichen Buschinseln. Die Luft flimmerte in der Hitze.

Irgendwo hoch droben in den Baumkronen erschallte melodischer Vogelgesang. Ein paar große schwarze Ameisen setzten dazu an, sein Schuhwerk zu erkunden. Er beobachtete eine Weile ihr planlos scheinendes Durcheinanderlaufen auf dem Rauleder, eher er sie behutsam abstreifte.

Er sah auf seine Armbanduhr. Er hatte nicht gemerkt, wie schnell die Stunden verrannen. In Ausnahmesituationen gehorchte die Zeit eigenen Gesetzen. Wer nicht beizeiten mit den Umständen zurechtkam, verlor sich hoffnungslos im Irrgarten der Unabwägbarkeiten. Er war vom Statisten in der letzten Reihe mit einem Schlag zum Player in vorderster Linie aufgerückt, auf einer Stegreifbühne ohne Grenzen, unter der Regie des Großen Unbekannten. Es half nichts, sich dagegen aufzulehnen. Man tanzte an den Fäden, die der Große Unbekannte zog.

Er hatte das unbehagliche Gefühl beobachtet zu werden und drehte sich um. Er wurde tatsächlich beobachtet. Drei Paviane, die in respektvollem Abstand nebeneinander auf den Hinterbacken hockten wie Statuen, starrten unverwandt zu ihm herüber.

Er packte seine Sachen zusammen und brach auf. Die freie Sicht über die offene Prärie weckte zum ersten Mal seit Peters Tod ein Gefühl der Entspannung in ihm. Kein Dickicht, aus dem ihn ein Angriff überraschen konnte, kein von wilden Tieren vorgegebener Weg. Er genoss es, wieder selbst bestimmen zu können, wohin er seine Füße setzte. Seine Müdigkeit war ebenso verebbt wie ein Anflug von Mutlosigkeit, dessen er sich erst jetzt bewusst wurde.

Ein Blick auf seinen bereits ziemlich kurz gewordenen Schatten bestätigte, dass er sich weiterhin in südöstlicher Richtung bewegte. Fernab grasten allenthalben Herden von Antilopen und Zebras in der verbrannten Savanne. Weit im Süden zog eine Schar von Geiern ihre Kreise am Himmel. Vermutlich warteten sie gemeinsam mit Hyänen und Schakalen auf das Ende einer Raubtiermahlzeit, um untereinander um die Reste zu streiten.

Seiner Schätzung nach musste er gut ein Drittel des Weges zum Kasamanya hinter sich haben. Es wurde allmählich Zeit, nach einem schattigen Platz für die Mittagsrast auszuschauen. Obwohl er das Hemd längst aufgeknöpft hatte, floss ihm der Schweiß in Strömen über Gesicht und Brust. Kein Lufthauch milderte die brütende Hitze.

Inzwischen hatte die Sonne fast den Zenit erreicht und damit ihre Funktion als Orientierungshilfe verloren. Er erwog kurz, sich nach Norden zu wenden, wo er den schattigen Buschwald vermutete, in dem am Vortag das Zwischencamp lag, als er voraus am Horizont einen dunklen Fleck entdeckte. Durch das Fernglas konnte er eine Baumgruppe ausnehmen, in deren Schatten sich etwas bewegte. Die Entfernung war zu groß, um erkennen zu können, um welche Art von Tieren es sich handelte.

Er marschierte mit weit ausholenden Schritten über rote Erde, aus der gelbe Grasbüschel ragten wie kümmerliche Überreste einer ausgestorbenen Vegetation. Nach einer guten halben Stunde senkte sich das Terrain zunächst kaum merkbar, um dann rasch zu einem tiefen, ausgetrockneten Flussbett abzufallen. Er blieb am Uferabbruch stehen und blickte misstrauisch nach beiden Seiten. Pfützen und nass glänzende Schlammlöcher bewiesen, dass der Fluss kürzlich Wasser geführt hatte. Der Wasserlauf passte nicht recht in die Wegskizze, die er im Kopf entworfen hatte. Er überlegte, ob es das Flussbett sein mochte, wo sie am Vortag den beiden jungen Löwen begegnet waren. Aber hier gab es kein frisches Gras, das dort bis zum Fluss gereicht hatte. Was andrerseits wenig besagte, weil er nicht ausschließen konnte, sich nördlich der kleinräumigen Regenzone zu bewegen.

Die Flussufer waren steil und brüchig. Er musste ein ganze Weile oben entlang wandern, bis er einen brauchbaren Abstieg fand. Unten, wo die Luft zwischen den schroffen Lehmwänden völlig stillstand, erreichte die Hitze die Grenzen des Erträglichen. Den stumpfköpfigen smaragdgrünen Eidechsen, die ihm in Scharen über den Weg liefen, schien das nichts auszumachen. Schließlich stieß er auf eine ausgewaschene Wildspur, die sich zum Aufstieg anbot. Als er den Kopf über den Uferrand steckte, blickte er geradewegs einem ausgebleichten Tierschädel in die leeren Augenhöhlen. Über die rote Erde lagen Knochen verstreut, Rippen, Wirbelkörper, ein zahnloser Kiefer. Letzte Zeugnisse eines verlorenen Lebens.

Nach einiger Zeit war er nahe genug an die Baumgruppe herangekommen, um die Lage durch das Fernglas erkunden zu können. Im dunklen Grün des Blattwerks schimmerten die hellbraunen Früchte von Leberwurstbäumen. Darunter, im Gestrüpp, das die Bäume umgab, konnte er undeutlich Tierschädel erkennen, die am ehesten zu Gnus oder zu Kaffernbüffeln passten. Sollten es Büffel sein, musste er, wohl oder übel, einen anderen Rastplatz suchen.

Es waren keine Büffel. Es war eine kleine Herde von Gnus, die beunruhigt die Köpfe nach ihm drehten, als er näher kam. Manche hatte er beim Äsen gestört, andere, die im Schatten geschlafen hatten, sprangen hastig auf die Beine, als er sich ihnen bis auf fünfzig Schritte genähert hatte. Dann standen sie bocksteif im Karree beisammen, die Köpfe mit militärischer Präzision nach ihm ausgerichtet, als hofften sie, ihn durch ihre Haltung einzuschüchtern. Mit ihren zerzausten Bärten und struppigen Rückenmähnen, die ihnen das Aussehen tierischer Clowns verlieh, wirkten sie alles eher als furchteinflößend. Schließlich schienen sie das Scheitern ihrer Bemühungen einzusehen und setzten sich widerwillig in Trab, um nach kurzer Zeit anzuhalten und über die Rückenbürsten zurückzuschauen.

Obwohl ihn die Tiere dauerten, wie sie, einem verlorenen Haufen gleich im grellen Sonnenlicht verharrend, vorwurfsvoll zurückblickten, trat er mit einem Seufzer der Erleichterung in den Schatten. Unter den Bäumen breitete sich ein Grasteppich aus, den die Gnus bis auf den roten Untergrund abgefressen hatten. Überall glänzte frischer schwarzer Dung. Dazwischen lagen vom Baum gefallene Leberwürste. Er hob eine davon auf und wog sie in der Hand. Sie war armlang und gut anderthalb Kilo schwer. Besser, dass einem solch ein Ding nicht auf den Kopf fiel.

Er sah sich nach einem Platz ohne Dung am Boden und ohne drohend herabhängende Leberwürste über dem Kopf um, und fand ihn unter einem der äußeren Bäume. Er legte Umhängetasche und Hüftgurt ab und ließ sich ermattet in das kurze Gras fallen. Vermutlich sprudelte tief unter seinem Lagerplatz eine jener unterirdischen Quellen, die in der Regenzeit an die Oberfläche treten und in der Trockenperiode bescheidene Vegetationsinseln inmitten der verdorrten Steppe am Leben erhalten.

Seine Lippen fühlten sich rau und trocken an. Er musste darauf achten, ausreichend Flüssigkeit zu sich zu nehmen. Es fiel ihm nicht zum ersten Mal auf, dass er trotz der herrschenden Hitze kaum unter Durst litt. Er nahm einen ordentlichen Schluck aus der Feldflasche. Die Mischung aus restlichem Tee und abgekochtem Flusswasser schmeckte abscheulich. Um den schalen Geschmack loszuwerden, begann er an der zweiten Hälfte des am Morgen angebrochenen Notriegels zu kauen. Von Genuss zu sprechen, wäre übertrieben gewesen, aber das kräftige Aroma des exotischen Bissens setzte sich zunehmend über den bitteren Küchengeschmack in seinem Mund durch.

Den Rücken gegen den Baumstamm gelehnt, beobachtete er unter schläfrig hängenden Lidern die Gnus, die sich zögernd in Bewegung gesetzt hatten. Plötzlich wurde er hellwach.

Er konnte mit ziemlicher Gewissheit davon ausgehen, dass die Tiere dem nächstgelegenen Schattenplatz zustreben würden. Wenn ihre Zugrichtung mit seiner im Geist verfassten Lageskizze übereinstimmte, führten sie ihn geradewegs zu den Uferwäldern des Kasamanya. Er musste nur ihren Weg verfolgen.

Er stand auf und setzte das Fernglas an. Die Gnus hatten bereits einige hundert Meter zurückgelegt. Durch den Feldstecher betrachtet, sahen sie mit den niederen Hinterteilen und den hohen Schulterpartien noch grotesker aus als aus der Nähe. Zwei gekrümmte Hörner, dazwischen auf dem nach hinten abfallenden Rumpf eine borstige Rückenmähne, die in der optischen Verkürzung geradewegs aus den wirren Haarbüscheln der unablässig pendelnden Schwänze wuchs. Er richtete das Glas auf die Steppe jenseits der davonziehenden Herde. Trotz der hitzeflirrenden Luft, die alle Konturen zittern ließ, erspähte er am Horizont eine dunkle Linie, aus der kleine Zacken ragten. Ohne Zweifel die Silhouette eines fernen Buschwaldes.

Er gähnte mit weit offenem Mund. Die vergangene Nacht forderte ihren Tribut. Er legte das Fernglas aus der Hand und setzte sich wieder hin. Richtig zu schlafen, konnte er sich nicht leisten. Aber eine kleine Verschnaufpause musste er sich gönnen, wenn er seiner Müdigkeit Herr werden wollte.

Er lehnte sich gegen den Baumstamm und schloss die Augen. Unverzüglich kehrten seine Gedanken zu den Schrecken des vergangenen Tages zurück. Auf merkwürdige Weise schien alles in weite Ferne gerückt, in einen dichten Nebel des Ungewissen gehüllt. Als hätte er das Grauen nicht selbst erlebt, sondern aus zweiter Hand davon erfahren. Wie im Traum vermischten sich die Bilder einer verschneiten Flusslandschaft mit der in die Erinnerung eingebrannten Realität. Ein Arm, der zwischen um die Beute kämpfenden Krokodilen aus dem Fluss ragte, Wasser, das sich blutrot verfärbte, ein Ruf aus der Tiefe des Flusses, der Schrei eines Fischadlers…

Er schrak, von kaltem Schrecken gepeinigt, hoch. Er musste eingedöst sein. Das Genick schmerzte ihn. Vor seinen Augen baumelte etwas hin und her. Es war eine fingerlange Raupe, die an einem dünnen Faden aus den Ästen herabhing. Er richtete sich mühsam auf und streckte sich. Raupen werden zu Schmetterlingen, dachte er. Verpuppen sich und werden zu bunten Schmetterlingen. Als Bub hatte er einmal beobachtet, wie sich ein Schmetterling aus seinem Kokon befreite und bebend seine blauen Flügel entfaltete. Die Geburt lebendiger Himmelsfarbe.

Die Sonnenhitze traf ihn wie ein Keulenschlag, als er aus dem Baumschatten trat. Es war drei Uhr vorbei. Wenn er Glück hatte, setzte bald die tägliche Nachmittagsbrise ein. Sie war meist so warm, dass sie bloß eine Illusion von Erfrischung mit sich brachte. Ein neuer Gedanke veranlasste ihn, nochmals stehen zu bleiben und die Steppe rundum durch das Fernglas abzusuchen. Vorausgesetzt, dass seine Wegplanung stimmte, war nicht auszuschließen, dass Tambe mit seinen Begleitern eine ähnliche Route einschlug. Aber er fand nichts Auffallendes außer einer grauen Wolkenbank am westlichen Himmel, aus der weiße Gewittertürme wuchsen.

Obwohl ihm die Müdigkeit tief in den Knochen saß, kam er auf dem festen, ebenen Boden gut voran. Wie nicht anders erwartet, waren die Gnus verschwunden, während er geschlafen hatte. Hingegen konnte er sich nun an der höchsten Baumsilhouette orientieren, die aus einem bereits mit bloßem Auge sichtbaren Buschwald ragte. Wenn seine Berechnungen einigermaßen zutrafen, konnten ihn nicht mehr als zwei Stunden vom Kasamanya trennen.

Er blickte über die Schultern zurück, als dumpfes Donnergrollen über den Himmel rollte. Eine graue Wolkenbank hatte die Gewittertürme verschlungen und sich der Sonne bis auf einen schmalen Streifen blauen Himmels genähert. Aus den Wolken hingen dichte Regenschleier auf die Erde herab, durchzuckt von grellen Blitzen. Es machte wenig Sinn, sich zu größerer Eile anzutreiben. Wenn ihn das Gewitter einholte, war es letztlich egal, wo dies geschah. Schutz vor einem Unwetter gab es hier nirgends und seinen Regenschutz führte, wie alle anderen Habseligkeiten, Tambe in seiner Reisetasche mit sich. Aber vielleicht wäre ein ordentlicher Regenguss gar nicht so schlimm gewesen angesichts des Schweißgeruchs, der seinem Körper und seiner Kleidung entstieg.

Es war vier Uhr vorbei, als er den Busch erreichte. Was den Zeitrahmen betraf, hatte er sich eindeutig verrechnet. Es war ein Fehler gewesen, auf Sloops Angaben zu bauen, die auf langjähriger Erfahrung und profunder Ortskenntnis beruhten. Er war seit mehr als sieben Stunden unterwegs, rund die doppelte Zeit, gemessen an Sloops Angaben. Wobei noch immer die Frage offen blieb, ob er die richtige Route eingeschlagen hatte. Sollte er im Busch so langsam vorankommen wie am Morgen, musste er sich in jedem Fall auf eine zweite Nacht im Freien gefasst machen.

Die Wolken hatten sich ohne einen einzigen Regentropfen aufgelöst und einen strahlend blauen Himmel hinterlassen, an dem eine voreilige bleiche Mondsichel hing. Nach einigem Suchen entdeckte er einen breiten Trampelpfad, der fast schnurgerade in südöstlicher Richtung durch vergleichsweise übersichtlichen Buschwald führte. Abgesehen vom Gurren der Buschtauben und dem fröhlichen Gezwitscher einer unsichtbaren Vogelschar in einer der Baumkronen wirkte die Gegend wie ausgestorben. Gelegentlich musste er Haufen von Tierdung ausweichen, die er nicht zuzuordnen wusste. Die konsequente Zielrichtung des Pfades schien ihm ermutigend. So sahen Trampelpfade aus, die zu einer Tränke führten. Und die nächste Tränke – dessen war er gewiss – konnte nur der Kasamanya sein.

Hinter einem Dornbusch voll duftender gelber Blüten, fächerte sich die breite Spur in schmälere Verzweigungen auf. Er blieb stehen und starrte ungläubig auf eine kreisrunde Fläche nackter roter Erde. Während sich die Tierfährten jenseits des kahlen Runds wieder zu einem breiten Pfad vereinigten, nahmen im Rechten Winkel dazu zwei parallel verlaufende Radspuren ihren Anfang. Das Herz begann ihm im Hals zu pochen. Er stand vor einem Umkehrplatz voll Radspuren, von dem eindeutig ein Fahrstreifen abging. Es war nicht zu fassen! Er stand vor einem Wendepunkt, den ihm das Schicksal zugedacht hatte. Er hielt das Ende des Fadens in der Hand, der ihn zum Basislager führen würde.

Er beugte sich hinunter, um die Fahrspur zu untersuchen. Sie wurde offenkundig häufig benützt. Das Gras zwischen den Radfurchen sah aus wie frisch gemäht. An einigen Stellen, wo feiner roter Staub den Boden bedeckte, waren deutlich Reifenabdrucke zu erkennen, was dafür sprach, dass hier vor nicht allzu langer Zeit ein Wagen gefahren war. An einem Grasbüschel entdeckte er schwarze Tropfen von Motoröl.

Er presste die Lippen zusammen, um nicht einen Jubelruf auszustoßen. Die zermürbende Anspannung, die im Verlaufe seines Marsches wieder zurückgekehrt war, lockerte schlagartig ihren Griff. Wenn er sich in der Wegzeit verkalkuliert hatte – die richtige Route hatte er jedenfalls genommen. Wo auch immer er sich im Augenblick befand, die Fahrspur musste ihn früher oder später zum Basislager führen.

Er setzte sich auf einen Stein neben dem Fahrweg, nahm einen kräftigen Schluck aus der Feldflasche und schob die letzten Kekse hinterher, um den abscheulichen Geschmack des Getränks abzumildern. Für eine Zigarettenpause musste die Zeit allemal reichen. Er zündete eine Zigarette an und sah den aufsteigenden Rauchkringeln nach. Wenn er gläubig gewesen wäre, hätte er nicht Zigarettenrauch, sondern ein Dankgebet zum Himmel geschickt. Er hatte bisher mehr Glück gehabt, als er erhoffen durfte. Aber er glaubte nicht daran, dass sich Glück herbeibeten ließ. Wo landeten die Gebete? Was waren sie überhaupt? Augenblicke der Demut, in denen man sein Innerstes nach außen kehrte und himmelwärts sandte?

Die Zigarette war heruntergebrannt. Er drückte die Glut aus und marschierte los. Auf dem flachen Grasstreifen zwischen den Radfurchen kam er rasch voran. Nach und nach vereinigten sich die anfangs einzeln stehenden Merula- und Mopanibäume zu einem dichteren Wald mit Buschinseln dazwischen. So weit er nach den spärlich durchsickernden Sonnenstrahlen schließen konnte, verlief die Fahrspur ziemlich genau in südöstlicher Richtung. Er hätte sich wohler gefühlt, wenn er den Kasamanya sehen hätte können. Aber zur Linken, wo er den Fluss vermutete, begleitete eine Mauer undurchsichtigen Buschwerks den Weg.

Unwillkürlich erschienen Bilder von gestern vor seinem inneren Auge, während er weit ausholend einen Fuß vor den anderen setzte. Es waren wieder die Horrorszenen seiner nächtlichen Albträume. Bilder lähmenden Entsetzens, die sich nicht löschen ließen. Mit einem Mal ging ihm der Gedanke durch den Kopf, dass er Fragen würde beantworten müssen über das, was geschehen war, dass er vor fremden Augen und Ohren den Ablauf der Katastrophe würde beschreiben müssen, Schritt für Schritt, Szene für Szene, Schrecken für Schrecken, bis zur Unerträglichkeit des Wiedererlebens.

Er schüttelte sich wie unter einem kalten Regenguss. Das war nicht der geeignete Zeitpunkt, um an gestern oder morgen zu denken. Im Moment zählten nur das Hier und das Jetzt. Die größte Gefahr drohte von der eigenen Unzulänglichkeit, sich in jeder Minute der herrschenden Gefahren bewusst zu sein. Glück und Zuversicht allein reichten nicht um zu überleben. Es war wie beim Fußball. Das Spiel ging erst mit dem Schlusspfiff zu Ende. Und vom Ende des Spiels war er noch weit entfernt.

Hinter einer Buschinsel brach ein Rudel von Wasserböcken aus dem Gestrüpp und hastete mit weiten Sprüngen davon. Ihre weißen Spiegel schimmerten hell im Schatten. Allmählich begann sich das Blätterdach über seinem Kopf wieder zu lichten. Er blickte nach vorn, wo die Mondsichel am tief blau gewordenen Himmel an Leuchtkraft gewonnen hatte. Ihn schauderte bei dem Gedanken an die nahende Dunkelheit. Eine weitere einsame Nacht unter den strahlenden Sternen Afrikas war keine verlockende Aussicht.

In zivilisierten Gefilden hätte ihn eine Weggabelung nicht sonderlich erschüttert. Hier, auf unbekanntem Boden, stellte sie ihn vor eine schwierige Wahl. Während sich die eine Fahrspur gut überschaubar in sanften Schlangenlinien fortsetzte, entzog verfilztes Gesträuch die rechte Abzweigung schon nach wenigen Metern dem Blick.

Er ging ein paar Schritte geradeaus weiter und schaute unschlüssig um sich. Im Dickicht zu seiner Linken klaffte eine schmale Lücke, durch die ein Wildpfad führte. Er folgte der ausgetretenen Fährte bis zu einem Durchlass im Gestrüpp. Jenseits einer scharfen Abbruchkante dehnte sich vor seinen Augen eine weite, im Licht der späten Sonne leuchtende Sandzunge aus. Es hätte nicht erst der Grunzlaute unsichtbarer Flusspferde in einem seinen Blicken entzogenen Gewässer bedurft, um ihn in der Überzeugung zu bestärken, auf Schwemmland des Kasamanya zu blicken.

Mit einem Gefühl der Erleichterung kehrte er zur Weggabel zurück. Die Annahme, dass die ursprüngliche Spur weiterhin dem Ufer des Kasamanya folgte, ließ zwei Möglichkeiten offen: sie konnte ebenso gut direkt zum Basislager führen wie daran vorbei zum Vogelparadies des nördlich gelegenen Sumpfgebiets. Es war wenig wahrscheinlich, dass es keine Abzweigung zum Camp gab. Ebenso wenig war auszuschließen, dass die rechte Spur auf bedeutend kürzerem Weg zum Basislager führte.

Der letzten Überlegung folgend, wandte er sich der rechten Fahrspur zu. Überall undurchdringlicher Busch, graugrüne Mauern aus Blättern und Stacheln. Eine Gruppe von Pinien, in deren schwarzem Nadeldach das Licht der sinkenden Sonne glänzte. Nach einigen Schritten verhielt er und horchte in den Halbschatten des Buschwaldes. Ein an- und abschwellendes Brummen wie von einem aufgeregten Bienenschwarm schlug an seine Ohren. Er drehte den Kopf zur Seite und kniff lauschend die Lider zusammen. Kein Zweifel, von irgendwo aus der Ferne kam das Jaulen eines Fahrzeugmotors in einem niederen Gang. Er hielt vor Erregung den Atem an. Obwohl sich der Wagen zu entfernen schien, klang das Motorgeräusch wie Musik in seinen Ohren. Er konnte niemanden sehen, aber allein die Tatsache, dass es in Hörweite einen Menschen gab, erfüllte ihn mit

Euphorie. Vielleicht war Tambe im Basislager eingetroffen und hatte Alarm geschlagen. Vielleicht kurvten die Wagen auf der Suche nach ihm und dem armen Sloop bereits in der Gegend herum…

Das laute Krachen brechender Äste hinter seinem Rücken riss ihn aus seinen Überlegungen. Er fuhr herum und sah, keine zehn Schritte entfernt, den massigen Schädel eines Elefanten aus dem Dickicht hervortauchen. Er fühlte, wie ihm der Atem stockte. Die feindseligen Blicke aus den dunklen, feuchten Äuglein in dem bedrohlich nahen Schädel ließen ihm das Blut in den Adern gefrieren. Sloops Warnung schoss ihm durch den Kopf: ›Wenn sie mit den Ohren wackeln und der Rüssel pendelt, kannst du sie mit einem Steinwurf vertreiben. Wenn sie die Ohren anlegen und den Rüssel einrollen, bist du besser nicht in ihrer Nähe.‹ Was er dicht vor sich sah, waren ein eingerollter Rüssel zwischen mächtigen gelben Stoßzähnen und darüber eng an den grauen Schädel gepresste Riesenohren.

Er machte auf den Absätzen kehrt und begann zu rennen. Die Umhängetasche behinderte ihn beim Laufen. Er riss sie von der Schulter und ließ sie fallen. Hinter sich vernahm er ein dumpfes Keuchen, ähnlich dem Stampfen einer anrollenden Dampflokomotive. Er lief, so schnell er konnte. Seine einzige Hoffnung waren Bäume, hinter denen er Deckung suchen konnte. Bis zu den nächsten Pinien waren es gut fünfzig Meter. Er rannte so schnell, dass seine Füße kaum den Boden zu beruhren schienen. Er hatte die Pinien fast erreicht, als er einen heftigen Stoß am Rücken verspürte. Er fühlte sich von einem Riesenarm umschlungen und hochgehoben. Ein paar Augenblicke schwebte er frei in der Luft, dann schlug er krachend gegen einen roten Feuerwall. Er streifte die Erdenschwere ab und begann zu fliegen, schneller und schneller, höher und höher, der bleichen Sichel des Mondes entgegen.

16. Kapitel

Der Chef hatte mit der Visite später begonnen und sich mehr Zeit genommen als üblich. Es war elf vorbei, ehe sie die Station verlassen konnte. Mit dem Aufzug, den sie von unten rufen musste, tauchte, wie das Gespenst in der Geisterbahn, das mürrische Gesicht der Schwester Ehrenmundis auf. Draußen herrschte kühles, sonniges Wetter. Das bunte Laub ließ sich von übermütigen Windstößen durcheinander wirbeln. Der Herbst hielt, was man von ihm erwartete, zügelloser Farbenrausch eines Abgesanges.

Sie benützte die Gelegenheit, um ein paar Züge von einer Zigarette zu genießen, ohne sich den missbilligenden Blicken ihres Chefs auszusetzen. Die zwiespältigen Gefühle, in die Lukas' Antrag sie gestürzt hatte, drückten Tag und Nacht auf ihre Stimmung. Sie hatte wenig geschlafen und viel nachgedacht, ohne einen Schritt weitergekommen zu sein. Das Dilemma, in dem sie sich befand, beherrschte ihr Denken und Fühlen wie die Vorahnung einer unvermeidlich herannahenden Katastrophe. Ihr einziger Trost bestand in der Hoffnung, dass ihr noch einige Zeit bis zu einer endgültigen Entscheidung blieb.

Vergiftungsfälle wurden an der Chirurgie in einem abgesonderten Raum im Rahmen der jüngst eingerichteten Intensivstation untergebracht. Für deren Betreuung waren die Anästhesisten zuständig. Dass die Zusammenarbeit zwischen Anästhesisten und Internisten nicht immer reibungslos verlief, lag an einem gesunden gegenseitigen Misstrauen, was die Abgrenzung der Kompetenzen betraf. Wie in allen Belangen kollegialer Kooperation, hing es nicht zuletzt vom persönlichen Gesprächsklima ab, wie man mit den Problemen zurechtkam. Insofern war sie froh, den zuständigen Oberarzt Dr. Bittmann in

Richtung Operationssäle verschwinden zu sehen, als sie den Intensivtrakt im 2. Stock betrat. Bittmann war ein kleinlicher Besserwisser, dem man am besten auswich.

Sie nahm im Schwesternzimmer Einblick in den Krankenakt der Patientin. Abgesehen von den vergiftungsbedingten Abweichungen der Blut- und Harnanalyse, zeigten die erhobenen Befunde keine nennenswerten Besonderheiten. Aus der Hintergrundanamnese des Neurologen ging hervor, dass Maria Sladek vor dem Einmarsch der Warschauer-Pakt-Truppen 1968 mit ihrem Vater aus Prag nach Wien geflüchtet war, wo sie ‚ein den Umständen entsprechendes normales Leben als alleinstehende Berufstätige' führte.

Angaben über den Grund für den Suizidversuch hatte sie verweigert. Nach einer kurzen Zusammenfassung der Untersuchung schloss der neurologische Befund mit der üblichen lakonischen Empfehlung, die Patientin an eine psychiatrische Abteilung zu überstellen. Ein fatales Urteil, weil jeder Arzt, welcher der Empfehlung nicht folgte, in Teufels Küche geriet, falls die Patientin einen weiteren Selbstmordversuch unternahm.

Wann immer Tanja an der Intensivstation zu tun hatte, wurde sie von dem beklemmenden Gefühl begleitet, in diesem nüchternen Zentrum letzter Entscheidungen der Grenze zwischen Leben und Tod näher zu sein als überall sonst. Das Vergiftungszimmer, wie es im Hausjargon hieß, bot maximal drei Betten Platz, die durch flexible Paravents voneinander abgeschirmt wurden. Es kam Tanja gelegen, dass Maria Sladek das derzeit einzige Bett im Zimmer belegte. Die Patientin hing an einem auf langsam eingestellten Dauertropf. Der Monitor am Kopfende des Bettes war abgeschaltet, ein sicherer Hinweis darauf, dass Maria Sladek bereits über dem Berg war.

Als Tanja das Zimmer betrat, wusste sie, dass sie es mit einer Neunundzwanzigjährigen zu tun haben würde, einssechsundsechzig groß, einundfünfzig Kilo leicht, ohne besondere Auffälligkeiten, abgesehen vom dem durch die Schlafmittelvergiftung reduzierten Allgemeinzustand. Sie hatte sich unwillkürlich auf eine unscheinbare Person eingestellt, auf ein farbloses Wesen, ähnlich ihrem Liebhaber Horvath. Desto größer war ihre Überraschung, als sie die junge Frau erblickte. Sie war keine Schönheit in klassischem Sinn. Eine klare Stirn unter dunklem kurzem Haar, lang bewimperte, hellblaue Augen, hohe Backenknochen, volle Lippen und ein entschlossenes Kinn verliehen ihren Zügen jedoch eine außergewöhnliche Attraktivität, abseits gängiger Schönheitsbegriffe.

Tanja stellte sich vor und gab ihr die Hand.

»Helmut hat mich gebeten, mich Ihrer anzunehmen«, sagte sie.

Maria Sladek deutete ein Kopfnicken an. »Er hat mir Ihren Besuch angekündigt«, sagte sie matt. »Danke, dass Sie gekommen sind.« Sie sprach ein einwandfreies Deutsch, fast ohne Akzent.

»Sie wissen, worum es geht?«

»Er hat es mir gesagt, und ich bin Ihnen sehr dankbar.«

»Besucht er Sie öfter?«

Sie schüttelte müde den Kopf. »Er war zweimal kurz hier. Es ist besser, wenn er nicht kommt. Er leidet unter der Situation schlimmer als ich. Ich hätte ihm das nicht antun dürfen.«

Tanja unterdrückte eine ironische Bemerkung, die ihr auf der Zunge lag. »Sie sollten jetzt mehr an sich denken, Frau Sladek«, sagte sie. »Sie brauchen ein paar Tage Ruhe und Entspannung.« Sie hatte sich auf den Bettrand gesetzt. Plötzlich schlossen sich zu ihrer Überraschung die Finger einer kraftlosen Hand um die Ihre.

»Würde es Ihnen etwas ausmachen, mich Maria zu nennen?«, kam es leise aus dem Mund der jungen Frau. »Es gibt keinen Menschen, mit dem ich reden kann.«

»Mit mir können Sie reden, Maria«, sagte sie, den Händedruck erwidernd. Eine Art von Seuche ging um. Die Welt schien neuerdings voll zu sein von Menschen, die ihren Kummer hinunterschlucken mussten. »Sie können mir sagen, was Sie auf dem Herzen haben, wenn Ihnen das hilft.«

Maria warf ihr einen scheuen Blick zu. »Kennen Sie Helmut schon lange?«, fragte sie.

»Wir haben im gleichen Semester mit dem Studium begonnen. Da begegnet man sich bis zum Abschluss immer wieder.«

»War er schon immer so – so unsicher, wenn es um Entscheidungen ging?«

»Das weiß ich nicht. So gut kenne ich ihn nicht.«

Maria schaute unter halb geschlossenen Lidern zur Decke.

»Sind sie – verzeihen Sie die Frage«, begann sie stockend, »sind Sie einander einmal nahegestanden?«

Tanja bemühte sich, ihre Überraschung über die peinliche Vorstellung zu verbergen. »Nein, wir waren Studienkollegen, sonst nichts. Nach der Promotion haben wir uns aus den Augen verloren, wie das so geht. Wir sind uns erst hier im Spital wieder begegnet.«

Maria hatte den Kopf abgewandt. »Ich erwarte ein Kind«, flüsterte sie, kaum vernehmbar.

Tanja sah, wie sich Marias Augen mit Tränen füllten. Sie versuchte sich ihre Betroffenheit nicht anmerken zu lassen. Wieso hatte der Mistkerl nichts davon erwähnt?

»Weiß Helmut davon?«, fragte sie.

Maria wischte sich mit einer Handbewegung die Tränen aus den Augen. »Noch nicht. Sagen Sie ihm, bitte, nichts. Das muss ich selber machen, wenn er sich wieder erfangen hat.«

Wenn *er* sich wieder erfangen hat! Sie hatte das Bedürfnis, dieses bedauernswerte Geschöpf an den Schultern zu packen und wachzurütteln. Das großartige Gerede von der Selbstbestimmung der Frau! Die Wirklichkeit der Beziehungsprobleme sah anders aus. Den Männern allein daran die Schuld zu geben, wäre zu einfach gewesen. Hätte sie selbst sich nicht an den Schultern nehmen und schütteln müssen?

»Wollen Sie das Kind bekommen?«, fragte sie, um ihre eigenen Gedanken zu verdrängen.

Maria schaute sie mit großen Augen an, als hätte sie eben in einen bodenlosen Abgrund geblickt. »Ich freue mich auf das Kind. Ich weiß nicht, was in mich gefahren ist, dass ich es fast umgebracht hätte. Es wird unser Kind sein. Egal, wie Helmut sich entscheidet.« Sie war ein wenig aufgetaut. »Er hat immer gesagt, wenn es nicht wegen der Kinder wäre, hätte er sich von seiner Frau getrennt. Das hat wehgetan, die Vorstellung, zwei Kindern den Vater wegzunehmen – können Sie das verstehen? Ich hab mich mies und schuldig gefühlt. Aber jetzt ist das doch etwas anderes, wenn auch wir ein Kind haben – meinen Sie nicht?«

Es war ein Jammer, wie das arme Ding zwischen Hoffnung und Verzweiflung nach jedem Strohalm griff.

»Warum haben Sie es ihm nicht gesagt?«

Ihre Miene verdüsterte sich wieder. »Ich weiß es selber erst seit ein paar Tagen. Ich war so glücklich! Ich wollte es ihm sagen, als er das letzte Mal zu mir kam. Er war gekommen, um mir schonend beizubringen, dass er seine Kinder nicht verlassen kann. Dass es besser wäre, wenn wir uns nicht mehr sehen. Da hab' ich durchgedreht, als er gegangen war…« Ihre Stimme versickerte in der Stille des Raumes.

Der Dauertropf hatte sich verlangsamt. Tanja stand auf und drehte am Regelmechanismus.

»Im wievielten Monat sind Sie?«, fragte sie.

»Im Dritten, meint mein Gynäkologe.«

»Sie müssen möglichst bald zu einer Kontrolle gehen«, sagte sie, die Infusionstropfen zählend. Es bestand keine Notwendigkeit, sie darauf vorzubereiten, dass die Schlafmittelvergiftung dem Fötus Schaden zugefügt haben mochte.

»Muss das hier im Spital sein?« Aus Marias Stimme klang Panik.

»Nein. Das hat Zeit, bis Sie wieder draußen sind. Dann gehen

Sie zu ihrem Gynäkologen oder dorthin, wo Sie entbinden wollen. Das wäre noch besser.« Sie stand auf. »Morgen oder übermorgen werden Sie auf meine Station transferiert. Ist Ihnen das recht?«

Sie reichten sich die Hände. Maria ließ sie nicht gleich wieder los.

»Würden Sie – würden Sie Helmut etwas ausrichten, wenn Sie ihn sehen?«, fragte sie zaghaft.

»Ich sehe ihn bestimmt.«

»Sagen Sie ihm, bitte, dass es mir gut geht. Er soll sich meinetwegen keine Sorgen machen. Es ist alles in Ordnung.«

Tanja verließ die Chirurgische Abteilung durch den Hinterausgang. Über einen schmalen Kiesweg unter kahlen Bäumen erreichte sie einen asphaltierten Fahrstreifen, der rechter Hand zur Prosektur und linker Hand zur Abteilung führte. Sie schlug ohne Eile den Weg zur Linken ein. Den rufbereiten Pager in der Tasche, konnte sie sich Zeit lassen. Sie blieb stehen, um eine Zigarette anzuzünden. Der Wind, der raschelnde Blätter um ihre Beine wirbelte, machte sich den Spaß, das Flämmchen des Feuerzeugs mehrmals auszublasen.

Schließlich gelang es ihr, die Zigarette anzuzünden. Sie nahm einen tiefen Zug und stieß eine Rauchwolke in den Wind. Die banalen Seiten der Liebe. Ein Mann zwischen zwei Frauen, eine Frau zwischen zwei Männern. Unvermittelt fiel ihr ein, was Erna einmal gesagt hatte: ›Kaum hast du die Zeit der Milchzähne hinter dir, zeigt dir die Welt die Zähne.‹ Sie selbst hatte das wahre Gesicht der Welt nur zu allzu früh kennen gelernt. Sie versuchte sich in die Lage der unglücklichen Frau zu versetzen, an deren Bett sie eben gestanden war. Vermutlich war sie zäher, wenn es darauf ankam. Jedenfalls würde sie nicht an Selbstmord denken. Aber sie war nicht sicher, ob sie im Übrigen wesentlich anders reagieren würde. Neue Zeiten waren angebrochen. Die Menschheit wuchs über den Planeten hinaus. Im Staub des

Mondes hatte eines Menschen Fuß den ersten Abdruck hinterlassen. Das Unterste wurde zuoberst gekehrt. Allein das Banale schien Bestand zu haben.

17. Kapitel

Dr. Klaus Tromberg kam gegen zehn in sein Büro. Seine Stimmung war nicht besonders gut. Seit dem Aufwachen quälten ihn lästige Nackenschmerzen, die in den Hinterkopf stiegen und dort hängen blieben. Vom Alkohol konnte es diesmal nicht kommen. Er hatte auf dem Empfang des neu ernannten Handelsministers nur zwei Gläser Champagner und zwei kleine Cognac getrunken.

Miriam empfing ihn mit ihrem gewohnt strahlenden Lächeln. Er hatte sie erst vor kurzem eingestellt. Seit Weltbankkredite in zwei seinem Betreuungsbereich zugehörigen Nachbarländern die Wirtschaft ankurbelten, drohte ihm die Büroarbeit über den Kopf zu wachsen. Miriam war ein Haupttreffer. Fleißig, lernfreudig und schnell von Begriff, nahm sie ihm bereitwillig bald alle Schreibarbeiten ab, die er nicht selbst erledigen musste. Darüber hinaus kümmerte sie sich, ohne dass er sie dazu aufgefordert hätte, um private Besorgungen, die eigentlich Swaza, die schwarze Haushälterin, hätte erledigen sollen.

Miriams Anblick hellte seine Stimmung auf. Sie war nicht nur ein Gewinn für die Büroarbeit, sie war auch eine Augenweide. Sie hatte ein süßes Stupsnäschen unter lustigen schwarzen Augen und die längsten wohlgeformten milchkaffeebraunen Beine, die ein Minirock entlassen konnte. Egal, von welchem Gesichtspunkt aus betrachtet, er hatte mit ihr einen Fang gemacht, um den ihn manche seiner Freunde beneideten.

»Dr. Selmer hat angerufen«, sagte sie, während sie die sortierte Post auf dem Schreibtisch verteilte. »Sie sollen nicht zurückrufen, weil er in einer Besprechung ist. Er wird sich selbst wieder melden.«

Als Miriam gegangen war, lehnte er sich in seinem Stuhl zurück und begann den Kopf langsam hin- und herzudrehen, als wollte er eine Frage ebenso bedächtig wie entschieden verneinen. Es knackte und knirschte im Nacken. Wieder Zeit für zwei, drei Behandlungen bei Francis. Der verstand sein Handwerk als Chiropraktiker. Versuchte seinen Opfern unter munterem Geplauder den Hals umzudrehen, was ihm glücklicherweise stets misslang. Es krachte bloß im Gebälk, und man war den Schmerz los, zumindest für einige Zeit.

Es waren nicht die Kopfschmerzen allein, die seine Stimmung trübten. Er machte sich Sorgen um Lukas. Als er am Dienstagabend im ›Independence‹ anrief und erfuhr, dass Mister Trogan nicht eingecheckt hätte, telefonierte er mit dem Airport. Dort wurde ihm mitgeteilt, dass Trogan für den Abendflug auf der Passagierliste stand, aber mit der Maschine nicht mitgekommen war.

Gegen acht Uhr abends rief er per Funktelefon im Kasamanya-Valley an. Eine krächzende weibliche Stimme erklärte in kaum verständlichem Englisch, dass außer ihr und dem Koch alle in den Landrovern unterwegs wären. Er konnte sich keinen Reim darauf machen. Als auch die Morgenmaschine am Mittwoch ohne Lukas landete, musste er sich mit dem unerfreulichen Gedanken anfreunden, dem neuen Minister eine plausiblen Erklärung dafür zu geben, warum Trogan dem Spatenstich für die Kasamanyabrücke fernblieb. Nicht sonderlich angenehm für den ersten persönlichen Kontakt mit dem neu ernannten Handelsminister.

Er war gespannt, was Heinz Selmer zu sagen hatte. Als Erster Botschaftssekretär hatte er Zugang zu Personen und Informationen, an die nicht jeder herankam. Sie waren einander am vergangenen Abend bei einem Bankett in der indischen Botschaft begegnet und hatten über Trogan geredet. Er hatte versprochen, gleich am Morgen seine Verbindungen mit dem Innen- und Sicherheitsministerium spielen zu lassen.

Zuoberst auf dem ersten Poststapel lag ein gelbes Kuvert, das den Stempel der österreichischen Bundeshandelskammer trug. Er setzte eben den Brieföffner an, als das Telefon läutete. »Doktor Selmer ist in der Leitung«, sagte Miriam.

Er nahm den Hörer ab und hörte, wie Selmer seine Sekretärin anwies, ihn allein zu lassen. Seine Kopfschmerzen wurden wieder stärker.

»Ausgeschlafen?«, begann der Botschaftssekretär in einem Tonfall, der kein brennendes Interesse an der Antwort vermuten ließ.

»Einigermaßen. Weißt du schon etwas?«

Es knackte in der Leitung wie während eines Gewitters. »Sie haben Trogan gefunden«, sagte Selmer.

»Was heißt das? Wo haben sie ihn gefunden?«

»Nicht weit vom Basislager entfernt.«

Tromberg presste den Hörer an das Ohr. »Und – wie geht es ihm?«

Selmer schluckte. »Sie haben – sie haben gefunden, was Hyänen und Geier von ihm übriggelassen haben.« Er schob eine quälend lange Pause ein. »Der schwarze Ranger, der das Team begleitete, hat Trogans Armbanduhr und die Sonnenbrille erkannt.«

Tromberg verfolgte voll Entsetzen die Bewegungen einer fetten Spinne, die sich in ihrem Netz unter der Decke über eine zappelnde Fliege hermachte. Vor seinem inneren Auge braute sich eine schreckliche Vision zusammen. Ein blanker Totenschädel im Busch, überall verstreute Knochen, manche intakt, andere zersplittert unter den Zähnen der Hyänen, die das Mark aus den Röhren gesaugt hatten, jedes Stückchen wie poliert, von Ameisen fein säuberlich bis zum letzen Krümel abgenagt, und zwischen dem Gebein Trogans Armbanduhr und Sonnenbrille. Eine Riesenfaust drückte auf seinen Nacken.

»Weiß man, was passiert ist?«, brachte er mühsam hervor. »Was erzählt Sloop?«

»Sloop? War das der Safariführer? Von dem fehlt angeblich jede Spur. Die Männer vom Basislager glauben, dass Elefanten Trogan erwischt haben. Zumindest sprechen ihrer Meinung nach etliche Anzeichen dafür.«

Tromberg ertappte sich dabei, wie er zitterige Linien auf das Kuvert der Handelskammer zeichnete. »Hab' ich dir schon gesagt, dass ich Tragon zu dieser Safari animiert habe? Andernfalls hätte er die Tage friedlich am Pool des ‚Independence' verbracht, anstatt im Busch zwischen Löwen und Elefanten…«

»Falls du dir deshalb Vorwürfe machen solltest, scheint mir das – mit Verlaub – doch etwas übertrieben.« Selmer räusperte sich. »Weißt du Näheres über seine Familienverhältnisse?«

»Seine Mutter lebt in Wien. Und dann gibt es eine Verlobte, eine Ärztin in einem Wiener Krankenhaus. Musst du die Angehörigen verständigen?«

»Gott bewahre! Das ist Sache des Ministeriums in Wien.«

»Rufst du mich, bitte, an, wenn du etwas Neues aus dem Kasamanya-Valley hörst?«

Tromberg hielt geistesabwesend den Hörer in der Hand, nachdem das Gespräch beendet war. Miriam erschien, um einen Aktenordner zu holen. Der Ordner stand im obersten Fach eines Regals gegenüber dem Schreibtisch. Sie musste sich strecken, um hinaufzureichen, wobei ihre schönen, geraden Beine unter dem Minirock noch ein Stück in die Länge wuchsen.

Tromberg nahm es kaum wahr. Er hörte das Knattern eines Hubschraubers, der knapp über den Dächern dahin flog, und wandte den Blick nach dem Fenster. Blauer Himmel, Palmenfächer, blühender Jacaranda. Eine fast schmerzhafte Sehnsucht nach verschneiten Gipfeln und eisiger Winterluft überkam ihn.

Er legte den Hörer auf die Gabel. Sie hatten Pläne für den Winter gemacht, Lukas und er. Ein Skiurlaub am Arlberg. Pläne hingen an seidenen Fäden. Es kam stets anders, als man dachte. Nun würde er allein fahren. Nur das Bild des Freundes, den ihm der afrikanische Busch entrissen hatte, würde ihn begleiten im Schnee der heimatlichen Berge.